光文社文庫

ロスト・ケア

葉真中《はまなか》 顕《あき》

光　文　社

目次

だから、
人にしてもらいたいと思うことは何でも、
あなたがたも人にしなさい。
これこそ律法と預言者である。

——マタイによる福音書　第七章　十二節

わたしが来たのは
地上に平和をもたらすためだ、と思ってはならない。
平和ではなく、剣をもたらすために来たのだ。
わたしは敵対させるために来たからである。
人をその父に、娘を母に、嫁をしゅうとめに。
こうして、自分の家族の者が敵となる。

——同　第十章　三十四節～三十六節

序章

二〇一一年　十二月

〈彼〉

二〇一一年　十二月二日

午後一時三十三分。Ｘ地方裁判所第二刑事部第三〇二号法廷。閉め切られた部屋の停滞した空気は、濃縮されて密度を高め、人々の心と身体を緩慢に締め付ける。

証言台に立つ〈彼〉は、長く伸びた白い髪の隙間から、まっすぐに正面の裁判長を見つめた。

黒い法衣に包まれた恰幅の良い体軀《たいく》に、禿げ上がった頭が乗っている。薄い頭髪の帳尻を合わせるように耳の辺りから顎《あご》にかけ髯《ひげ》を生やしている。裁判員制度が施行される前に起訴された事件だから、この達磨《だるま》のような裁判長を中心とした三人の裁判官の合議体によって判決が降《くだ》される。

生殺与奪の権を握る男は〈彼〉と目を合わせずに手元に視線を落とした。そして主文を述べず、判決理由を先に読み上げ始めた。

背後の傍聴席から無言のざわめきと、次いでばたばたと席を立つ音が聞こえる。マスコミ関係者が「主文後回し」の速報を伝えにゆくのだろう。ドアが開け閉めされ、空気がかき回される。わずかに、密が下がる。

通常、先に読み上げられる主文を後回しにするのは、死刑判決が出るときとされている。〈彼〉は、のべ四十三人もの人間を殺害し、そのうち十分に裏が取れた三十二件の殺人と一件の傷害致死の容疑で起訴された。戦後になってから発生した連続殺人事件としては、最多の犠牲者を数える。

起訴事実は全て認めたので、責任能力ありなら死刑以外の判決は考えられない裁判だった。

死刑になる――。

〈彼〉は想像する。やがて来る自らの未来を。

日本の死刑は絞首刑だ。〈彼〉は目隠しをされ、絞首台に上らされ、首に縄をくくられるのだろう。

何も見えない暗闇の中、突如、足場が消える。一瞬の浮遊。あっと思う間もなく、縄が首筋に食い込み身体は吊るされる。

現代の絞首刑は気管でなく頸動脈を締め付けるので苦しくはないのだという。苦痛を感じるより前に脳への血流が止まり失神するのだという。無論、本当かどうかは分からない。まず最初に脳死状態になり、脳の機能が停止することで、心肺機能も停止し、やがて全身死する。このとき筋肉が緩み糞尿が垂れ流しになると聞いたことがあるが、やはり本当かどうかは分からない。

できれば苦しくないのは本当で、糞尿垂れ流しは都市伝説であって欲しい。

どちらにせよ死刑が執行されれば〈彼〉の存在は消え去る。しかし、世界は終わらない。

ならば――。

〈彼〉は想像する。やがて来る世界の未来を。

後悔はない。

全て予定通りだ。

〈彼〉は微笑みを浮かべた。

羽田洋子　　二〇一一年　十二月二日

同日、午後二時十八分。羽田洋子《はねだようこ》は傍聴席から〈彼〉の姿を見上げていた。注目の判決公判ということもあり、傍聴券は抽選になったが、被害者遺族である洋子には優先的に席が用意された。

裁判官席を正面に見て左側、検察官席側にあるその場所からは、〈彼〉の横顔が見える。長く伸びた総白髪、くぼんだ目、そげた頰と深く刻まれた皺《しわ》。口元には薄い笑みをたたえている。

〈彼〉のその様子は、どこか神々しかった。美術や宗教に疎《うと》い洋子には具体的な作品名は浮かばないが、宗教画に登場する聖者のようだと思った。

洋子の母は〈彼〉に殺された。しかし、犯行が発覚してから今日まで、ついに洋子の胸には〈彼〉に対する怒りも憎しみも涌《わ》くことはなかった。

検察官と一緒に作った調書では、理不尽に家族の命を奪われた遺族として怒りを表明していた。だが、それが自分の本心だとは思えない。調書を作るとき一度だけ検察官に本音を漏らしたが、その部分は採用されなかった。

他の人たちはどうなのだろう。

洋子は自分の周りに固まって座っている他の被害者遺族たちの様子をうかがった。

皆、一様に何かに耐えているように硬い表情をしているが、当然のことながら、内心までは読み取れない。

裁判長が延々と判決理由を述べているが、耳に入らない。それは意味を失った記号のようだ。

洋子は他の被害者遺族たちに聞いて回りたい衝動に駆られた。

ねえ、あなたたちは〈彼〉に救われたと思ったことはない？

斯波宗典　　二〇一一年　十二月二日

同日、午後四時四十七分。斯波宗典《しばむねのり》は長い判決理由を聞きながら思考を巡らせていた。

救われた。

あらゆる建前を剝《は》ぎ取ってしまえば、それは否定できないだろう。

医者に自然死と判断された父は、実は殺されていた。あの日、ちょうどクリスマス・イブの夜だ。父の目の前に現れた見知らぬ白髪の男は、サンタクロースではなかった。父は玩具《おもちゃ》ではなく死をプレゼントされた。命を、奪われた。

だが、救われた。

死によって父も、そして斯波も、確かに救われたのだ。

人殺しは悪だと言い切ってしまうのは簡単だ。でも、そんな簡単な世界がどこにある?

斯波にはこの殺人が絶対的な悪とは思えない。

しかし、裁きは必要だとも思う。父を殺したことに対する応報ではなく、一つの契機として。

人々が事実を受け入れ前進するために、裁きは必要だ。善悪のレッテルではなく、裁かれることそのものに意味がある。

やがて裁判長は言った。

「被告人を、死刑に処す」

厳《おご》かに聞こえたのは、実際に裁判長が厳かな声を出したからか、それとも言葉の重みのせいなのかは分からない。

分かりきっていた判決だった。それでも思わず息を呑んだ。

佐久間功一郎　二〇一一年　十二月二日

同日、午後四時五十分。ついに判決の主文が読み上げられたとき、佐久間功一郎《さくまこういちろう》は何も考えていなかった。

否、考えることなどできなかった。この裁判が始まったときから、佐久間は何も聞いていないいし何も見ていないないし何も考えていない。佐久間は四十三人もの人間を殺した〈彼〉のことすら知りはしない。

——とは言え、X県八賀《やが》市でひっそりと進行していた〈彼〉の殺人が、白日の下《もと》にさらされるきっかけを作ったのは佐久間だ。〈彼〉が逮捕されて裁かれるに至った因果の流れの川上には、間違いなく佐久間がいる。

いや、いた。それは過去形で語るべき事柄だ。

佐久間はもういないのだから。

大友秀樹　二〇一一年　十二月二日

同日、午後五時。その知らせは、X地裁から百五十キロ以上も離れた東京の大友秀樹《おおともひでき》の耳にもすぐに入った。

〈彼〉に対する死刑判決が出た。

結果は最初から分かっていた。ただ、被害者があまりにも多いため、起訴から判決まで四年近くの長い月日がかかった裁判だった。

おそらく〈彼〉は、控訴しないのだろう。

大友にはそれも分かっていた。

〈彼〉は本当の目的をまだ隠している。

全ては〈彼〉の思惑通りだ。人を殺すことだけじゃない。犯行が発覚することも、そして法廷で裁かれることも、更には死刑になることすらも。

大友がその真意に気づいたとき、すでに〈彼〉は手の届かない法廷の中にいた。

ふざけるな！

込み上げてくるのは、怒りにも似たやり場のない感情だった。

同時に耳の奥がうずいた。鼓膜の奥、中耳の辺りに熱と痛みが出現し、そして音が聞こえた。耳鳴りだ。

耳鳴りはやがて、声となった。

——悔い改めろ！

第一章　天国と地獄

二〇〇六年　十一月

大友秀樹

二〇〇六年　十一月四日

午後二時四十五分。よく晴れた週末の昼下がり。吹く風は優しく上着が要らないほど暖かい。今日の関東地方は、昼の間は太平洋側から暖気が流れ込み九月並みの陽気だという。

——まるで天国だよ。

実際に訪れてみて、大友秀樹はそんな友人の言葉もあながち嘘ではないと思った。

噴水を中心に据えた美しい庭園の白い東屋《あずまや》で、二人の老婆がヘルパーらしき女性と編み物に興じている。

老婆たちの表情は柔らかく安らいでいて、木漏れ日が彼女たちを祝福するかのように降り注いでいる。まるで一枚の絵のように。

その庭の向こうには、大きく瀟洒《しようしや》な三階建ての建物が見える。

『フォレスト・ガーデン』。東京都下、八王子《はちおうじ》の閑静な郊外にある富裕層向けの介護付き有料老人ホームは、「老人ホーム」という言葉から想像しがちな年寄りが押し込まれている暗くて不潔な施設とは一線を画している。

大友は今日から五日間の体験入居をする老父の付き添い役として、ここを訪れた。

ホームの建物の中は高級マンションのような造りになっていて、エントランスにはコンシェルジュが常駐するフロントがあり、メダリオン柄の赤い絨毯《じゅうたん》が敷かれたロビーにはシャンデリアが吊ってある。暖色系でまとめられた内装や調度品は、清潔感はもちろんのこと、高級感と温かみをも共存させている。いうまでもなく、全館バリアフリーだ。

入居者が生活する居室は広々としており、好みに合わせて和洋を選択できる。部屋に自分専用の電話を引くこともできるし、光ファイバーの高速インターネット回線を利用することもできる。そんなものが必要なのかとも思えたが、現在の入居者の中には「ブログを開設している八十歳のお婆ちゃん」がいると聞いて、大友は驚くと共に感心した。

居室の他にも、エレクトーンとプラズマテレビが設置された多目的ホールや、天然温泉が楽しめる大浴場、カラオケルーム、アトリエ、フィットネスルーム、シアター、果ては陶芸専用の工房まで、ライフスタイルや趣味に合わせて利用できる様々な施設がある。

介護体制は二十四時間の完全介護であり、昼夜を問わずヘルパーたちが入居者の状態に合わせた介助を提供する。医師による定期的な健診も行われているし、常に二名の看護師が勤務し、もしものときの態勢も整っている。

職員の質も折り紙付きで、常勤のスタッフは有名ホテルで研修を受け、一流の接客マナーを身につけているという。

その上、食事の質もきわめて高い。都内の有名レストランと提携しており、入居者一人一人の摂食機能と好みに合わせて可能な限り美味しく食べられるメニューを個別に用意するというのだ。

至れり尽くせりとはまさにこのことだ。

大抵の要介護老人は自宅にいるより、ここの方が快適な生活が送れるだろう。大友自身、もしも老後をこんなところで過ごせたら良いだろうなと思う。

「ふん、まあまあだな」

父は電動車いすからエントランスロビーを見回して言った。

「はい、大友様のような方にもご満足いただけるよう、頑張っております」

大友と父を案内する佐久間功一郎は、父の「まあまあ」を誉め言葉と受け取った様子だ。

彼は、この老人ホームの経営母体である総合介護企業『フォレスト』の営業部長であり、大友にここのことを「天国だ」と紹介した友人だ。エスカレーター式の私立校で中学から大学まで机を並べた同級生で、中高時代はバスケ部でもチームメイトだった。

父のことと分かっていても、そんな旧友が「大友様」と自分の名字に様をつけて呼ぶのを聞くとなんだか気恥ずかしい。

父はフロントのバックヤードに掲げられているプレートに目をやる。そこにはこのホームのモットーだろうか、聖書の一節が刻まれていた。


人にしてもらいたいと思うことは何でも、あなたがたも人にしなさい。


それに気づいた父は「ふむ、黄金律か」と頷いた。

「は？　オウゴンリツ……ですか？」

佐久間が聞き返すと、父は唇をへの字に曲げた。

「何だ。自分たちで掲げておいて知らんのか」父はプレートを指さす。「あれはな、『山上の説教』といってイエスがガリラヤ湖畔の山上で人々に語ったとされる言葉の一部だ。

自らがして欲しいことを人にせよ——という全ての法と倫理に通ずる根本原則で、ゴールデンルール、黄金律とも呼ばれるものだ」

「さすが博識でいらっしゃいますね」

「まあな」

友人が自分の父親に見え透いたおべっかを言い、当の父は満更でもないという、なんともむず痒《がゆ》い光景だった。

大友家は父の代からクリスチャンだが、父にしろ大友にしろ偉そうに講釈できるほど敬虔というわけではない。

大友と父は体験用の居室に案内された。父は車いすなので、必然的に洋間になる。広々とした気持ちの良い部屋だった。

「部屋では吸えるのか？」

父は指を二本立て煙草を吸うしぐさをしてみせた。

「はい。共用スペースは禁煙ですが、お部屋の中は自由です。健康状態によっては担当の医師がアドバイスをさせていただくこともありますが、私どもは趣味嗜好《しこう》も含めて可能な限り、利用者様の『生活の質《QOL》』を高めていただきたいと考えております」

「そうか」とショートピースを愛飲するヘビースモーカーの父は頷いた。

電動車いすで窓辺まで移動し、高尾山《たかおさん》を望む景色を見つめて父はつぶやく。

「こんなところで永い安息日を過ごすのも悪くないか」

大友はまだ三十を過ぎたばかりだが、父は今年で七十九になる。

六十年と少し前、父は実家を空襲で焼かれ裸一貫で東京に出てきた。終戦後、進駐軍の軍人相手に商売を始め、そのとき知り合ったプロテスタントの従軍牧師《チャプレイン》から信仰を得た。

信徒の絶対数が少ない日本では一口にクリスチャンでくくられがちだが、戦前戦後を通じて日本に輸入されたキリスト教は、東方正教会、ローマ・カトリック、プロテスタントの三派に大別される。このうちローマ・カトリックはローマ教皇を頂点とする世界最大の教派であり教会の伝統と権威を重んじる。プロテスタントはそんなローマ・カトリックの教会中心の信仰体系に異議申立て《プロテスト》をして分離した諸派の総称だ。教会の権威を否定するプロテスタントには個人の成功を神の恵みとして肯定する傾向があり、信仰と資本主義的な営利活動との親和性が高いという説がある。それが本当かどうかは分からないが、信徒となった父は急成長する戦後日本の資本主義社会で貿易商として大成功を収めて財をなした。

今ではもう商売は引退しているがまだ血色は良く、見た目は歳ほどには老けていない。が、身体の方は正直なようで持病の腰痛が悪化し、足腰が立たなくなった。医者からは、治療でどうこうできるものではなく、入院してベッドの上で過ごすようになれば逆に悪化する、できれば誰かに介助を受けて生活した方が良い、といった意味のことを言われたという。

母は父よりも二十も若かったが、一昨年、癌《がん》で先立っている。以来、父はずっと独り暮らしだ。

子どもは大友ただ独りで、今のところ隠し子は見つかっていない。社会通念上、親の介護は子の役目ということになっているが、大友は仕事の都合で一年か二年ごとに転勤があり同居は難しい。まだ一歳になったばかりの娘の世話もしなければならない妻に父を押しつけて、単身赴任というわけにもいかない。

どうしたものかと思案していたところ、学生時代の友人が介護企業に勤めていることを知り、連絡を取った。

佐久間は「金があるなら、有料老人ホームがベストだ」と力説し、大友にフォレストが経営する老人ホームのパンフレットをいくつも送りつけてきた。

どのパンフレットも最終ページに、フォレストのオーナーである企業グループの会長と、現在は総理大臣にまで登りつめた保守系の政治家が握手する写真が掲載されていた。

この会長は新進気鋭と評される起業家で、人材派遣業を中心とした企業グループを急成長させ、現在は経団連の理事も務めている。介護保険制度が誕生する直前に九州ローカルのベンチャーだったフォレストを買収して、介護事業に乗り出したという。

写真の横には会長が語る理念と共に、現役総理大臣の〈私はフォレストを応援します〉というメッセージが添えてあった。

このパンフレットを見た父が思いの外乗り気になり、あれよあれよという間に体験宿泊へこぎ着けた。

「もし気に入ったら、このまま入っていいのだね？」

「はい。もちろんでございます。体験宿泊のお部屋は仮入居という形で押さえておりますので、ご希望されればそのまま本入居していただくこともできます」

「ふん、まあ、決めたわけじゃないがな。あくまで気に入ったらだがな」

もったいぶっているが、この様子では、おそらく、このままここの世話になりそうだ。


「すまんな、親父の長話、うんざりしたろ」

佐久間が一通り施設の説明をしたあと、大友の父はたっぷり二時間、四方山話《よもやまばなし》をぶった。若いころの苦労話から、キリスト教の話、最近の時事問題に関する見解と、話題は豊富だが切れ目がない。何度も大友が「そろそろ……」と腰を折ろうと試みたが、結局、夕食の時間になるまで父の口は止まらなかった。

二人が建物を出たとき陽はすっかり落ちていた。

昼は春のようだったが、この時間になると乾いた風が吹き、季節なりに肌寒くなっていた。

「かまわんさ。話を聞くのも仕事のうちだ。むしろ、あの歳であれだけ理路整然とそれなりに内容のある話をできるのに感心したよ。ところで、夕飯くらい奢《おご》らせてくれ。結果的に大口の顧客を紹介してもらったわけだからな」と佐久間に誘われた。

「ああ、久しぶりだし、どっかで食べよう」

自宅のある千葉までは車で二時間近く掛かる。どのみち、大友もどこかで食事をして帰宅するつもりではいた。

「ただし割り勘にしてくれ。プライベートでも、利益の供与を受けるのはまずいんだ」と言い添える。

「利益の供与？　飯を奢るのが？」佐久間は顔をしかめた。

「まあ、そういうことになるんだよ。あと常に連絡が取れるようにしとかないといけないから、携帯の入る店にして欲しいんだ」

「なんだ、ずいぶん面倒なんだな」

「ああ、面倒なんだよ」と言って肩をすくめてみせる大友の職業は検察官。千葉地検松戸《まつど》支部に勤める検事である。

羽田洋子　　二〇〇六年　十一月四日

同日、午後六時。窓の外はもう暗い。やや黄ばんだ蛍光灯の灯《あか》りが寝室を照らしている。

――まるで地獄だ。

羽田洋子は思った。

「お前は誰だ！　何をするんだ！　私に触るな！　このケダモノ！　ケダモノ！　ケダモ

ノ！」と吼《ほ》える、ケダモノのような母。

母？

そうだ。信じがたいことにこれが洋子の母なのだ。

あの、優しかった母。

「あんたが一番よ。あんたが私の生きがいさね」

いつだったか、そんな言葉を臆面もなく洋子に言ってくれた、母。

その母が、今、ぱさぱさの髪を振り乱して、洋子のことを洋子と分からぬ様子で、不自由な身体をよじらせている。

ほんの少し前まで母は凪《な》いだように静かだった。母の寝室として使っているこの六畳間で、起きるでもなく眠るでもなく、ぼんやりとした様子で介護ベッドに半身を起こしていた。そして洋子がスプーンで口元に運んでくるおかゆを機械的に飲み込んでいた。

「母さん、私、出かけるけど、トイレしておく？」

早めの夕食を食べさせたあと、そう尋ねると、母はやや顔をしかめた。

「ね、しておこうよ」

「う、ん」

洋子に促され、渋々といった感じで、母はよろよろと立ち上がった。そのまま洋子に介助され、ベッドの横に用意してあるポータブルトイレの前で、ズボンと下着をおろした、瞬間。

母はハッと我に返ったかのように、まじまじと洋子を見つめた。うつろだった灰色の瞳に光が宿った。けれど、そこに映ったのは恐怖と混乱の色だった。

凪いでいた母に時化《しけ》の気配がした。

「だ、誰？」

母は戸惑ったように尋ねた。本当に、心の底から、目の前にいる娘が誰か分からない様子で。

洋子の背中に冷たいものが這い寄ってくる。だが、努めて平静に、何でもないように、笑顔を作って答えた。

「やだ、母さん、私よ。洋子」

しかし母の顔面には恐慌の二文字が浮かび上がった。

「う、うう、嘘。洋子がそんなにおっきいわけない、だ、だ、だ、誰よ？　な、な、何？」

母の脳内では、洋子はまだ幼い娘で、目の前に立っているのは見知らぬ怪しげな女だと認識されているようだ。

そうだとしても、洋子になす術《すべ》はない。「違うよ、私、洋子だよ」と訴えるより他にない。

「う、嘘よ！　お前は誰だっ！」

嵐が来た。

目の前に見知らぬ女がいる。しかもどういうわけか、この女が私の下着を脱がして下腹部を露《あら》わにされてしまっている――そんな妄想に支配されたのだろう。

母は狂乱し、暴れた。

自分の娘をケダモノ呼ばわりして身を振り回す。

「母さん、止《や》めて！　危ないって」

洋子は、母を抱きしめるようにして、動きを封じようとした。

「きぃしぃっ！」

しかし母は奇声を発して、首をぐいと伸ばすと洋子の腕に嚙みついた。

「きゃあ」

洋子はたまらず手を放してしまい、その拍子に尻餅をついた。洋子の左腕、肘の下あたりに母の歯形と血がにじむ。

「ママ、バーバ？　どうしたの？」

部屋の入り口に息子の颯太《そうた》の姿があった。さっきまで居間でうとうとしていたのだが、物音を聞きつけて覚醒したのか。

母は颯太を一瞥《いちべつ》すると、目玉を大きく見開いた。

「あああああ！」と母は甲走《かんばし》った声を出す。

「ああああ！」と颯太は母の真似をする。

小さな颯太は自分の祖母の状態をまだよく理解できていない。ふざけているようにも見えるのだろう。

「あんたどこの子だ！　子どもの泥棒かっ！」

母は鬼のような形相で颯太を睨み付け、口から唾液を飛び散らせた。

その敵意をむき出しにした顔と言葉で、颯太は母がふざけているのではないことに気づき、顔を曇らせる。

「バーバ、僕、颯太だよ！　泥棒じゃないよ！」

子どもなりにショックなのだろう。颯太のまなじりが潤んでいた。

「そうだよ、母さん、違うよ、そんなんじゃないよ。颯太は私の子だよ。母さんの孫だよ」

「あっ！」

母は、突如、電撃でもくらったかのように小さく叫び声をあげると、くいっと顎をあげた。次の瞬間、バリバリ！　と破裂音が鳴り響いた。

その音と共に、丸出しになっている母の尻から、粘液状の便がどぼどぼとこぼれた。

「きゃああ！」と洋子は思わず声をあげる。

便と一緒に尿も噴き出し、母の太ももを濡らす。糞尿が混ざり合った強烈な悪臭が立ちのぼり、鼻孔に侵入してくる。

「うわっ、バーバ、おもらし！」と颯太は顔をしかめる。

失禁した母は床にこぼれた便をまじまじ見ると、何を思ったか指ですくった。

「おうおう、もったいない」

母は、まるであんこでも舐めるように、指についた便を口に含む。

たった今、自分が漏らしたことなど忘れてしまい、それが何か食べ物のように思えるのか。

「バーバ、うんち食べちゃ駄目だよ！」

目の前で繰り広げられる異常な事態に颯太が叫ぶ。

「止めて！　母さん、止めてよぉ！」

洋子は母を抱きかかえるようにして押さえようとする。

洋子を手助けしようと思ったのか、颯太が近づいてくる。

「ああ！　駄目、颯太、こっち来ないで！」

洋子が制止するのも聞かず近寄る颯太は、床の便に足をすべらせる。「うわっ」と颯太は洋子の足にしがみつく。尿に溶かされていた便の一部は、颯太が踏んだ拍子に飛び散り、洋子の足と颯太の顔を汚す。

「どうして来るんだよ！　この馬鹿！」

洋子は思わず声を荒《あら》らげ、颯太の頬を平手で打ってしまう。

颯太の頬が赤く染まり、火がついたように泣き出す。息子を叩《たた》いた感触が洋子の手の平に熱として残った。

母の糞尿にまみれ泣きじゃくる我が子の姿が胸をかきむしり、洋子の両の眼《まなこ》からも、ぼろぼろと粒の大きな涙が流れる。

一方の母は、さきほどの嵐から再び凪いだように、ぼんやりとした正気に戻っている。

「洋子？　颯ちゃん？」

目の前の娘を思い出したらしい母の瞳は、しかし力を失い濁っている。

「どうしたの？」

母は何を見るでなく、誰に聞くでなく、尋ねた。

母と、息子と、便と、尿と、悪臭と、涙。

どうしたの？　と尋ねたいのは、洋子の方だった。

どうして、こんなことになったのか。

この地獄は、いつ始まったのか。

少なくとも洋子が母との生活を始めたときは違った。

ここX県八賀市は四方を山に囲まれた盆地で、夏は熱が籠もり中華鍋の底のように暑く、冬は凍える山からの吹き下ろしで冷蔵庫のように寒い。昭和のころベッドタウンとして人口だけは膨れたが、これといった産業もなく、バブル崩壊後は緩やかにしかし確実に活気を失っている町だ。

結婚に失敗した洋子がこの町の実家に出戻ってきたのは六年前。生まれたばかりの颯太を連れた洋子を、母は優しく迎え入れてくれた。

このとき、母は七十一、洋子は三十八。

父は既に亡く、母の収入は僅かな年金だけ。唯一の働き手は洋子だが、この国の社会制度はシングルマザーに優しいとはいえず、日々、食べていくだけで精一杯だった。

だがそれでも、それは地獄と呼ぶような生活ではなかった。

母はよく「一緒に暮らしてくれて助かるよ」と洋子に感謝の言葉をくれ、「可愛い颯ちゃんを毎日見れて嬉しいよ」と孫と暮らせることを喜んでくれた。

三世代三人の暮らしは貧しいながらも、そこそこ楽しく穏やかだった。

それが一変したのは三年前のことだ。

元来、貧血気味だった母は造血剤を飲んでいたのだが、洋子たちと同居を始めてから「それほど酷《ひど》くはないし、節約しなくちゃ」と服薬を控えるようになった。

しかし、それが災いしたのか母は駅の階段で立ちくらみに襲われ、盛大に転げ落ちて腰と両足の骨を複雑骨折した。命に別状はなかったものの、予後は芳《かんば》しくなかった。結局、足はほとんど利かなくなり、介助なしには立ち上がることもままならなくなった。

思えばあれが地獄の始まりだったのか。

洋子は仕事と子育ての他に、母の介護までも、その背中に負うことになった。当時すでに介護保険制度が施行されていたが、お世辞にも使いやすい制度とは言えなかった。また保険の枠の中でさえ、洋子独りが支えるこの家の家計にとっては、母の介護に掛かる費用は大きな負担になった。介護サービスの利用は入浴などの一人では介助困難なものだけに抑えて、普段の世話は洋子がやらざるを得なかった。

それでも最初のころは母の介護に、楽しいとは言わぬまでも、ある種の充実感は覚えていた。平日はスーパーでレジを打ち、週末はスナックで酔っ払いの相手をした。たまの休みの日は母を車いすに乗せて、颯太も連れて近所を散歩した。洋子の身体は悲鳴をあげていたが、その一方で心の隅には家族のために身を粉《こ》にする自分に酔うような不思議な喜びがあった。

絆、家族の絆。

そんな美しい言葉が洋子を動かすようだった。

もしも母が穏やかな日々を過ごし、洋子の献身に感謝してくれれば、あるいは洋子はその生活にそれまで以上の幸福すら感じていたかもしれない。

しかし現実はそのようにはならず、少しずつほころび始めた。

生活のほぼ全てに介助が必要になった母は、洋子が仕事をしている間、つまり一日の大半を家の中で過ごさざるを得なくなった。外出するのが好きで何も用事がなくとも外を出歩くことを常としていた母は、その正反対とも言える生活の中、徐々に心の在り方を歪めていった。

小さなことですぐに文句を言うようになり、洋子が仕事に行こうとすると「私は独りじゃ家から出れないのに」などと恨み言を漏らし、そのくせ洋子が休みの日に散歩に誘うと「行きたくないよ。外ですたすた歩いている人を見ると気が滅入るんだ」と自ら家に閉じこもるようになった。食事や排泄の世話をする洋子に感謝するどころか、あれやこれやとアラを探し、なじるようになった。

洋子は、そんな母の気持ちも分からないではなかった。七十年、当たり前のように身体を支えてくれていた両足が突然利かなくなり、外出もままならなくなったのだ。何もかもが疎ましく感じられるのだろう。

また洋子の心には常に、母が怪我をしたのは自分たちが同居を始めたからだ、という罪悪感が重い腰を下ろしていた。

母さんが私と颯太を受け入れてくれたように、今度は私が母さんを受け入れる番だ。

そう思い、洋子は献身的に母に尽くした。

しかし母の口から感謝の言葉が出ることはなくなり、食事を出せば「不味《まず》い、食べづらい」と言われ、身体を拭《ふ》けば「痛い、もっと丁寧にやれ」と言われ、労《いたわ》りの声をかければ「いやみを言うな」と言われ、挙句の果てに「あんたの顔を見るだけでいらいらする」と言われた。

洋子はそれでも耐えた。

身体だけじゃなく、心まで悲鳴をあげていたが、洋子はそれを押し殺した。

つらくない、つらくない、つらくない。

本当につらいのは、母さんの方よ。私はつらくない。

私は母さんの介護を嫌がるような薄情な人間じゃない。

私と母さんの絆は、こんな困難に負けない、負けてはいけない。

まるで強迫するように、自分で自分に言い聞かせた。

だが、追い打ちをかけるように、日に日に母はおかしくなっていった。

小言や恨み言だけではなく、食べたはずの食事をまだだと言い張ったり、もうとっくに亡くなっている父を呼んでみたり、明らかに理屈に合わない言動が増えていった。夏場に「すっかり寒くなった」と言ってセーターを羽織ったことがあった。誰も何も言っていないのに「そんな大きい声で怒らないで」と怯えることがあった。時折、颯太や洋子のことも分からなくなるようだった。

認知症――。

かつて「ボケ」とか「痴呆症」と言われていたものを今はそう呼ぶらしい。

その症状は、単に記憶力や思考力が鈍るだけじゃなく、母の人格そのものを変え、母が母でなくなってしまうかのようだった。

そしてそれは、洋子が拠《よ》り所にしていた家族の絆を無惨に引き裂いた。

母は心を尽くして介護する洋子が分からず「誰？」と怯えた。このときの母にとって、洋子は娘ではない。得体の知れない他人なのだ。それは、文句を言われたりなじられたりするよりも、ずっと応《こた》えた。

家族は絆を失い、ただの事実に堕ちた。

たとえ母の認識が他人でも、戸籍を調べるなり、ＤＮＡ型を鑑定すれば簡単に証明されてしまう事実として、どこまでも母は母だ。

母はときどき洋子が分からなくなる。でも、家族だから、面倒をみなくてはいけない。そんな義務感だけが残った。これでは自分に酔うことなどできない。空しさと疲労だけが積み重なっていく。

こうして、地獄は顕現した。

ここにきて、洋子は認めた。

つらい、つらい、つらい。

母の介護がつらい。一日も早く、この地獄から抜け出したい、と。

洋子は泣きじゃくる颯太をなだめながら、なんとか汚物を拭き取ると部屋に消臭剤を撒いた。とてもじゃないが、しっかり掃除する時間も気力もない。

一度颯太を寝室から居間へ連れ出し、再生専用のＤＶＤデッキでレンタルしていたアニメを再生した。

テンポの良いオープニングテーマが聞こえてくると、颯太は泣きやみテレビの前にかじりついた。

洋子は母の寝室に戻ると、クローゼットから数本の革ベルトを取り出し母の傍らに立った。

母は先ほどまでの狂乱が嘘のように惚《ほう》けて、ベッドに横たわり、ぼんやりと天井を眺めている。

「母さん、ごめんね」小さな声でそう言うと、洋子はベルトで母の右腕をベッドのパイプにくくった。

母はきょとんとしている。

続けて左手も同じようにくくった。下半身が利かない母は、これでほぼ身動きが取れない。しかし洋子は念のために足もくくる。母は標本にされた昆虫のようにベッドに貼り付けられた。

認知症が始まってから、母は洋子の留守中にベッドから這いだすようになった。表に出るようなことはなくても、バリアフリー化されていない家の中を芋虫のように動き回るだけで十分に危ない。それ以前にベッドから転げ落ちることもしばしばあった。

だから、洋子は仕事などで長時間家を空けるときは、こうして母を拘束する。その姿は惨めで、人間にとって大事な何かを剝ぎ取られているようだ。

手足を拘束されることを異常に嫌がることもあるが、今日は抵抗しなかった。先ほど一暴れしたせいかもしれない。錯乱したあとの母は、いつも生ける屍《しかばね》のように生気を失う。

洋子は急いで化粧をして、颯太を連れて家を出る。

小さな木造の平屋建て。洋子が生まれる前に亡き父が建てたというから、築年数は四十年以上だ。モルタルの壁は所々ひび割れ、今では珍しくなったトタンの屋根には、壊れた樋《とい》がぶら下がっている。猫の額ほどもない庭は枯れた雑草に占拠されたままだ。

洋子は颯太の手を引いて薄暗い道を足早に進む。

今日の昼間は暖かかったのに、陽が暮れてからぐっと冷え込んだ。すっかり冬の夜だ。数十メートルごとに設置された街灯の灯りは淡い寒色で、体感温度を更に下げる。

颯太はトレーナー一枚でも寒さなど気にせぬ様子で、アニメの主題歌を歌いながら、身体を揺らして歩いている。先ほど叩かれたことも忘れてしまったかのように上機嫌だ。洋子とつないだ小さな手は温かい。

向かう先は駅前の小さなスナック。若い娘も羽振りのいい客もいないが、気の好いママがいる雰囲気の良い店だ。洋子は週末だけ夜八時から店に出る。ママは洋子に対して親身になってくれ、働いている間、ママの住居でもあるスナックの二階で颯太を寝かしていて良いという。幸い、颯太は独り寝を嫌がることも、夜泣きをするようなこともないので、ありがたく甘えさせてもらっている。

歩くという単調な作業の中、つい考えたくないことを考えてしまう。

颯太の手を握るこの手は、さっき颯太を叩いた手だ。

離婚の理由は夫の暴力《DV》だった。付き合っていたころから高圧的で暴力的なところがあるのは分かっていたのに、気の迷いとしか言えない情熱と勢いで結婚してしまった。あろうことか、元夫は洋子が妊娠しても暴力をふるい、危うく流産させられるところだった。今思い出しても悪夢のような出来事だが、あれがあったおかげで離婚に踏み切ることができた。縁を切ることを最優先にしたため、慰謝料も養育費も取ることはできなかったが。

そんな思いをした洋子だから、離婚が成立したとき息子には絶対に手をあげるまいと誓った。しかし母の介護が始まってからは、その禁を頻繁に破るようになってしまった。駄目だと分かっていても、頭に血が上ると、どうしても、止めることができない。

今日のようにせいぜい頬を張るくらいなのだが、それでも後味は悪く、打たれた場所を押さえて泣く息子の姿は胸を締め付けた。

親の虐待で子供が殺されるニュースを目にする度に、動揺する自分がいた。

ああいう親と私は違う。私は颯太を犠牲にしない。私が颯太を守る。

いくら自分に言い聞かせても不安は募った。

本当に守れるのだろうか。今、握り返してくれているこの小さな手の主を。

洋子の心の中に、燻《くすぶ》る何かがあった。

私はかつて夫のＤＶに耐え、今は母の介護に耐えている。

これは、あとどれくらい続くのだろう？

私はいつまで耐えなければならないのだろう？

夫との縁は離婚で切れた。だが、母は？

いつだったか、往診に来た医者が「身体は健康ですからね。まだまだ長生きできますよ」と言ったとき、洋子の顔は引きつった。

長生き？

たとえば、平均寿命まで生きるとしてもまだ十年以上。

ずっと、このままで？

小さな颯太は少しずつ成長している。今年で六歳。次の春から小学校に通う。言葉は日々達者になり、伝わる想いが増えてゆく。

だが、母は違う。母はもう成長しない。今後、悪くはなっても、良くなるということはないだろう。

洋子はこれまで日に日に想いは通じなくなる。日本が長寿国であることを漠然と良いことのように感じていたが、それは大いなる誤解だと気づいた。

人が死なないなんて、こんなに絶望的なことはない！

そんなふうに考えてしまう自分が心底嫌になった。

大友秀樹　二〇〇六年　十一月四日

同日、午後八時十分。大友秀樹は佐久間と共に京王《けいおう》八王子駅の側にある洋風中華料理《ヌーベル・シノワ》のレストランに入った。

入店するとき、携帯電話のディスプレイにしっかり三本アンテナが立っていることを確認した。地方検察に勤める検察官は、公休日であっても常時連絡可能にしておくことが求められ、今日のようにプライベートで県外に出る場合は届け出が必要になる。先輩検事によれば、昭和のころはもう少し大らかだったのだが、平成年代に入ってから綱紀粛正の気運が高まり、かなり規律が厳しくなったそうだ。

「久しぶりだな、ヒデ。こうして一緒に飯を食うのは高校以来か」

注文を済ませたあと、佐久間は言った。声色は昔と変わっていないが、左手首には高校生のときにはなかったブランド物の時計が光っている。

佐久間とは高校でバスケットボールを追いかけていたころはそれこそ毎日顔を合わせていたが、大学進学以降は何となく疎遠になり、社会に出てからはずっと会っていなかった。

「そうだな。サクが介護の仕事してて助かったよ」

大友が言うと佐久間はくすりと笑った。

「サクか、なんだか懐かしいな。そう呼ばれること今ではないから」

「俺だって、ヒデって呼ばれないよ」と大友は頷く。

中学高校くらいのあだ名は、大人になると消滅してしまうものだ。

ウーロン茶が運ばれてきて乾杯する。

「まあ、俺がフォレストに入ったのは成り行きだけどな」

佐久間は本来は親会社にあたる人材派遣会社の社員だが、営業の腕を買われて部長待遇でフォレストに出向しているのだという。

「それに、助かったのはこっちの方だ。高級老人ホームは利益率が高いんだ。いいパス来たって感じだぜ」

佐久間は両手を胸の前に出してボールを受け取るような動作をしてみせた。その懐かしい手つきに、頭の中でバスケットシューズのソールがコートをこするキュッキュッという音と記憶が蘇る。

「覚えているか？　最後の試合のパス」

大友が尋ねると、佐久間は少し思い出すそぶりをしたあと「はは、あれか。覚えてるよ」と目を細めた。

高校三年の秋。

最後の大会である選抜大会予選では、組み合わせにも恵まれ都大会のベストエイトまで駒を進めることができた。が、そこで優勝候補の強豪校と当たった。

試合は終始押され気味で、最終盤、残り時間が三十秒を切った時点で十四点差がついていた。健闘していたものの敗北はほぼ決定的。そのパスが通ったのは、そんな場面だった。

相手のシュートが外れ、大きくリバウンドが跳ねた。

センターの佐久間が手を伸ばすのが見えた。落ちても取れてもこれがラストプレーなのは明らかだった。

大友はボールの行方を確認せずに、駆け出した。走り続けて乳酸がたまりきった足を必死で動かした。背後で佐久間がリバウンドを勝ち取った。

大友は相手の戻りより早く、ゴール前に切り込んでいた。

「こい！」

右手を伸ばして叫んだ。

佐久間はワンハンドスローでボールを投げた。コートのエンドからエンドへ濃い小豆《あずき》色の試合球が矢のように走った。ゴールの斜め前四十五度、大友の進む先へ。ここしかないという一点への、奇跡のようなロングパス。

大友は右手でそれを受け、そのままワンドリブル、ワンステップでレイアップシュートを決めた。

その直後笛が鳴り、試合は終了した。

「中等部からの六年で、あれが一番いいプレーだったと思う」

大友は今でもパスを受けた瞬間から、ボールがゴールに吸い込まれるまでのシーンを、ありありと思い浮かべることができる。右手には、シュートを打ったときのボールの重みが消える感触が、まだ残っていると思えるほどだ。

「試合は負けたけどな」と佐久間はどこかつまらなそうに言う。当時から佐久間は勝ち負けに執着するタイプだった。

「でも、いい負け方だったよ。全国優勝するチーム以外は負けて終わるんだしさ。俺はなかなかレギュラーになれなくて、何度もやめようと思ったけど、最後、あんなふうに終われて、続けてて良かったと思えたな」

大友がバスケ部に入ったのは、特別な事情があったわけではなかった。中学に入学してクラブ紹介を見て何となく面白そうだと思った程度だ。特別背が高いわけでもなく運動神経も人並みの大友は、中等部のころはずっと補欠で、高等部の最高学年でやっとレギュラーを勝ち取った。一方の佐久間はミニバスチームの出身で、中等部のころからずっとエースとして活躍していた。強気でチームを牽引する存在で、当時の大友は同学年ながらあこがれに近い感情を抱いていた。

「いい負け方か……。それが通用するのは学生のうちだけだな。社会に出たら、負けたら終わりってことは結構ある」

強気な元エースは言った。若くして新興企業の部長職に登りつめた男らしい物言いでもある。

「かもな」とこれは大友も全面的ではないにしろ首肯せざるを得ない。なんせ大友が身を置く検察社会は民間以上に負けが許されない世界だ。日本の刑事裁判の有罪率は九十九・九パーセント。無罪判決《クロボシ》は文字通り「万が一」であり、これを喫するのは検事にとって未来がなくなる致命的な失敗だ。

料理が運ばれてきた。前菜だ。海鮮春巻きのトマトソースがけと燻製アヒル。

「しかし、紹介した俺が言うのもなんだが、良かったのか？　親父さんがあそこに入ったら、お前が相続する財産はずいぶん減るんじゃないか」

乳白色のアヒルの肉をつつきながら、佐久間は話題を変えてそんなことを言った。

フォレスト・ガーデンの入居金は三億近い。入居となれば、父は手持ちの有価証券や不動産のほとんどを処分することになるだろう。

「まあ、最初からアテにしてないよ」大友は言った。

無論、親が財産を残してくれればありがたい。だが、もし親が自分のために使うなら、それが一番だとも思う。

「さすが検事だけあって、人間ができてるな」

佐久間がからかうように言うので、苦笑した。

「そんなことないよ」

「そういえば……」佐久間は思い出したように言った。「キセル止めようって言いだしたのもお前だったな」

「キセル？」

大友は即座に何のことか分からなかった。

「合宿の電車だよ」

「ああ」言われて、思い出した。最後のパスほど鮮烈な記憶ではない。その数ヶ月前、高校三年の夏のことだ。

毎年、バスケ部は辺鄙《へんぴ》な山奥で夏合宿を組んでいた。現地集合で最寄り駅は無人駅だった。顧問は車で先乗りしているため、移動は生徒だけで行う。キセルして行くのが部の隠れた伝統だった。

しかし、大友はこの伝統に罪悪感を抱いていた。だから自らが最高学年になったとき、大友は皆に訴えた。

「やっぱり、ちゃんと払った方がいいんじゃないかな。電車は鉄道会社がコストを払って動かしているものだ。社会に出てもいないで親の金で暮らしてる俺たちが、真面目に働いている人を踏みにじるようなことを『伝統』なんて言って肯定しちゃいけないと思う。俺は自分が受けたサービスに見合った対価を払うよ」

部の雰囲気を壊すかもしれないと思ったが、それ以上に罪悪感が勝った。

幸い、他の部員たちも大友の意見に同調して、バスケ部の悪しき伝統は終わった。あのとき佐久間も「ヒデの言う通りだな」と同意してくれたのをおぼろげながら覚えている。

「あのころからお前は真面目だったよな」とその佐久間が少し笑みを浮かべた。「やっぱ、クリスチャンは育ちが違うのか」

どうも日本ではクリスチャンだというと、それだけで品行方正あるいは堅物というイメージがある。おそらくは日本社会で圧倒的少数だからなのだろう。だが、もちろんクリスチャンにだって道を踏み外す者はいるし、欧米のキリスト教圏が特別治安が良いというわけでもない。

「どうかな。うちは親父からしてそんなに敬虔じゃないし、俺は信仰と生活が一致しない似非《えせ》クリスチャンだよ」

これは大友の偽らざる本心だ。

自分が人から堅物と言われがちな人間だという自覚はあるが、敬虔な信徒である自信はない。

クリスチャンの家庭で育ち、幼いころに洗礼を受けた。中学の入学祝いとして父から聖書を贈られ、今でも答えの出ない問題に直面したとき、これをひもとくこともある。聖書の言葉のいくつかに感銘を受けることもある。だが、それだけだ。

聖書を格言集のように読むことはあっても、そこに事実として書かれている事柄はほとんどが創作だと思っている。創造論より進化論の方が正しいと考えているし、イエスが十字架にかけられたあと復活したなどという話は鵜呑《うの》みにできない。聖書の記述は物語だ。礼拝にもうずいぶん行っていないし、日常の中で神を感じることもなければ、祈りを捧げることもない。

大友の生活態度は無神論者のそれに近い。所属する会派はプロテスタントの中でも自由《リベ》主義《ラリズム》神学の立場を取っているため、一応、大友のような態度も許容される。だが、知識を超えた信仰と呼べるほどのものが自分の中にあるかは、甚《はなは》だ疑問だ。

「まあなんにせよ、お前の親父さん、幸せ者だな。電話でも言ったが、常時介護が必要になったなら、有料老人ホームに入るのがベストだ。金があるならできるだけサービスの充実した高級なところに入った方がいい」

佐久間は赤い血のようなトマトソースに濡れた春巻きを一口かじって、続けた。

「安く入れる特別養護老人ホームってのもあるが、今はどこも定員オーバーで数百人待ちの状態だ。その上設備もスタッフもサービスも値段なりで、場所によっては収容所みたいな環境で、介護というより虐待に近いことが行われている」

「そうか……」

大友自身が担当したわけではないが、特別養護老人ホームでの虐待事件は、千葉でも発生していた。

「在宅介護は、ケース・バイ・ケースだが、ドツボにハマると悲惨だ。特に介護の手が少なく固定しがちな小さな家族ほどヤバい。

かつて『家族介護という日本の美風が失われる』といって、介護保険に反対した政治家がいたが、とんでもない話さ。家族介護こそ日本の呪いだ。俺は自宅で家族の介護をしてノイローゼになった嫁さんや娘さんを山ほど知ってるぜ。お前の前でこんな話をするのもなんだが、殺人や心中に発展するケースだって珍しくないんだ」

「しかし、そういう人たちのために、介護保険ができたわけだろ？」

大友は尋ねた。六年前の二〇〇〇年に我が国では介護保険制度が施行されている。

佐久間は鼻を鳴らして笑った。

「残念ながら、介護保険は人助けのための制度じゃない。介護保険によって人は二種類に分けられた、助かる者と助からない者だ」

佐久間は春巻きの残りを口に入れ、かみ砕きながら続ける。

「国が介護保険制度を施行した本当の目的は、闇の中に埋もれていた『介護』をビジネスの舞台に引っ張り上げることだ。今、日本の総人口に対して、六十五歳以上の老齢人口が何パーセントを占めてるか知ってるか？」

「いや」と大友は首を振った。高齢化と言われているから、多いのだろうとは思うが、具体的な数字は知らなかった。

「およそ、二十パーセント。五人に一人、数にして二千六百万人だ」

佐久間は言った。改めて聞くとすごい数字だ。

「今、日本社会は人類が経験したことのない高齢化に直面している。この十年、経済が停滞し税収が増えない中で社会保障費は二十兆以上も膨らんだ。そのほとんどは老人福祉、社会の高齢化によるものだ。しかも、これでもまだまだ序の口なんだ。そう遠くない未来に団塊の世代と呼ばれる、とんでもないボリュームの集団が老人になるんだからな。

放っておけば、近い将来、この国の福祉は老人に食いつぶされて機能しなくなる。健康保険制度は破綻し、病院は寝たきり老人を収容するための施設と化す。急病で倒れても、健康どこの病院も老人で満杯で医者にかかれないなんてことが起きるかもしれない。いや、実際に病院の数が少ない地方ではもう起きているんだ。

こういった状況に対応するため、厚労省は『高齢者介護対策本部』を立ち上げ、介護保険制度を構想した。

それまでごちゃ混ぜだった医学的な治療を主とする『医療』と、生活の介助を主とする『介護』を切り離し、社会保障の大義名分を得て国民から介護保険料を徴収する。こうして集めた金を元手に、介護を市場原理によって自立させる。役人が描いたのはそんな絵図だ。かくして急ピッチでヘルパーなどの資格が整備され、うちみたいな営利企業の参入がうながされた。老人福祉をビジネスとして民間にアウトソーシングすること。それが介護保険の役割だ」

門外漢である大友には佐久間の言うことの真偽は判断できない。だが、リアリティは感じた。

福祉のアウトソーシングと、そのための財源としての介護保険。そこには当然、利権と権限が生まれる。社会制度を改革しつつ、省益も拡大できる。善し悪しはともかく、いかにも役人が考えそうなことだ。同じ穴の貉《むじな》としてそう思う。

「介護保険によって介護はビジネス、資本の論理の上に乗せられた。それはつまり、助かるために金が必要になったってことだ。

介護保険を使えば介護サービスを一割負担で利用できる、ということになっている。しかし実際には健康保険のように無限に使えるわけじゃない。枠が決まっていて必ずしも本人が必要な介護が受けられるとは限らない。

結局、充実した介護を受けるためには、介護保険の範囲を超えて、利用者が実費を負担しなきゃならない。実際にほとんどの有料老人ホームでは、実費負担でのサービスを行っている。その方がきめ細かく、内容の良い介護ができるんだ。制度に左右されない分、経営も安定する。

フォレスト・ガーデンみたいな億単位の金を取るところは別格としても、清潔でそれなりのサービスをしてくれる老人ホームに入るには、最低でも二千か三千程度は必要だ。

そういう大金を払える富裕層だけが、安全地帯に入れる。お前の親父さんみたいにな」

安全地帯という単語はどこかイヤミを言われているようでもあり、良い気分はしなかった。が、大友は何も言わず頷きながらアヒルに箸をつけた。飲み込むとき、耳の奥にかすかな痛みがした。

「最近、格差なんて言葉をやたらと聞くが、この世で一番えげつない格差は老人の格差だ。特に、要介護状態になった老人の格差は冷酷だ。安全地帯の高級老人ホームで至れり尽くせりの生活をする老人がいる一方で、重すぎる介護の負担で家族を押しつぶす老人がいる。まあ、介護保険が施行されても『家族介護という日本の美風』は残ったわけだ。未だに多くの家庭で介護が原因のノイローゼや鬱が生まれ続けている――」

佐久間は介護業界の笑えない実情を、愉快な話でもしているような雰囲気で語り続けた。

大友の耳の奥で痛みと共に小さな耳鳴りも始まった。食事の間中、佐久間の言葉とシンクロするように、痛みと耳鳴りを伴うかすかなうずきがずっと続いていた。


帰り道、交通情報が八王子インターで酷い渋滞が発生していると知らせていたので、下を行くことにした。ちょうど紅葉のピークを迎え黄色い葉をたたえた銀杏《いちょう》が並ぶ甲州《こうしゅう》街道を東へ走る。

大友はハンドルを握りながら、佐久間から聞いた話を反芻していた。その内に、何の気なしに使う「介護ビジネス」という言葉の座りの悪さに気づいた。「介護」と「ビジネス」。相容《あいい》れようのないものを掛け合わせてしまったキメラのようなグロテスクさ。だが、極端な高齢化を迎えているこの国には、そのキメラを作らなければならない事情があるのかもしれない。

耳の奥に食事中に感じていたうずきのなごりがある。

これは小学生のころ中耳炎を患って以来、大友が抱えている一種の体質だ。中耳炎そのものはもう完治しているはずなのだが、時折、耳の奥がうずくのだ。痛みと耳鳴りに襲われる。

多少の強弱はあるが、大抵は無視してしまえば無視できるほどかすかなものなので、これといって実害はない。ただ、自分の内面を客観的に知るバロメーターにはなった。どうやら、このうずきが起きるのは心的なストレスを感じたときのようなのだ。たとえば、バスケ部時代、夏合宿でキセルをするときはずっと耳の奥がうずいていた。

　これが出てきたということは、やはり佐久間のする介護業界の話をあまり愉快な気持ちで聞いていなかったということだ。

　都心から国道六号を経て、自宅のある松戸の市街地に向かう途中、フォレストのロゴマークの入ったワンボックスカーとすれ違った。時刻は午後十時を過ぎている。夜間の巡回介護中なのだろうか。

　フォレストは、二十四時間三百六十五日、いつでも対応する訪問介護サービスを売りにしており、テレビCMでも盛大にアピールしている。佐久間によれば昨年フォレストは介護業界のトップシェアに躍り出たという。

「格差があるってことは、金があるってことだ。日本で一番格差が広がってるのは老人、そして一番金を持ってるのも老人だ。

　日本の個人金融資産の総額は千四百兆、その四割以上を六十五歳以上の老齢世代が独占している。国内にこれだけの金がありながら、景気が冷え込んでるのは上手く回ってないからだ。老人ってのは金を使わない。うちみたいな企業にはそんな死に金を集めて、市場に循環させるって役割もあるんだ」

佐久間は、メインディッシュのXO醤《エックスオージャン》で味付けされたスペアリブを箸でほぐしつつ、朗々と語っていた。話題は、フォレストの介護事業が今いかに好調かということにスライドしていた。

「うちが目指してるのは、老人に集中している富の総取り。市場の独占だ。介護は確実な成長が見込まれる産業だ。多くの投資家が注目している。事実、うちが事業を拡大していけばそれだけ株価は上がる。沸騰した時価総額で同業者を買収し、更に事業を拡大する。するとまた株価は上がる。これを繰り返し、最終的には市場を独占する。そうなったときに生まれる利益は計り知れない」

佐久間の口からXO醤の香りと共に吐き出される言葉は、まるで千年王国の到来を確信する原理主義者のそれのようだ。

勝ち気な佐久間らしいとも思えたが、どこか露悪的でもあった。

学生時代は頼もしく思えた佐久間が、今は少し危うく思えた。

市場の独占。計り知れない利益。

それは、介護のような福祉を担う企業にとって約束の地になりうるのだろうか。

今すれ違ったワンボックスカーに乗っている現場のヘルパーたちは、このような会社の思惑を知っているのだろうか。

もやもやとした思考の相手をするうちに、自宅が見えてきた。古ぼけた一戸建ての官舎は、キッチンの窓だけが温かい灯りを漏らしている。きっと娘を寝かしつけた妻の玲子《れいこ》が、本でも読みながら大友を待っているのだろう。

車から降りてふと空を見上げると、特徴のある三連星が目に入った。この三つ星を囲むように四つの星が四角形を描いている。

オリオン座。

おそらくは、最も有名な冬の星座だ。

海神ポセイドンの子、オリオンは、狩りを得意とする巨人だ。英雄と称される反面、その性格は荒々しく、手に負えない乱暴者だったという。オリオン座の傍らには、彼が従えた猟犬シリウスと同じ名の一等星を抱くおおいぬ座が侍《はべ》り、足元には獲物とされるうさぎ座がある。

オリオンの右肩に位置する赤い星はベテルギウス。冬の大三角形の一角をなす一等星だが、不安定な赤色超巨星で、そう遠くない未来に超新星爆発を起こして消滅すると予測されている。

驕《おご》れる巨人は、雲一つない漆黒のスクリーンに嘘くさい光を放っていた。

〈彼〉

二〇〇六年　十一月四日

同日、午後十時二十六分。〈彼〉は、X県八賀市の住宅街にあるコインパーキングに白いセダンを駐《と》めた。

エンジンを切ると、上着のポケットから携帯ラジオに似た灰色の機械を取り出す。長めに伸びた白髪をかきあげ、イヤフォンを耳に押し込む。

しばらく耳を澄ませてみるが、ほとんど何も聞こえない。それを確認すると、イヤフォンを外して機械をまたポケットに突っ込む。

続けてダッシュボードを開ける。一見何もないが簡単な二重底になっていて、それをずらすと黒い肩掛けポーチがある。

〈彼〉はポーチを手に車から出る。

空に雲はなく星がよく見えた。星座などほとんど知らない〈彼〉だが、オリオン座だけは一目でそれと分かった。

〈彼〉はコインパーキングの真裏にある民家を訪ねる。

古ぼけたトタン屋根のモルタル造りで、表札にかすれた文字で「羽田」とある。

〈彼〉は知っている。

この家の主は羽田静江《しずえ》、七十六歳。〈彼〉がこれから『処置』する対象だ。娘と孫が同居しているが、今は娘は孫を連れて働きに出ている。念のため、音も確認したが、やはり家の中には静江独りのようだ。

〈彼〉はこの家の住人のようにごく自然な様子で敷地に入ると、裏手に回って勝手口を開けて中に入る。

このあたりに住む多くがそうであるように、この家には夜でも勝手口に鍵をかける習慣がないことも知っている。

家の中に上がり込んだ〈彼〉は、台所を通って静江がいる寝室へ向かう。

ゆっくり寝室のふすまを開ける。眠っているとばかり思っていたが、ベッドに横たわる静江の目は開いていた。認知症により昼夜の感覚がなくなるのは珍しくない。

よく見ると静江はベルトでベッドにくくられている。〈彼〉のポーチの中には手足を縛るためのタオルも入っているが、今日はこれを使う必要はないようだ。

静江はぼんやり〈彼〉を見上げる。

「あなた？」

静江は〈彼〉に呼びかけた。

亡き夫は〈彼〉と似ているのだろうか。もしかしたら〈彼〉と同じ総白髪だったのかもしれない。

「違いますよ。ご主人は、もう亡くなってるでしょう」

〈彼〉はゆっくりと言った。

しばらく呆然としたあと、静江の顔色が変わった。

言われて、夫がとっくに死んでしまっていることを思い出し、今自分の前に立っているこの男は誰なのかと、混乱したのだろうか。

「誰？」と静江が怯えた声で尋ねる。

静江は〈彼〉と何度か顔を合わせたことがあるのだが、分からないようだった。ときどき娘や孫のことすら分からなくなるくらいだ、それも仕方ないだろう。

〈彼〉は改めて自己紹介などはせずに、静江に近づく。

「ねえ、あなた誰よ⁉」

〈彼〉は静江の傍らで膝をつくと、彼女の手足を拘束するベルトを指で撫でた。

「こうしてもらえると、面倒が減って助かりますよ。すぐ済みますからね」

〈彼〉はポーチの中から小さく細長い筒を取り出すと、静江の左肘の裏側にあてがった。

注射器だ。シリンダーの中は、濃い茶褐色の液体で満たされている。

注射針は皺と皺の間に潜り込み、腕に刺さる。

「え、え、え⁉」

戸惑う静江をよそに〈彼〉はピストンを押し込む。〈彼〉の指はマシーンのように正確に動く。

注入。

その呪《まじな》いのような液体が、静江の肉体に浸入する。

まるで事態が飲み込めず、あっけにとられた表情の静江だったが、数瞬のあと、激しく身体を痙攣《けいれん》させた。

「あ、はぅあ、がっ！」

口を大きく開き、拘束された手足を震わせる。静江の反応は悶《もだ》えると言えるほどの時間も続かず、糸が切れるように重力に引かれてベッドに全身を沈めた。

「……あ」

最後に、小さく漏れるように鳴いて、静江は事切れた。

部屋には、〈彼〉のかすかな息づかいだけが残った。

〈彼〉は静江の口元にこぼれたよだれを拭い、見開いたままの目を閉じさせた。注射をした肘の裏に脱脂綿を押し当て圧迫止血を施す。

〈彼〉は落ち着き払い、動作は淡々としている。淀みも色もない。やはりマシーンのようだ。

注射の跡は皺と染みに埋もれてほとんど分からなくなった。

今回も『処置』は滞りなく完了した。

こうしてみると、静江はまるで安らかに没したかのようだ。

〈彼〉は寝室の隅へゆくと箪笥《たんす》の陰のコンセントを探り、そこに差してあった小型の三つ叉タップを引き抜いた。

電源ケーブルは繋がっておらず、ただ風景のようにコンセントに差し込んでいただけのものだ。静江はもちろん、娘の洋子も、いつからここにこんなものがあったのか憶えていないだろうし、今日なくなったことも気づかないだろう。

一見、どこにでもありそうなこの小型タップは、コンセントから電源の供給を受け、半径約二百メートルの範囲に盗聴電波を飛ばす盗聴器だ。

もうこれをここに付けておく理由はない。

〈彼〉は盗聴器をポーチにしまい、寝室をあとにした。

羽田洋子　二〇〇六年　十一月五日

日付変わって、午前一時七分。羽田洋子は眠る息子をおぶって、自宅の前に停まったタクシーから降りた。

週末出勤しているスナックの閉店は午前零時三十分。帰宅するのは早くてもこのくらいの時間になる。

颯太が眠っているので、いつもタクシーを使う。歩いても行ける距離だからワンメーターですむが、家計を考えればそれでも少し惜しい気がする。だが、すやすやと眠る我が子を無理に起こして歩かせる気にはならないし、かといっておぶって歩くにはもう颯太は重すぎる。最近は家の前から部屋まで運ぶのも一苦労するようになってきた。

こんなとき、ふと、男手があればと思ってしまう。

再婚を考えないわけじゃない。

颯太のためだけではない。四十を過ぎたが、洋子はまだ女だ。寂しさを持てあます夜だってある。器量も悪くないと自負している。スナックの常連客に何人か、可能性を感じさせる男もいる。

だが、ただでさえこぶつきなのに、あの母がいるのでは無理だろう。

詮無《せんな》いことを思いながら、颯太を布団に寝かせたあと、奥の寝室のふすまを開けて中をうかがった。

見ると母はベッドの上で目を閉じている。

すでに母には昼も夜もなく、夜中でも目を覚ましていることが多いが、今日はよく寝ているようだ。

かすかに嗅ぎ馴れた悪臭がした。寝たまま漏らしたのだろう。でも起こしても面倒だし、オムツもしている。始末は明日でいいだろう。今夜はもう眠ってしまおう。

洋子は寝室のふすまを閉めると、化粧だけ落として、颯太の眠る布団にもぐり込んだ。


だからそのことに気がついたのは夜が明けてからだった。

午前七時過ぎ、先に起きた颯太がつけたテレビの音で目が覚めた。子ども向け番組の軽快で騒がしいメロディ。

眠気に引かれる身体をひきずり台所で顔を洗い、おにぎりと玉子焼きを手早く作って颯太に与える。それから、母の寝室を覗いた。

母は昨夜と同じように眠っているようだった。認知症になってから、母の睡眠は細切れになりがちで、こんなに長く眠るのは珍しい。だが、それを不自然に思うより、ありがたいと思う気持ちの方が勝った。

眠っているうちにベルトを外して、下の世話をしてしまおう。

洋子は母に近づいて、まず足をベルトから外して、次に手を外す。そのとき母の手首に触れ、驚いた。

冷たい。

正確には、冷たいというほどの温度ではなく、人肌の温もりが失われ室温に近づいているだけなのだが、その違和感は強烈だった。

そしてやっと、母の顔がいつもより白く、寝息も立てていないことに気づいた。

洋子は息を呑んだ。

もしかしたら。

母の左胸に震える手で触れてみた。

本来ならあるはずのリズミカルな鼓動がないことを知った。

死んでいる⁉

洋子は全身から汗が噴き出すのを感じた。動転しつつ、居間へ行って電話をかけた。一一九。当然、自然死だと思っている彼女は警察ではなく、救急にかけた。

ここから先は、洋子にとってはまるで早回しのように時が進んだ。

まず通報を受けた救急隊が駆けつけ、寝室で心電図を取り死亡を確認した。

「お気の毒ですが、お母さん、お亡くなりになっています。こんなふうに自宅で人が急死した場合は、このまま警察に調べてもらわなきゃいけないんですよ」

そう言って、救急隊員が警察へ連絡を入れた。

やがて、近所の派出所の巡査が一人と、少し遅れて背広姿の刑事が二人、やってきた。

警察官たちは、死体と寝室の様子を調べ、写真を撮る。

何が起こっているのか把握できていない颯太は、制服姿の巡査が家に来ることが物珍しく、何かとちょっかいを出そうとして、洋子を難儀させた。

人なつっこそうな丸顔の中年刑事が、愛想良く洋子に質問をした。

「昨夜、お母さんの様子はいかがでした？」

「この二、三日で何か変わったことはありませんでしたか？」

「最後に会話をしたときはどんな感じでしたか？」

「部屋や家からなくなっているものはありませんか？　家具や物の位置が変わっていませんか？」

「昨日から今朝にかけてはどうお過ごしでしたか？」

洋子は所々颯太に邪魔されながら、これらに訥々《とつとつ》と答えた。

「はい分かりました、おつかれさまです。いろいろ聞いちゃってすみませんねえ。ご遺体を調べさせてもらったところ、亡くなったのは昨夜。あなたがお店にいたころのようですね。特におかしな点もないので、年齢を考えますとやはり自然死じゃないかと思われます」と刑事は結論づけた。

では、帰宅後、部屋を覗いて眠っていると思ったときには、もう死んでいたということか。

「このあと、この場にお医者さんを呼んで死因を確認してもらいます。これをやらないと死亡診断書が出ないんで、お葬式もできないんですよ。ああ、そうだ、もし良かったら、ついでに葬儀屋なんかも一緒にこっちで手配しますよ。実は、警察《うち》の出入りの業者ってのがあって、かなり安くやってもらえるんだけど、どうですかね？」

洋子は警察が葬儀屋の手配までしてくれることに少し驚きつつ、刑事に言われるままに頷いた。

刑事はすぐに携帯電話で警察医と葬儀屋に連絡をした。

しばらくすると、市内の葬儀屋の担当者と、近所で個人医院を経営する老医師がやってきた。老医師と警察官たちは、洋子と葬儀屋を寝室の外で待機させ、死体の死因と死亡推定時刻を確定する死体検案を始め、その間、葬儀屋が洋子に今後の葬儀までの手順と段取りを説明した。

検案は三十分程度で終了し、老医師が判断した死因を洋子に告げた。

「このたびは、まことにご愁傷様です。ご母堂様はどうやら心不全で亡くなられたようですな。時間は昨夜の十一時前後です」

「娘さんは仕事中で、家には誰もいなかったんですねえ」

横から中年刑事が付け加えるように言った。

「急死ですからほとんど苦しむことなく、お亡くなりになったと思います。死亡診断書は、明日の朝までには書いておきますので、いつでも都合の良いときに取りに来て下さい。線路を越えてすぐのところですから」と老医師は洋子に地図付きの名刺を渡した。

検案が終わり、警察と老医師が引き上げたあと、葬儀屋だけがしばらく残って、今後の打ち合わせを続けた。

葬儀屋はシングルマザーで頼るあてもないという洋子に、自宅で行う一番安いプランを提案し、かつ、香典が足りなければ支払いは分割にすることも可能だと言ってくれた。

打ち合わせを済ませて葬儀屋が帰ったときは、もう昼過ぎになっていた。

スーパーのパートがあったが、電話して事情を説明し、休みをもらった。

コンビニで弁当を買ってきて颯太と食べたあと、ＤＶＤに子守をさせて洋子は独りで風呂につかった。

あっという間だと思った。

朝、母が死んでいるのに気づいてから、あっという間に段取りは進んだ。あらかじめレールが敷いてあるみたいに、洋子はただ質問に答えたり頷いたりしているだけで、驚くほどスムーズに母の死は処理されていった。

一人の人間にとっては一回限りの「死」という特別なイベントも、たくさんの人が暮らす町ではありふれた日常なのだ。洋子がパート先のスーパーでお総菜を量り売りするように、決められた手順で効率良くそれは処理される。

少しぬるめのお湯は、ゆっくりりと洋子の身体の中身を温めてくれた。

緊張がほぐれ、こわばっていた筋肉がゆるむのを感じた。指先まで温かい血が巡ってゆく。

心地よい――。

湯船の中でそう思うのは本当に久しぶりだった。

母さんが死んだ、地獄が終わった。

半ば無意識のうちに顔面の筋肉がほころび笑顔を作り出していく。

ああ、これでもう、母さんの世話をしなくていいんだね。もう、母さんになじられることもないんだね。もう、母さんをベッドに縛り付けなくてもいいんだね。もう、母さんのお尻を拭かなくていいんだね。これで、もう――。

――もう、拭いてあげられないんだね。

不意に湧《わ》きあがるその感情に、胸が詰まった。

小さな、しかし誤魔化しようもない染みのような、喪失感。

母の介護はつらかった。本当につらかった。うんざりしていた。地獄だった。心の底で早く終われと願っていた。この日がくるのを待ち望んでいた。それなのに。

「母さん……」

子どものころから何度繰り返しただろう。その呼び声は、もう行き場を失った。

洋子のまなじりからこぼれた雫《しずく》が一粒、頰を伝ってバスタブに消えた。

斯波宗典　　二〇〇六年　十一月九日

四日後、午後四時四十九分。斯波宗典が運転するワンボックスカーは、X県八賀市を東西に貫く県道を走っていた。

「そういや羽田さんとこのお婆ちゃん、今日お通夜なんだって？　ポックリ逝ってくれて、娘さん助かったわよねえ」

助手席に座る猪口真理子《いぐちまりこ》が、不謹慎きわまりないことを言う。

「そういう言い方はないと思いますけど！」

後部座席の窪田由紀《くぼたゆき》が、憤った声を返す。

「はいはい。ごめんなさいねえ」

真理子は大して気にもしていない。由紀はむっとした表情を作って押し黙った。

相変わらず、この二人は相性が悪い。

ハンドルを握る斯波は小さくため息を漏らした。

男女三人が乗るこの車は、後部座席と広めの荷室が一体になっており、そこにはボイラーやポンプといった機材と共に、持ち運べるように取っ手のついたポータブルタイプの浴槽がでんと鎮座している。

訪問入浴車。自宅での入浴が困難な要介護老人の家を訪れ、介助付きの入浴サービスを提供するための車両だ。車体にはフォレストのロゴがカッティングシートで施されている。

訪問入浴サービスは、彼らのように三人一組で利用者宅を回るのが普通だ。

運転席の斯波は、オペレーター。車の運転と浴槽の設置や機材の管理を行う。現在三十一歳で、三人の中では唯一のフォレストの正社員だ。

斯波の隣に座る真理子は看護師。入浴前後に利用者のバイタルチェックを行い、事故が起こらないように備える役割を担う。四十代の主婦で、週三回のパートタイマーだ。

斯波の斜め後ろで不機嫌な顔をしている由紀はヘルパー。入浴の介助を行う。今年の春に短大を卒業したばかりで、彼女もパートだが、その収入で生計を立てるフリーターだ。ほぼフルタイムで週五日シフトに入っている。

この国の多くの都市がそうであるように、ここ八賀市は年々人口比の老人が占める割合を増やしており、介護サービスのニーズはきわめて高い。今日も朝から何件もの訪問をこなし、事務所である『フォレスト八賀ケアセンター』へ帰る途中だ。

十一月に入り、この時間でももうすっかり暗くなった。ヘッドライトが照らす先には先行車も対向車も見えない。この道はいつも空いている。おそらくは工事をするためだけに造られたのだろう。交通量に見合わぬ広さの四車線道路を車は進む。

「でもさぁ、羽田さんとこって、本当に大変だったじゃない」

話題に上っているのは、週二回のペースで訪問入浴を利用していた顧客、羽田静江のことだ。一昨日、心不全で亡くなったという連絡が事務所に入った。

真理子は軽い口調で続ける。

「娘さん、出戻りのシングルマザーで、ただでさえ大変なのに、お婆ちゃんがほとんど寝たきりになってて しかもボケちゃってたわけでしょ。早めにポックリ逝ってくれて、助かったんじゃない？　あの娘さん、結構器量いいから、お婆ちゃんいなけりゃ、まだ再婚できるかもしれないし」

確かに静江は認知症が進んでおり、日によっては入浴させるのもかなり手こずった。介護をする娘さんは、見る度にやつれているように思えた。

斯波自身、認知症の老人を独りで介護するのがどれほどの負担かはよく知っている。数年前、歳の離れた父親に介護が必要になり、結局、往生するまで面倒をみた。この業界に入ったのも、その経験があってのことだ。

「ちょっと、猪口さん！　どうして、そんなこと言えるんですか⁉　人が亡くなってるんですよ！」

由紀は我慢できなかったようで、再度、気炎を上げた。

「でもねえ、私や、病院時代から数えるとそれこそ二十年近く介護の現場にいるけどさぁ、やっかいな要介護状態だけど、まだまだ長生きしそうなお年寄りが、都合よくポックリ逝くこと結構あるのよねえ」

下世話な想像が透けて見える真理子の言葉に、由紀は顔を青ざめさせた。

「まさか、家族が殺してるとでも言うんですか⁉」

「本当にまさかよねえ。でも、そういう可能性、ゼロじゃないんじゃない？」

「そんなのあるわけないですよ！　斯波さん、警察だって調べてるんですよね？」

「え、あ、うん」急に振られた斯波は、首をすくめつつ答える。「自宅なんかで医者が看取らずに死んだときは、警察が検視っていうのをして事件性がないか調べるのが原則だよ」

斯波の父が死んだときもそうだったし、この仕事をしていると利用者が自宅で死ぬことはままある。稀にだが警察から生前の様子などを聞かれたりすることもある。ただ、これまで顧客の死後、事件性ありとして捜査が始まったということは、斯波が知る範囲では一度もなかった。

「ほら、猪口さん、二時間サスペンスの見すぎですよ」と由紀は半ばなじるように言う。

しかし、真理子は悪びれもせず笑い飛ばす。

「あははは。それ、当たってるわ。私、大好きだもの。でも、こういう想像すると楽しいじゃない」

そんな真理子の態度にいよいよ由紀は憤慨する。

「いい加減にして下さい！　全然、楽しくなんかありません！」

水と油とはこのことだ。

ベテランの真理子は、口が悪くデリカシーに欠ける。一昔前の流行語でいえばオバタリアンというやつだ。介護の仕事はあくまで小遣い稼ぎと言って憚《はばか》らない。ただ、決していい加減な人ではなく、経験が長いだけあって効率良く的確に仕事をこなす。

一方の由紀は対照的に、仕事の経験はまだ浅く手際も良くないが、真面目で介護にある種の理想を抱いている。フリーターであり、この仕事で生活しているという理由もあるとは思うが、介護に向き合う姿勢は真摯《しんし》と言える。

そんな由紀にしてみれば、ついこの間まで介護をしていた相手が亡くなったというのに、そのことを邪推し面白がる真理子が許せないのだろう。

だが、斯波はこの由紀の真面目さに、むしろ危ういものを感じていた。

真面目な人間ほど、つまずいて辞めてしまう。介護の仕事には、そういった側面が間違いなくあるのだから。

斯波が運転する訪問入浴車がフォレスト八賀ケアセンターに戻ったのは五時を少し過ぎたころだった。車から降りると、月とオリオン座がぼんやり空に浮かんでいるのが見えた。

パートの真理子と由紀はここであがりだが、斯波にはまだ仕事がある。駐車場で入浴車の清掃とメンテナンスを行い、その後は夜間訪問介護のヘルパーとして働く。

二十四時間対応をうたっているフォレストでは、社員の勤務形態は十二時間拘束の二交代制だ。朝の九時から夜の九時までの昼勤が週に三日、夜の九時から朝の九時までの夜勤が週に二日ある。形の上では週休二日だが勤務時間が長いため法定労働時間をはるかに超えている。

ポンプから水を抜く作業をしているとき、腰に痛みを感じた。

重いポータブル浴槽や、足腰の立たなくなった高齢者を持ち上げることの多いこの仕事では、腰痛はつきものだ。特に最近は一日の訪問件数が増えたため、仕事はハードになっている。

今年――二〇〇六年――の四月に行われた介護保険法の改正により、訪問系のサービスに対する報酬が引き下げられた。フォレスト本社はその対策として、各事業所での受注ノルマを増やした。結果、現場の負担が増すことになったのだ。無論それで給料が増えるということはない。

入社四年目の斯波の場合で、手取りの給与はおよそ十八万円。普通免許とヘルパー二級という二つの資格を持った三十一歳の男性が、腰を痛めながらする長時間労働の対価としてはあまりに安い。

フォレストは、テレビCMを始めとしたメディアへの露出と、同業者への買収を繰り返し、介護業界のトップへと躍り出た。現役の総理大臣とも懇意にしているという会長は、ビジネス誌などで時代の寵児《ちょうじ》のようにもてはやされている。しかし実際の介護の現場は、そんな華々しさとはかけ離れている。

給料は安く、拘束時間は長く、労働はきつい。

真理子のように以前から介護に関わっている人に言わせると「働く側の環境は昔の方がずっとまし」だったそうだ。介護保険制度が施行され市場原理が導入されたことにより、仕事量は増えて給料は減ったのだという。

事務所から白髪の老紳士然とした男が出てきて、駐車場へ歩いてきた。

センター長の団啓司《だんけいじ》だ。

「斯波くん、お疲れさま」

団は作業をしている斯波に声をかける。

裾の長い黒のコートと白い髪に挟まれた、彫りの深い温和な顔立ち。その風貌は、どことなく魔法使いを連想させる。コートの隙間から、黒いネクタイが覗いていた。

「お疲れさまです。これから羽田さんのお通夜ですか？」

「ああ。今月、もう二回目だよ。心なしか、冬は多い気がするね」

フォレスト系列の訪問介護事務所では、利用者が亡くなってサービスが終了する場合、代表者が通夜か葬式に出席することになっていた。

「……ここだけの話、これで娘さん、助かったんじゃないかな」と団は潜めた声で言う。

口調は穏やかだが、車の中で真理子が放言していたことと同じだ。

「羽田さんだって、望んでああなったわけじゃないだろう。不謹慎かもしれないが、これで救われたのかもしれないよ。娘さんも羽田さん自身も」

団は管理職だがヘルパーとして現場にも出ている。羽田家の状況もよく把握していた。

「そうかも、しれませんね……」と斯波は神妙な表情をつくって頷いた。

無論、全ての介護が悲惨なわけじゃない。フォレストが経営する高級有料老人ホームの顧客満足度はきわめて高いと聞いたことがある。在宅の家庭介護でも、朗らかに穏やかに暮らす人はたくさんいる。家族を介護しながらごく普通の幸福を守る家庭はいくらでもある。だがその一方で、ときに介護の負担が生活を破壊するのも事実だ。孤独な家庭や貧しい家庭では特にそうなりやすい。

団は自嘲気味にこぼした。

「この業界で働いていると、歳を取るのが怖くなるよ。斯波くんが介護される側に回るのはまだずっと先だろうけど、僕はもうすぐかもしれない」

団は今年で五十八歳。あと二年で還暦を迎える。離婚歴があり、今は身寄りのない独り暮らしだと聞いたことがある。

駐車場に据え付けられている水銀灯の光が、団のコートの黒と髪の毛の白を照らしている。

不意に冷たい風が駐車場のアスファルトを舐めるように吹いた。

「死んだ方が良いってことも、あるからねえ」

魔法使いのような黒衣の男は、白い髪をなびかせて言った。

それは、世の良識に照らせば介護事務所の責任者にあるまじき発言なのかもしれない。

しかし、斯波は頷いた。

介護の世界に身を置けば、誰でも実感する。この世には死が救いになるということは間違いなくある。

団は駐車場の端にある従業員用のスペースへ向かう。斯波が通勤に使っている中古車の隣に駐まっている真新しい白いセダンが団の車だ。国産の高級車で二ヶ月ほど前に買い換えたと言っていた。団の世代にとってはあこがれの車種なのだそうだが、斯波には今ひとつよく分からない。斯波は車なんて動けば何でもいいと思っており、薄給の介護職にあって金をかける気にはならない。格安で買った中古車をだましだまし走らせている。このあたりの感覚の違いは、ジェネレーション・ギャップというやつだろうか。

ばたんと車のドアが閉まる音がした。

低いエンジン音を響かせて白いセダンは走り出した。暗い冬の夜の中へ。

第二章　軋む音

二〇〇七年　四月

大友秀樹

二〇〇七年　四月十一日

午後五時二十三分。大友秀樹の目の前にあるステンレス製の解剖台の上には、ミシンもコウモリ傘もなく、痩せた身体の内側を開かれた老人が横たわっている。

X県埜日《のび》市の外れにあるX医大付属病院、その地下にある解剖室。

「死因は頭部の外傷ではなく、その後、首を絞められたことによる窒息。扼殺《やくさつ》です。また犯人は左利きである可能性がきわめて高いですね」

司法解剖を担当した医師が説明する。

「……やっぱり、共犯者がいますね」と言うX県警捜査一課の刑事に、一緒に解剖に立ち会った大友は無言で頷く。

大友はこの年の頭に、千葉からここX県の地検本庁へ異動になった。新しい職場にも馴れてきたころ、担当することになったのがこの殺人事件だ。

隣で大友の補佐役である検察事務官の椎名《しいな》が青い顔をしている。歳は二十九だが、去年任官したばかりの新人だという。解剖の立ち会いはおろか、死体を見るのにもまだ馴れていないのだろう。

解剖台の上の被害者は、関根昌夫《せきねまさお》。県内で独り暮らしをしていた八十三歳だ。一昨日の夜、自宅で変死した。

病院以外で死亡した死因不明の変死体は検視を行い、それが犯罪に起因するものかを判断する。法律上、検視は検察官が行うと規定されているが、実際には人員も検視のノウハウも豊富な警察が代行することになる。

通常、変死体の九割以上は警察の検視により事件性のない事故死や自然死、あるいは自殺によるものと判断される。X県のように監察医制度のない地方では、そのような変死体は解剖されることはなく、検察官は事後に書面で報告を受けるだけだ。

検視により「事件性あり」と判断されたときのみ、検察官に連絡が入り、死体は司法解剖などで詳しく調べられることになる。

今回はそんなレアケースだ。死体の頭部に外傷があり自宅は荒らされていた。明らかな強盗殺人だ。このような場合は検事も可能な限り司法解剖に立ち会うことになる。

県警はこの解剖の結果を待たずして、すでに被疑者を逮捕していた。古谷良徳《ふるやよしのり》、二十六歳。殺された関根の姉の孫、続柄で言えば大甥《おおおい》にあたる人物だ。

古谷は介護するという名目で関根の元を訪れていたようだ。関根は背骨が変形してしまい日常生活にも支障をきたしていたが、積極的に世話をする親族はなく、つらい独居生活を強いられていたという。そこに疎遠にしていた大甥の古谷が訪ねてきてくれ、関根は大いに喜んだようだ。しかし、古谷の本当の目的は介護などではなく、金をくすねることだった。

一昨日の夜、部屋の茶簞笥から金を盗もうとしたところを関根に見咎《みとが》められ、近くにあった置時計で頭を殴ってしまい、そのまま金を持って逃げた――。

昨夜逮捕された古谷は、警察の取り調べで概《おおむ》ねこのような自供をした。

即解決が見込まれたが、古谷の供述には細かい部分で実況見分との矛盾がいくつもあった。何より奪ったはずの金を古谷は持っていなかった。「怖くなって捨てた」などと言うのだが、どう考えてもおかしい。

何かを隠している。

取り調べた刑事がそう直感したころ、鑑識班も現場にもう一人共犯者がいた可能性を発見する。

そしてそれは、今日行われた司法解剖でも裏付けられた。

死因は古谷が証言した撲殺ではなく、扼殺。そして首を絞めた犯人は左利きだが、古谷は右利きだ。

おそらく、この左利きの男（首を絞めた力の強さから、ほぼ容疑は男性に限定される）が、金も持っているのだろう。古谷はこの男をかばっている。

解剖室を出たあと、事務官の椎名がしきりに自分の服の臭いをくんくんと嗅いでいた。

「気になるか？」

「ええ、なんかいつまでも臭いがついてるみたいで」

解剖の立ち会いで最も強い刺激は、グロテスクな視覚情報ではなく臭いだ。命を失くした人間がその内側から放つ死臭としかいいようがない不吉な悪臭は、その場にいた者に呪いのようにいつまでもまとわりつくような錯覚を与える。

「理系だろ？　学生時代に解剖やったんじゃないか」

「数学科ですから、一般教養《パンキョー》でフナとカエルやっただけですよ。人間とは全然違います」

と椎名は口をへの字に曲げる。

椎名は二十八歳まで大学で数学の研究をしていたという変わり種だ。本人曰く「数学ってつぶしが利かないんですよ。研究職の募集もほとんどないし」とのことで、公務員試験を受けて検察事務官になったという。身長は百八十センチで大友より高いが、体重は六十キロほどしかない。ひょろりとした身体に、ごわごわしたくせっ毛の大きな頭が乗っており、マッチ棒のようだ。メタルフレームの丸メガネをかけたその風貌は研究者と言われればなるほどと思う。

「古谷は元・暴走族で、地元の不良崩れの連中と未だに先輩後輩関係を維持してます。きっと、共犯者はそんな仲間の中にいるんでしょう。まあ、この結果を突きつけてやれば、落ちますよ」

一課の刑事は、解剖医の所見をまとめたメモを見て自信ありげに頷いた。

きっと彼の言う通りなのだろう。どこの県警でもそうだが、捜査一課の取り調べは苛烈を極める。半端なチンピラが、そう長く嘘をつき通せるものではない。

「明日の午後に押送《おうそう》することになりますが、できれば、そのときまでに落としときますよ」と刑事は告げた。

刑事訴訟法によれば、警察が逮捕した被疑者は四十八時間以内に釈放するか検察官に送致して勾留手続きを取らなければならない。古谷の場合は、当然送致されてくる。

「はい」と椎名が答え、手帳にメモする。

明日は送致されてきた古谷を大友が取り調べることになる。

検察事務官は検察官のスケジュール管理も含めた秘書のような役割を担う。椎名はその経歴から地検内部では「学者先生」などと呼ばれ変人扱いされているが、仕事にそつはない。多少理屈っぽいところもあるが、それがプラスに働く場面も多い。比較的文系頭が多い検察社会で、理系の椎名の存在はそれだけで価値があるとも言える。大友は良い事務官に巡り会ったと思っていた。

その日は大学病院から地検に戻ったあと、椎名と共に事務処理に追われ残業することになった。

検察官の役割は一次捜査機関である警察が捜査した案件を処理し、被疑者を起訴して裁判にかけることだ。法律上、捜査権を有してはいるが、特捜部が扱う贈収賄事件や疑獄事件を除き検察官が直接事件を捜査することは滅多にない。今日の司法解剖のように警察の捜査に立ち会うことはままあるが、仕事の大半はデスクワークである。

だが、その量が尋常ではない。

現在の日本では、発生する刑事事件の件数に対して検察官の数があまりにも少ない。どこの地検も人手不足に悩まされ、一人の検事が大量の案件を抱え込むことになる。定時終業できる日など滅多にない。

結局この夜も九時過ぎまでかかり、自宅の官舎に帰ったのは、十時を回ったころだった。

官舎はX市内の、地検から徒歩で二十分程度の住宅街にある。

この間まで暮らしていた松戸の官舎と同じような古ぼけた一戸建てだが、庭が広くハナミズキが植えられていた。ちょうど開花の時期で、鮮やかな白い花弁が月明かりに映えていた。

千葉にいたときと同じように、妻の玲子が、ダイニングキッチンで本を読みながら大友の帰りを待っていた。

妻は大友より一つ上、次の誕生日で三十三になる。学生時代に参加したインカレのボランティアで出会い、大友が任官してすぐに結婚した。

「おかえりなさい」

玲子は本を閉じて、大友の脱いだ上着を預かった。

読んでいた本の表紙が目に入った。荒涼とした大地に伸びる列車のレール、その脇に小さな花が一輪咲いている。クリスチャンの女流作家による自己犠牲をテーマにした有名な小説だった。

玲子は大友との結婚を機に洗礼を受けた。半ば成り行きで得た信仰のはずだが、本をよく読み教会にも頻繁に足を運んでいる。抽象的な神学よりも具体的な信仰に興味があるようで、読書の傾向もそれを示している。今では大友などよりもよっぽど厚い信仰を持っているように思える。

テーブルの隅に玲子の細く長い髪の毛が一本落ちていた。根元の部分から三分の一ほど白く色が抜けている。最近、玲子の頭には白い物が混じるようになり、定期的に美容室で染めている。

もう三十を過ぎたのだから、体質によってはそういうこともあるかもしれない。でもやはりストレスなのだろうと思う。

検察官は一年か二年ごとに異動があり、全国を転々とする。その度に引っ越しをするのだから、家族には結構な負担をかけてしまう。

玲子は結婚したとき「どこにでもついていって、あなたを支える」と言ってはくれたが、元々神経が細く人見知りしがちな性分だ。小さな子を育てながら親しい者のいない土地を移り住む生活は向いていないのだろう。

大友がもっと家庭に参加できればまだしも、仕事がそれを許さない。残業と休日出勤があまりに多く、家事も育児も玲子に丸投げに近い。

玲子は宣言通りの「検察官の良き妻」であろうとしているのか、決して自分からは不平不満を言わない。けれども、ちょっとした変化や雰囲気から、心労が垣間見えることがある。結婚後、信仰に心を寄せているのも無意識にストレスとのバランスを取るためかもしれない。

大友はそっとテーブルの上の白髪を払った。

耳の奥にかすかなうずきを覚えた。

「あの、あなた、ちょっと気になることがあるんだけど」

上着を居間のハンガーラックにかけたあと、玲子はノートパソコンを持ってきて、大友に見せた。引っ越しのタイミングで買い換えた新しいパソコンだ。

インターネットブラウザに新聞社のウェブサイトが表示され、〈都、フォレストに改善勧告〉という見出しの記事が出ていた。

東京都が大手介護企業フォレストの事業所に、介護保険法違反があったとして改善勧告を出した――ということらしかった。

フォレストといえば、昨年、父親が入居した老人ホーム、フォレスト・ガーデンの経営母体だ。

「これ、お義父《とう》さんが入っているところよね？　こっちの新聞には載っていないから、東京のローカルニュースみたいなんだけど」

「うん」

大友は記事を熟読する。違反があったのは東京の在宅介護の事業所で、今回は勧告のみで営業停止などの処分があったわけではないようだ。ただし、介護保険法には連座制の規定があり、一カ所の不正で全体を処分できることになっているとのことで、今後のフォレストの対応によってはどうなるか分からないと、記事は伝えていた。

「確かにちょっと気になるな。一応、明日、仕事の合間にフォレストを紹介してくれた友達に電話してみるよ。まあ、親父のことはどうにでもなるから、あまり気にしなくていいよ」

玲子に余計な心労をかけたくない大友は、やや明るめの声で言って、画面を天気予報のページに切り替えた。父はフォレスト・ガーデンに入居するためにほぼ全財産を使い果たしているので、本当はあまり楽観もできないのだが。

「そう……」

玲子はどこか不安げな表情を浮かべている。耳の後ろに一本白髪が見えた。

天気予報によれば、明日は晴れときどき曇り、夕方から雨だということだった。

大友の耳の奥でうずきが少し大きくなった。

佐久間功一郎　二〇〇七年　四月十二日

翌日、午前八時四十八分。総合介護企業フォレストで営業部長を務める佐久間功一郎は、できるだけ自信に満ちた声色を意識して携帯電話の向こうの相手に語りかけていた。

「すまないな、心配をかけてしまって。でも、大丈夫だ。しばらくは週刊誌にも記事が出ると思うが、あまり気にしないで欲しい。うちは急成長した会社だからな、余計に叩かれるんだよ。こう言っちゃなんだが、この程度の不正はどこでもやってることだし、指導を受けて適切な処理はしている。万が一、処分があったとしても、個別の事業所に対してだけで、会社本体に影響はない」

一昨日、都内の事業所が、介護保険法上の不正を行っているとして、東京都から改善勧告を受けた。昨日の東京版の新聞でもこの件は大きく紙面を割いて報じられている。

それが原因で六本木《ろっぽんぎ》にあるフォレストの本社は、朝から蜂の巣をつついたような騒ぎになっていた。佐久間はデスクでメールソフトを立ち上げ、各営業所へ向けて送るメールの文面を作っているところだった。

〈そうか。でも、連座制が適用されれば個別の事業所ではなく経営する企業本体に対しての処分もあるんじゃないのか〉

携帯電話から、訝《いぶか》しむような声が聞こえる。

電話の相手は、大友秀樹。同じエスカレーター式の学校に通った同級生で、今は検察官になっている。去年の年末、佐久間の紹介でフォレストが経営する高級有料老人ホームに父親が入居した。

「連座制？　確かに条文にはあるが、それはあり得ない。うちが事業を停止したら、それこそ業界は大混乱に陥る。利用者だって困る。ぶっちゃけて言えば、厚労省だって持ちつ持たれつだ。知っての通り、うちの会長は経団連の理事もやってるし、そっち方面からも手を回している」

〈……〉

「どうした？」

〈浄化のためにリスクを取っても刺すときは刺す、ってことはあるから……〉

検察官になり社会正義を守る立場になった男は言った。

「なるほど、ご忠告ありがとう。だが、それでもお前は心配する必要はない。前にも言ったが、お前の親父さんが入ってるような高級有料老人ホームは安全地帯だ。そもそも介護保険に頼ってないから、騒がれてるような不正はない。経営状態だって良好だ。たとえフォレストが潰れたとしても、親父さんが入っているフォレスト・ガーデンは生き残る。安心してくれ」

〈そうか〉

つぶやくような大友の声。釈然としていない様子がありありとにじみ出ている。

「すまないが、こっちはこの件でてんやわんやでな。この騒ぎが収まったら、また今度飯でも食おう」

そう言って佐久間は半ば一方的に電話を切った。携帯で良かった、固定電話だったら叩きつけていたかもしれない。

大友は報道で改善勧告の件を知り不安を感じて電話してきたようだ。しかし佐久間からすれば、大友が案じるのはお門違《かどちが》いとしか言いようがない。

電話で伝えたように、大友の父が入居している高級有料老人ホームは、今回の勧告とは何の関係もないし、万が一フォレストが消滅したとしても確実に守られる。

大友など安全地帯から心配してみせているに過ぎないのだ。

昔からあいつは、そういう奴だった。

鼻につく。

佐久間がそんなふうに思っていることを、大友は知らないのだろう。

佐久間が大友と出会ったのは、およそ二十年前、一貫校の中等部でバスケ部に入部したときだ。当時はそんなに悪い印象はなく、同級生のチームメイトとしてそこそこ仲良く接していた。大友のやつはバスケは下手くそでずっと補欠だったが、それでも真面目に練習するところは好ましくすら思っていた。クリスチャンだと知って、真面目なのはそのせいかと妙に納得したものだ。

鼻につき始めたのは高等部にあがり、思春期も終わろうというころだった。大友の生真面目さ、堅物ぶりが、だんだんと気に食わなくなっていった。最初は好ましく思っていたバスケに対する努力も、レギュラーを勝ち取るまでになると面白くなかった。

大友に対するわだかまりをはっきりと自覚したのは、高校三年の夏合宿のとき、毎年やっていたキセルを大友が止《や》めようと言いだしたときだ。

サービスに応じた対価を払うべきだという大友の意見には、単に自己完結している正義感ではなく、社会のあり方も踏まえた大人っぽさが感じられた。名門と評される私立校に通う部員たちの自覚とプライドを微妙に刺激したようだった。彼らの中に片道二千円程度の電車賃を払うことで本当に困る者などいなかった。払うのが正しいことのように思えた。

大友に賛成する声があがり、大勢を占めた。

場の空気を読み、「ヒデの言う通りだな」などと同調した佐久間だったが、その光景に不思議な不快感を覚えていた。

自分でもよく分からなかったが、堂々と「正しい主張」をすることができる大友も、それを受け入れ従うことが分別であるかのように振る舞う連中も、不愉快でならなかった。

どうしてお前は、そんなに自信満々で「正しいこと」を言うんだ？

どうしてお前らは、そんなに素直に「正しいこと」に従うんだ？

俺たちはそんなに立派なもんなのか？

十八歳の佐久間は「正しさが気にくわない」という感情を初めてはっきりと自覚した。

あのころは反論できなかったが、今なら断言できる。大友の言い分は偽善だ。

キセルができる場所ではキセルをするのが当たり前だ。

この世界はそういうふうにできている。佐久間が身を置く生き馬の目を抜くような業界は特にそうだ。

キセルをする者が悪いんじゃない、無人駅なんか置いておく鉄道会社が間抜けなだけだ。できるキセルをしないで偉そうなことを言う奴は、偽善者、あるいは馬鹿と呼ぶ。だが、当時の佐久間は大友の正しさの軍門に降ることしかできなかった。不愉快さを隠して友人の振りをしていた。

大学は同じ法学部に進学したが、サークル活動を中心にキャンパスライフを楽しんでいた佐久間と、司法試験突破を視野に学業中心の生活を送っていた大友は疎遠になった。法科大学院《ロー・スクール》制度のなかった当時、私大の法学部では司法試験を目指すかどうかで別の学校と言っていいほど学生生活は違っていた。

顔を合わせるのは選択系の授業で一緒になったときくらいだったが、その僅かな接触の中にも、鼻につくことがあった。

今でも印象に残っているのは、大学三年のときの法哲学の授業でのことだ。

当時、神戸で中学生の少年が連続して小学生の児童を殺傷する事件が起き、日本中を震撼させた。その夏、あるニュース番組の中で行われた討論会で、一人の高校生が〈なぜ人を殺してはいけないのですか？　僕には死刑になりたくないという以外の理由が思いつきません〉といった趣旨の質問をした。これに対してパネリストとして出演していた知識人たちは、彼が納得するような答えを返すことができなかった。

授業では、この高校生にどう答えるかを学生同士で討論することになった。

最初は素朴なモラルや道徳心に答えを求める意見も出された。

「人の命は何よりも尊いからだ」

「いつか、人の親になれば理由は分かるはずだ」

「そのような自明のことに疑問を持ってはいけない」

しかし、これらは説得力のある普遍的な理由にはなりにくい。

「人の命が尊いという根拠はあるのか？」

「独身を貫き通せば、人を殺していいのか？」

「自明性を疑わないのはただの思考停止だ」

反論はいくらでも出てくる。

やがて議論は法哲学のゼミらしく、社会が人殺しを禁じることの合理性を説明する流れになった。

仮に、誰もが自由に人を殺して良い社会を想定すると、そこには「万人の万人に対する闘争」という言葉が示すような、きわめて厳しい「自然状態」が現れる。このような社会では人は安心して生活することができず、また社会集団の維持もままならない。ゆえに社会を維持継続させるためには、法システムの支配により人殺しなどの他者への加害を禁ずる必要がある。現在継続している社会で生きている者は、皆この法システムの恩恵を受けているのであり、これに従う必然がある。——議論は、社会はそれを維持するために人と人が結ぶ契約によって成り立っているという、いわゆる「社会契約説」に収斂《しゅうれん》していった。佐久間は議論に参加しつつも、内心、馬鹿馬鹿しいと思っていた。結局は「法律で禁じられているから人を殺してはいけない」ということを、より厳密に言おうとしているに過ぎない。しかし、それではあの高校生の疑問に答えたことにはならないだろう。彼は死刑になりたくない以外の理由、つまり法や罰といった約束事以外の理由を求めているのだ。そんな問いには、答えようがない。

そりゃそうだ、そもそも、人が人を殺してはいけない明確な理由などないのだから。

一段高いところから見下ろしていた気分の佐久間に、冷たい水を浴びせたのは、やはり大友だった。

「でも、たぶんあの高校生が聞きたいのは、法システムがどうとかそういう答えじゃないと思うんですよ。俺がもしあの場にいたらこんなふうに言うのが精一杯ですね――」と前置きして、大友はその場に件《くだん》の高校生がいるかのように語りかけた。

「――君の質問は古代からずっと考えられてきたことだし、万人が納得するような答えは未だ出ていない。もし、そんな答えがあればこの世から人殺しなんてなくなるんだけど、残念ながら先日の神戸の事件のようなことは現実に起こってしまっている。でも、一つだけ確かなことがある。それは多くの人たちが、法律とは関係なく『人を殺してはいけない』という思いを共有しているということだ。

これは人類が人権や生存権という概念を獲得する前からそうだ。古代から多くの人が殺し合ってきたけれど、同時に人を殺すことをためらったり、人を助けて守ったりしてきた。人類の歴史は殺し合いの歴史であると同時に、協調と融和の歴史でもある。人は法律がないからといって、すぐに殺し合うわけじゃない。たとえ法律で禁じられていなくても、人は人を殺すということに猛烈な罪悪感を抱くものだ。

俺はね、これこそが人が持つ根源的な善性というものだと思う。人という生き物は理屈ではなく『人を殺してはいけない』と思うものなんだ。たとえば、人は誰かに教わったりしなくても、美しい花を美しいと思う。和音の調べは心地よいし、暗闇は恐ろしい。ここに理屈はない。人間は生まれつきそう感じるようにできているんだ。それと同じように、誰に教えられなくても、人は人を慈しむことや愛することを知っているし、人は人を殺してはいけないと思う。人が倫理と呼ぶものは、全てこういった人が生まれながらに備える善性の先にあるのだと俺は思うんだ。

この善性は君の中にもある。なぜなら、そうでなければ『なぜ人を殺してはいけないのか？』という問いは立てられないからだ」

大友の意見は社会契約説では説明しきれない部分に踏み込むものだった。人が社会維持のための契約として人殺しを禁じているというのは、あとづけの解釈だ。歴史的事実として人間社会が形成されるとき、そのような契約がなされたわけではない。その点で社会契約説は思考実験に過ぎないとも言える。倫理や道徳には、大友が言うような直観的・生来的な領域が確かに存在する。

ゼミの大半が大友の意見を肯定的に受け取った。倫理学の専門家でもある教授は「プラトンのイデア論しかり、カントの定言命法しかり、人類共通の根本的な、真・善・美を模索する試みは重要だ」などと言って評価した。

しかし佐久間は強い反発を覚えた。

なんだそりゃ？

結局振り出しに戻しているだけじゃないか。要するに「駄目なものは駄目」という同語反復《トートロジー》、何も言っていないのと一緒だ！

どうしてお前は、そんなことをさも正しいことのように主張できるんだ！　みんなも納得なんかしてんじゃねえ！

だが、佐久間は表だって大友と対立するわけではなく、彼の意見を肯定しているかのように振る舞った。夏合宿のキセルのときと同じだった。表面上、大友の「正しさ」の軍門に降っていた。

思えばあれは、無意識の防衛本能の判断だったのか。

佐久間はバスケ部時代から、大友に対して自分の方が上だという優越感を抱いていた。

そして大友からも一目置かれているという実感があった。

もしもそんな大友に反論して敗れるようなことがあれば、目も当てられない。佐久間の自尊心は大切な何かを失うに違いない。

佐久間は、わずかなストレスというコストを払いつつ、最悪の事態を回避していた。大友はそんな佐久間のことを「ずっと疎遠だったが、いい友達」くらいに思っていたのだろう。その証拠に、昨年末、連絡をよこしてきた。一切の屈託もなしに。

大友から相談を受けた佐久間は、とことん利用させてもらおうという心理が強く働き、利益率の高い高級有料老人ホームを薦めた。もっとも、金があるならその選択がベストであるというのも、偽らざる本心でもあるのだが。

佐久間は久しぶりに大友と話して、昔と同じ鼻につく男だと思った。

バスケ部時代の思い出では、大友は「正しさ」で皆をひれ伏させてキセルを止めたことよりも、最後の試合で負けたことの方をよく覚えていた。しかも「いい負け方」などと宣《のたま》った。相変わらずの偽善者ぶりだ。いや、検察官になって拍車がかかったのかもしれない。

この世に「いい負け」などあり得ない。あの試合でのロングパスを「最高のプレー」などと振り返るのも、お笑いぐさだ。

あれはパスじゃないのだから。

リバウンドを拾ったとき、佐久間は大友がゴール前に走り込んでいることなど気づいていなかった。もう時間がないから、ただ相手ゴールに向かって思い切りボールを放り投げただけだ。それが角度がつかず、偶然大友が走り込んでいた位置に飛んだだけなのだ。そうとも知らず、懐かしそうにして思い出に酔っている大友の姿は滑稽《こっけい》だった。

一緒に食事をしながら、介護業界の内実について話してやったときも、大友の目元に憂鬱さが浮き出るのを見た。

やっぱりそうだ、こいつは本当のことは何も知らず「正しさ」を振りかざす偽善者だ。

そんな思いからか、佐久間は吹かした。自分の勤めるフォレストがいかに有望な企業であるか。いずれ介護市場を独占するかのように語った。

大友のような偽善者は、介護がビジネスの論理で動いていることに不快感に近い違和感を覚えるのだろう——そう思うと、気持ち良く口が回った。

口は回ったが、意図的に話さなかったこともある。たとえば、二〇〇六年の介護保険法改正以降、フォレストの経営が赤字に転落していることや、株価も下落に転じ、拡大路線に明らかな陰りが見えはじめていること、そして全国の事業所で慢性的に不正が行われていることなどだ。

佐久間が言わなかった不正、すなわちフォレストが社会に対して隠していた不正が、明るみに出た今、大友は何を思うのか。

くそ！

佐久間は、いらだちが胸から鳩尾《みぞおち》へドリップされる感覚を味わった。しかし、そのいらだちの何パーセントが大友に起因するものかは分からなかった。大友のことなど考えなくても、ここ数日はほとんど寝る間もなく対応に追われ、ずっといらだっているのだから。

事の起こりは昨年末、ちょうど大友の父がフォレスト傘下の高級有料老人ホームに入居した直後のことだ。

国内最大手の新聞社が東京版でフォレストを名指しして、都内の事業所で不正が行われている疑いがあると報じた。

会社はとりあえず疑惑を否定はしてみたが、事実として介護業界には不正が蔓延《まんえん》しているし、フォレストも当然やっていた。キセルができる場所ではキセルをするのが当たり前なのだから。

果たして、昨年末から今年にかけて東京都による監査が行われ、一昨日、都は「介護報酬の水増し請求」と「事業所指定の不正取得」という二つの不正の存在を確認したとして改善勧告を出した。こうなっては、もう否定し続けるわけにはいかない。会社は一転、事実を認め、件の新聞社に対する謝罪すら発表することになった。

今回、改善勧告を受けた会社は他にも二社あったのだが、フォレストの名前ばかりが俎上に載せられている。以前から名指しで疑惑を報じられているからか、あるいは、テレビ

ＣＭなどのメディアへの露出が最も多く一番名の知られている会社だからか。

どうしてこんなことになったのか。

社内はにわかに混乱していた。

梯子《はしご》を外された！

そんな声があがった。佐久間もそう思う。

現に不正、つまり法律違反があった以上、言い訳するのは難しい。しかしその当事者からすれば、全く違った景色が見えるのだ。

介護保険制度が施行される前、役人たちはいかにも美味しそうなエサを撒いた。〈今後右肩上がりで要介護老人の数が増える〉〈この国では介護は確実な成長産業になる〉〈介護は最も有望なビジネスである〉――そんな「美味しい話」が陰に陽にささやかれたという。介護業界への参入の条件はないに等しく、フォレストを始めとする多くの企業がそれに飛びついた。

確かに、最初の数年は旨みがあった。フォレストは介護保険制度が施行された翌年の二〇〇一年には黒字化を果たし、その後も順調に業績を伸ばした。佐久間がフォレストに出向してきたのは、ちょうどこのころだ。大友に語った膨張のスパイラルも実際に存在した。ヘルパーなどの介護職員の給与も、高給とは言えないものの「悪くない」くらいの水準だった。

しかし、やがて役人たちはその本性を現す。否、もともと仕組まれていたとでも言うべきかもしれない。

介護企業が大きな利益をあげるようになると、信じられないような制度改正が行われた。企業に支払われる介護報酬が引き下げられたのだ。

役人たちからすれば、利益が出ているということは余剰があるということで、予算の措置としては削減するのは当然なのかもしれない。しかし、福祉だろうがなんだろうが、民間企業が商売としてやる以上、利益が出なければ回らない。

自分たちで賭場を開いておきながら、プレイヤーが勝ち始めると、ルールを変えてチップを払わない。企業の側から見れば、役人たちの振る舞いはそんなヤクザな胴元に近い。

介護分野に進出した企業、特にフォレストのように全国規模で事業を展開している企業は、多額の先行投資を行い大勢の従業員を抱えている。ルールが変わったからといって簡単に撤退するわけにはいかない。何としても、新しいルールの下でサバイブしなければならないのだ。

フォレストを始めとする介護企業は報酬を減らされた分、人件費や事務経費を圧縮・効率化して、利益を確保しようとした。しかしそうして利益が出るようになると、次の改正でまたその分、報酬が削られたのだ。

こんなことが繰り返されるのだから、末端で働くヘルパーたちの待遇は悪くなる一方だ。

経営も同じように悪化の一途をたどった。そしてついにフォレストも昨年の介護保険法改正以降は赤字に転落した。

不正が行われた背景には、まずこのような理不尽な制度の改正がある。

フォレストでは、今回、東京都に指摘された「介護報酬の水増し請求」も「事業所指定の不正取得」も確かにやっていた。実は同じことが東京の事業所だけでなく、全国の事業所で行われている。しかしそれは、制度の側が不正を行わなければ成立しない業界を作り上げたのだとも言える。

たとえば今回「水増し請求」と指摘されたのは、現場のヘルパーが顧客のニーズに合わせて介護保険対象外のサービスを行ったケースがほとんどだ。とうてい悪質などとは思えない。通常のビジネスなら企業努力の範囲の工夫だし、そもそも原因はころころと恣意的《しいてき》に変更される制度の側にある。

また、多くの人が想像する通り、ヘルパーなどの介護の仕事はハードである。肉体的にも精神的にも負担が大きい。それに加えて、介護報酬が削られ続ける中、待遇は悪くなっていく。そのような職場に人が集まるわけがない。介護業界は慢性的な人手不足に悩まされている。

介護保険法は、事業所における最低限の職員の人数を定めているが、この定員を集めることすら難しい地域が少なくない。というよりほとんどの事業所は常に定員割れぎりぎりの人員体制で回している。もしもそんな事業所で退職者が出たらどうするのか。いや、実際に退職者は出るのだ。当然、すぐには代わりの人材は見つからない。当面は定員割れのまま営業するよりなくなる。これも「事業所指定の不正取得」に当たると指摘された。

これら二つの不正は、業界に蔓延していたものであるし、厚生労働省の役人の中には、はっきりと知っていた者もいる。だが、彼らはこれらの不正の原因が介護保険制度の矛盾にあることを理解し、業界維持のために黙認していたはずだ。

ところが、だ。

不正は指摘された。

——浄化のためにリスクを取っても刺すときは刺す。

カタカタとキーをタッチする佐久間の耳に、先ほどの大友の言葉が残っていた。

いかにもあいつらしい。検察官となり社会正義という免罪符を得た偽善者に恐れるものなどないということか。

冗談じゃない！

しかし、現実に、大友のような心性の公務員は他にもいるのだ。

今回は厚労省ではなく、東京都の担当者が厳しい取り締まりを強く主張したらしい。なかなか重い腰を上げない厚労省に対して、しびれを切らした都は、独自に一斉監査を強行した。まさに「浄化のためにリスクを取って刺した」のだ。

監査の結果行われたのは、改善勧告であり具体的な処分があったわけではない。しかも、全国ではなく東京都限定のものだ。マスコミも報じているとはいえ、新聞では東京版だけ。一面で報じたのは、昨年末に不正の疑惑を報じた一社だけだ。

しかしその影響は小さくない。今はローカルニュースもネットを介して全国規模で広がる。現に今年になってからX県に引っ越したという大友の耳にも入っていた。

また、一社とはいえ、大手の新聞社に食いつかれたのは痛かった。

空気を読むことにかけては人後に落ちない役人たちは、都の監査以来、見事に手の平を返している。今度は厚労省主導で全国規模の監査を行うという。

大友への電話では否定したが、連座制を適用した厳しい処分も視野に入れていると聞いている。つまり全国にあるフォレストのどこか一部で不正が見つかった場合でも、連帯責任として本社と全事業所が事業停止などの処分を受ける。もしそんなことになれば、廃業だ。

目下、佐久間たちはこの対策に追われていた。このままではスケープゴートにされかねない。

政界にパイプを持つ会長も、現在工作に走り回っていると聞く。

佐久間はメールを完成させると、各事業所へ向けて送信した。

〈介護報酬の水増し請求を今後一切しないこと〉〈どのような事情があっても、介護保険

の対象外のサービスは行わないこと〉〈これら二点の徹底に伴い営業ノルマは軽減させる〉

——といったような内容だ。

当面、赤字が膨らむことに耐えれば、「水増し請求」の問題は回避できる。だが、やっかいなのは「事業所指定の不正取得」の方だ。これを改善するには定員割れしている事業所に人手を増やすしかない。しかし、それができるのなら最初からそうしているし、不正も行わない。かといって、定員割れの事業所を全て閉鎖するわけにはいかない。そんなことをすれば、大量の失業者と突然介護サービスを打ち切られる「介護難民」を発生させてしまう。社会的信用を失い株価が保《も》たない。

そこで、フォレストでは、当面、監査などで定員割れを指摘された事業所のみを即刻廃業することにした。ばれたところは処分を受ける前につぶしてしまい、本社まで累が及ぶことを避けるということだ。有効な手だてがないゆえの次善の策。有り体に言えば処分逃れである。

佐久間は今日このあと、取引のある業者や、都内のケアマネージャー協会に出向いて「お詫びと説明」を行う予定だった。ついこの間まで、持ちつ持たれつでやってきたくせに、報道が出た途端フォレストを非難しはじめた連中だ。だが、今はそんな奴らにも頭を下げなければならない。

佐久間は、内ポケットを探ってピルケースを取り出した。どんよりとした鈍色《にびいろ》の錠剤が二粒入っている。佐久間は二粒とも手の平に振り出すと、水も使わずに噛み砕き、飲み下した。

これが今手持ちの最後だ。

もう、なくなったか。

明らかにペースが上がっている自覚はあるが、やめられない。これがないと、仕事にならない。

今夜、また入手しなきゃな。

化学成分がしみわたり、脳からいらだちをかき消してゆくのを感じながら、そう思った。

斯波宗典　　二〇〇七年　四月十二日

同日、午後三時三十五分。どんよりとした鈍色の空の下、訪問入浴車は、今日も巡回ルートを走っていた。

次が最後の訪問先だ。

カーラジオからニュースが流れた。

全国的に振り込め詐欺の被害が広がっており、ここX県でも昨年度の被害総額が八億を超え、過去最悪を記録したそうだ。被害者の大半は六十五歳以上の高齢者だという。

「ふん、お年寄り騙して大金せしめてるやつがいるかと思えば、こっちは安い給料でお年寄りが喜ぶようなことしてるのに、不正だなんて言われるんだから、たまんないわよねえ」

助手席に座る看護師、猪口真理子があきれ声を漏らした。

「そうですね……」

運転席の斯波宗典は、相づちを打つ。

今朝、センター長の団から、東京の事業所で不正が指摘され、改善勧告を受けたという報告があった。本社は今後全ての事業所で法令遵守を徹底する方針とのことだった。善意からとしても介護保険の対象外のサービスを行えば不正と取られ、会社に迷惑が掛かるのだという。

だが、現場で働く立場からすれば、そもそも介護保険制度そのものに問題があるように思えてならない。

「これからは、散歩の付き添い頼まれても断れってこと?」と真理子は口をとがらす。

かつて訪問介護のヘルパーは、介護保険内のサービスとして訪問先の老人の散歩に付き添うことができた。散歩は多くの老人の楽しみであり、これに付き添うことは当然「介護」だと現場のヘルパーたちは思っていた。だが、介護保険法の改正を機に、突然多くの自治体で散歩の付き添いは過剰なサービスだとされ保険の対象外になったのだ。八賀市も例外ではなかった。

しかしいくらルールが変わったからといって、現場のヘルパーが老人から散歩の付き添いを頼まれれば断るのは難しい。

「お婆ちゃん、ごめんなさいね。散歩の付き添いはできなくなっちゃったのよ。だから今日から独りで行ってね。どうしても付き添いして欲しければ、その分は実費でお金を貰うことになるの。保険が利かないから、普段の十倍になるわ——って言えっていうの？」

問い詰め口調で不満を吐く真理子に、斯波も同意する。

「まあ、言えませんよね……」

仕事熱心で老人に対して親身になるヘルパーほど、そんな台詞《せりふ》は言えない。だから頼まれれば応じてしまう。書類上は保険の対象内のサービスをしたことにして。しかし、このような対応は法に照らせば不正になってしまうのだ。

「嫌がる年寄りに無理矢理リハビリをさせるのは良くって、行きたがってる散歩に付き添うのはいけないって、本当におかしいわよ」

その通りだと斯波も思う。

散歩が介護と認められなくなったのは、それが老人にとって単なる楽しみでしかなく身体の介助とは言えないからだという。しかし単なる楽しみの何がいけないのだろうか。身体が不自由になっても、誰かに付き添ってもらい家の近所を歩き、少しでも心が晴れやかになるなら、立派な介護だと思う。

人間は機械ではないし、介護は身体機能のメンテナンスではない。直接的な身体の介助だけが介護ではないのだ。口の悪い真理子だが、キャリアが長いだけあって、その辺りは斯波以上によく分かっているのだろう。

フロントガラスの向こうに見える空には重苦しい雲が立ちこめ、今にも落ちてきそうだ。

斯波は、厚い雲の中から轟《とどろ》く雷鳴を聞いた気がした。音だけで稲光はない。

それは、軋む音のようだ。

「やっぱ、介護保険が駄目なのよねえ。いかにもお役人が作ったたって感じじゃない？」

斯波は声を出さずにハンドルを切りながら頷いた。

真理子の言う通り、介護保険というのは分かりづらくて使いにくい制度だ。斯波自身、父を介護したときはほとんど有効に利用できなかった。実際に現場で働く立場になっても、首をかしげたくなるようなことがたくさんある。「駄目」と評されても仕方ないだろう。

だが、かといって介護保険をなくしたところで何も解決しない。公的な制度がなければむしろ家族の介護に押しつぶされる人が増えてゆくばかりだ。介護保険が施行されて七年、それ以前は家族で抱えるのが当たり前だった介護に対して、対価に応じたサービスを受けても良いのだという意識が多少は共有されるようにはなった。駄目な制度だが、ないよりはあった方がましだと斯波は思う。

もっとも、ましと言ってもそれは、巨大な焼け石にコップ一杯の水をかけるかどうかといった程度のことなのだろうけれど。

介護保険が施行された直後、介護ビジネスは成長産業だとまことしやかに言われた。しかしそれは煙だ。焼けた石に水をかけたとき、派手な音と共に立ちこめる実体のない水煙。今ではもう煙は晴れ、石は冷めるどころか加熱され続けていることが白日の下にさらされた。

社会の軋みの大きさに、制度は追いつかない。

介護保険ができたあとも、十分な介護を受けられない人や、介護が原因で崩壊する家庭は増え続けている。成長産業のはずが、従業員の労働条件は悪く、フォレスト本社の決算も昨年は赤字だったと聞く。

遠雷が続けて響く。かすかに、しかし、確かに鳴っている。

軋んでいる。

今後、老人は更に増え続け、それを支える現役世代は減り続けるという。

必要になった人が誰でも手厚い介護を受けられ、かつ、介護をする側に十分な報酬が支払われる——そんな未来は、どんな制度を作ろうとも、たぶんやってこない。

十年後の人々はきっと苦しさに顔を歪めて「ああ、今思えば十年前はまだずっとましだった」とため息をついているに違いない。そして二十年後の人々は更に苦しそうにして同じ台詞を言っている。

——悲観的すぎるかもしれないが、今、斯波が最もリアリティを感じる未来予想図だ。

視界の端に浮かぶ雲は、空の汚れを拭き取ったかのように黒ずんでいる。

とりあえず、今この時点では、十年後の未来より懸念すべきことが二つある。一つはこの空模様、もう一つは、彼女だ。

斯波は、ちらりと後部座席の様子をうかがった。

ヘルパーの窪田由紀がずっと黙ったまま目を閉じてシートに身体をあずけている。眠っているわけではないのだろう。顔色は青白く、良いとは言えない。

「あんたさあ、まあだ気にしてんのぉ？　いいじゃない、クソジジイにクソジジイって言っただけでしょ？」

真理子が振り向いて由紀に言った。呆れているようでもあるし、笑っているようでもある。もしかしたら心配しているのかもしれないが、そうだとしても伝わっていないだろう。

由紀は何も答えない。

予感はあったし、それはこの数ヶ月でみるみる形を現していた。

今日のようなことが起こるのは時間の問題だったのだ。

「ふざけんな！　このクソジジイ！」

つい先ほどの訪問先で、由紀は利用者の七十二歳の男性を暴言といって良い言葉で怒鳴りつけた。

入浴介助を受けていた男性が、陰部を洗ってもらっているとき、「心を込めてサービスしてくれよ。なんなら、しゃぶってくれてもいいんだぜ」などと、卑猥《ひわい》な冗談を言ったのだ。

介護の仕事でセクハラは珍しいことではない。つきものと言っていいほどだ。こういったとき、ヘルパーに求められる対応は、真に受けず、軽くいなし、笑顔で対応することだ。相手は身体の不自由な老人だ。たとえ相手に非がある場合でも、いきなり怒鳴りつけてはいけない。相手にだって事情はある、寂しいのかもしれない。怒るのではなく、軽くかわしつつ嫌だということを伝えるのだ。あまりにしつこかったり、どうしても我慢できない場合は、上司に相談すれば配置換えなどの対応を取ってくれる。その場の感情に流されるのではなく、相手の気持ちを慮《おもんぱか》り対応することが大切だ。——と、されている。

由紀はずっとそうするように努めていた。その男性が特別酷い冗談を言ったわけではない。これまでに由紀は、身体を触られるなどのもっと悪質なセクハラを受けたこともある。ただ、ずっと我慢していて溜めこんでいたものが、たまたまあのとき、ある閾値《いきち》を超えたのだろう。そして、キレたのだ。

由紀は、自分の言葉に自分が驚いたような表情を作り、やがてぼろぼろ涙をこぼし、何度も繰り返した。

「すみません」「すみません」「すみません」……。

男性はまさか泣かれるとは思わなかったのだろう、暴言を吐いた由紀を非難するでなく、酷く狼狽《ろうばい》していた。

だが斯波には、由紀の言葉や涙が男性に向かっているとは思えなかった。あれはきっと、彼女の肉体が彼女自身に限界だと知らせるシグナルだ。

由紀は働き始めたころこそ明るくはきはきと、それこそ若手ヘルパーの見本のように仕事をしていた。羽田静江が亡くなったときのように、真理子が叩く軽口に生真面目に反論したりもしていた。

しかし今年に入ったころから、真理子が何を言っても言い返さなくなった。軽くいなせるようになったわけではない。いわば閉じたのだ。真理子に限らず、誰に対しても。仕事中はずっと押し黙り、必要最低限の言葉しか口にしないようになってしまった。表情も態度も精彩を欠くようになり、先月あたりからは遅刻や無断欠勤もするようになった。

斯波は介護の現場で働く中、これとよく似た光景を何度か見ている。

意欲を持って働いていた者が、みるみるそれを失い屍《しかばね》のようになってしまう。

「燃え尽き」と呼ばれる現象。特に介護の世界にある種の理想を抱いて飛び込んできた者ほど、そうなりやすいようだ。

介護は対人サービスだ。単に物理的に相手の身体の面倒をみれば良いというわけではない。「まごころ」などと表現される、感情面でのサービスも仕事の中に含まれている。笑いたくなくても笑顔を作り、やりたくないことでも喜んでやっているように振る舞い、共感できなくても頷かなければならない。感情という本来コントロール不能なはずのものを無理矢理コントロールしなければならない感情労働としての側面が、介護には多分にある。

斯波が見る限り感情労働には明らかな向き不向きがある。つまずくのは決まって彼女のような真面目な人間だ。

介護の現場には人と人の温かい交歓や、感動的な経験もあるが、それ以上に、暴言や暴挙、セクハラや暴力といった禍《わざわい》もある。

そしてその源たる要介護老人は、まぎれもない弱者なのだ。守らなければならない、思いやらなければならない、優しく接しなくてはならない、弱者。

心の中ではうんざりしていても、顔面の筋肉を動かして笑顔の形を作らなければならない。

真面目な心ほど蝕《むしば》まれて燃え尽きる。場合によっては由紀のように、燃えかすが爆発を起こすこともある。

入浴車は最後の訪問先に到着した。築年数は古そうだが、広い庭のあるこぎれいな平屋建てだ。幸いと言うべきか、この家の主である利用者は大人しい老婆だ。

「窪田さん。……大丈夫ですか」

車を停めると、斯波は振り向いて由紀に声をかけた。

「はい」

由紀はか細くかすかに震えた声で答えると、うっすら目を開けて、もそもそと身体を動かし始めた。電池がなくなりかけた玩具が、かろうじて動いているようだ。

今日が最後になるのだろうな。

由紀は明日の朝、無断欠勤してそのまま職場をフェードアウトするのだろう。

それはすでに予感ではなく、確信だった。

大友秀樹　　二〇〇七年　四月十二日

同日、午後四時。その声は、か細くかすかに震えていた。

「お、俺は殺す気はなかったんです。本当です。でも、大きな声をあげられて……びっくりして……」

X地方検察本庁の取調室。

検察官、大友秀樹の目の前で自供しているのは、古谷良徳。介護すると偽り大叔父に近づき金をくすねようとして、結果的に殺してしまった男だ。長めの茶髪に無精髭、口を開くと乱杭歯《らんぐいば》が顔を覗かせる。パイプ椅子に座らされ、その背後に押送を担当した県警の警官が無表情で立っている。

大友のかたわらで事務官の椎名がノートパソコンを広げて、調書を作るための記録を取っている。

大友の脳裏に、ふと今朝のことがよぎった。私事で介護企業に勤める友人、佐久間功一郎に電話をしたのだ。単にキーワードの一致に過ぎないのだが、この事件にも介護が関わっている。

「あんた、殺すつもりはなかったって、じゃあどうして殴った⁉　お年寄りをあんなもんで殴れば、大事になるって分かるだろ！」

大友は普段の生活ではまず使わない強い言葉遣いで古谷を詰問する。

「……と、とにかく、動転していたんで。何でもいいから、喋《しゃべ》れなくしようと思って……」

「それは、殺そうと思ったってことなんじゃないのか⁉」

「い、いや……でも、殺したのは……坂《さか》さんだから……」

古谷は目を泳がせながら俯いた。

現場検証と昨日の司法解剖により、共犯者の存在を示唆する証拠が出た。一緒に解剖に立ち会った刑事が予告したように、今日押送されてくる前に、すでに古谷は落ちて自白していた。共犯者は坂章之《あきゆき》、二十八歳。かつて古谷が所属してた暴走族のリーダーだった男だという。県警は坂の行方を追い始めている。

古谷と坂は二人で介護をすると言って古谷の大叔父、関根昌夫を訪れた。現金をくすねようとして見咎められ、古谷が置時計で頭を殴った。この時点で関根は倒れたが、まだ息はあった。坂が関根の首を絞めてとどめを刺した。その後、坂は古谷に「ばらばらに逃げて、どちらが先に捕まっても口を割らないようにしよう。恨みっこなしだ」と言い含め金を持って逃げたという。そしておそらくは坂の思惑通り、警察は関根と血縁関係のある古谷の方に先にたどり着いた。

チンピラなりの仁義なのか、古谷は一度は約束通り坂をかばい、自分の単独犯であると自供した。しかし共犯者の存在を認めたあとは一転して、主犯は坂であり自分は巻き込まれたのだと証言を変えつつある。

そんな古谷の様子を目の当たりにして、大友の耳の奥にうずきがやってきた。

「殺す気がなければ、どうして坂が首を絞めるのを止めなかった！　どうしてすぐに救急車を呼ばなかった！　死ぬと分かっている人間を放っておくのは、人を殺しているのに等しいんだよ！」

たとえ古谷が殺意を否定しても、今認めている状況だけで強盗殺人の共謀共同正犯としての構成要件を十分に満たす。単に法的に罪を問うだけなら、無理に殺意を認めさせる必要はない。だが、この男には自分が人殺しなのだと自覚させなければならない。

日本の刑事裁判の有罪率は九十九・九パーセント。この数字から明らかなのは、法廷は有罪か無罪かといった事実を争う場ではないということだ。日本の刑事司法は「精密司法」と呼ばれ、検察官は事前の捜査と取り調べで事実関係について疑いの余地がないレベルまで固め、有罪の確信を得たものだけを起訴する。ごくごく一部の例外的な否認事件を除けば、裁判官も弁護士も有罪を前提として公判に臨む。

このような法廷で行われるのは、父権主義的《パターナリスティック》な「裁き」だ。検察官が被告人の罪を問い、弁護士は被告人がいかに反省しているかを述べ、裁判官は被告人を諭して改心をうながす。その証左に判決を告げたあと裁判官が被告人に「説諭」と呼ばれる説教を行う独特の慣習がある。聖書に誓うことのない日本の裁判は、しかしきわめて宗教的で道徳的だ。法律上の犯罪《クライム》だけでなく、人としての罪《シン》も裁く。

こういったあり方の司法においては、結果的に判決は同じでも、どんな罪を自覚させ背負わせるかで裁きの意味が変わる。

大友は古谷を睨み付ける。

古谷の様子には怯えが見えるが、同時に、せめて人殺しの罪からは逃れたいという姑息《こそく》さも顔を出している。

この男には、人殺しとしての罪を背負わせて裁きたい、いや、裁かなければならない。

強くそう思った。

「顔を上げなさい！」

大友は声を荒《あら》らげた。

もし妻の玲子が取り調べ中の大友を見たら驚くだろう。彼は家では（というより、仕事でも取り調べのとき以外は）怒鳴り声をあげることなど決してない。

裕福な家庭で多くの人の善意に囲まれて育った大友は、幼いころからごく当たり前のこととして性善説を信じていた。この世には根っからの悪人などいない。テレビのニュースに登場する犯罪者たちは皆、何かの間違いでそうなってしまったに違いない。根拠もあった。クラスの友達に「いたずら者」や「乱暴者」はいたが、どうしようもない「悪者」など一人もいなかったのだから。

成長するにつれ、この世には単純な善悪で割り切れないことも多く、また上っ面の善悪など相対的に変わってしまうことも理解するようになった。歴史を学び、いつどの時代でも人は憎み合い殺し合っていたことも知った。そして自分自身も出来心で小さな悪事を働いてしまうことがあった。

しかし、それでも尚、人間の魂とでも言うべき根本の部分には前提としての善性が備わっていると信じられた。

その根拠は罪悪感だ。

高校時代のバスケ部でのキセルがそうだったように、たとえ小さなことでも人は悪事をなすとき、罪悪感を覚える。

これは、人の魂が悪よりも善を望んでいる証拠に思えた。

父から贈られた聖書の中で使徒パウロが〈正しい者は一人もいない〉と手紙にしたためていた。「原罪」と呼ばれるキリスト教の中心概念だ。人が完全に調和の取れた楽園《エデン》を追われ不完全な存在になってしまったこと、そのものが罪だという。

聖書をもらったばかりの中学生のころの大友は、海が割れるのも、水がワインに変わるのも、端的に嘘だと思った。エデンの園も想像の世界だと思った。だが、この原罪という概念はしっくりと腑に落ちた。

そう、人間は不完全な存在だ。分かっていてもつい悪事を働いてしまう。知らず知らずのうちに他人を傷つけていることもある。そんな不完全さを罪だと考えることは、やはり善なるものを求めるからなのだろう。

ときに原罪説は性悪説として語られることもあるが、大友には、これ以上ない性善説に感じられた。

なぜ人は悪をなすのか？

なぜ悪をなしてはいけないのか？

問うことがすでに答えだ。善を求めている。

人は強制されなくても人を助けるし、誰かの役に立ちたいと考える。人は教わらなくとも、人を慈しむことや愛することを知っているし、人を傷つけることをためらう。そして、もし悪をなしてしまったときは、罪悪感に苛《さいな》まれる。

正しい者は一人もいない。だが、いや、だからこそ人の性《さが》は善なのだ。

検察官として犯罪者と対峙するようになった今でも、大友の心には性善説が鎮座している。むしろ犯罪者と接すれば接するほど、その思いを強くした。

任官してから幾人もの犯罪者を取り調べたが、好きこのんで罪を犯す者など皆無だった。ほぼ例外なく犯罪者は罪悪感を抱いているのだ。「血も涙もない」と評するしかないような凶悪な犯罪を犯す者にさえ、それはある。

この世には生まれつき良心・善意を持たず、理由なく他人を傷つけることを生きがいにする反社会的な人格を持った人間もいると言われている。一種の人格障害で「サイコパス」などと呼ばれるらしい。だが、大友はまだそんな犯罪者には会ったことがなかった。

幼いころ思い描いた素朴な世界像そのままに、犯罪者たちは皆、「何かの間違いで」そうなってしまっていた。

人間関係、金銭トラブル、あるいは社会的要因や成育環境、そういったものが、人間なら誰でも持っているはずの善性を揺るがす。善性が揺らぎ、ねじれ、消えたとき、人は決定的な罪を犯すのだ。

無論、だからといって、罪を許して良いことにはならない。罪の罪たるゆえんはまさに、人間として生まれ魂に宿したはずの善性を守れなかったことなのだから。

だからこそ、断じなければならないのだ。裁かなければならないのだ。

人間の証明として。

古谷はのろのろと顔をあげて目線をよこす。

大友は語気を強めたまま尋ねる。

「あんた、小さなころは、関根さんにずいぶん可愛がってもらったんだって？」

「はい」

古谷の声は消え入りそうだ。

調書によれば、古谷は小学生のころは大叔父によくなつき、孫同然に可愛がってもらっていたという。ところが、古谷は中学に上がると暴走族に入り悪い仲間とつるむようになり、家族とは疎遠になっていく。高校は中退し、その後は坂たちと軽犯罪を繰り返し、二十二のときに恐喝で前科がついている。

「一度は道を踏み外したあんたが、身体が不自由になった自分の介護をしに来てくれる。

関根さん、どう思ったかな」

「……」

古谷は再び俯いた。

「嬉しかったろうな。それなのに、あんたが裏切って金をくすねてるって知ったときは、どう思ったかな。挙句の果てに、殺されたときは、どんな気持ちだったと思う！」

古谷の目に光るものがにじんだ。

罪を背負わせるとは、つまり罪悪感を負わせることだ。誰の魂にもあるはずの善性に訴えかけ、悔い改めさせることだ。

罪人《つみびと》自身が罪を自覚し、罪悪感の重い鎖で心を縛ることで、はじめて裁きは始まる。

「よく、走馬燈って言うよな。人が死ぬ瞬間、昔のことが蘇るってあれだよ。関根さん、きっとあんたのこと思い出したんだろうね。まだ小さなあんたが足元にすり寄って来る様子なんかをね。そのあんたが、あのころの面影を残したあんたが、目の前で凶器を握って自分の頭に振り下ろしたんだ。その上、首を絞められてるのに見殺しにしようとしてる。なあ、最後の瞬間、どれほど無念だったと思うんだ！」

古谷は肩を震わせて嗚咽《おえつ》した。

大友は古谷が罪悪感を負った感触を得た。

そうだ、いいぞ、お前のような奴は自分を責めなくてはいけない。悔い改めろ、悔い改

めろ、悔い改めろ、悔い改めろ!

大友は何かに浮かされたように胸の内で繰り返していた。


検察官は警察から押送されてきた被疑者を取り調べたあと、勾留請求するかどうかを決める。強盗殺人犯である古谷は当然、勾留して裁判まで留置場で生活させることになる。大友は勾留請求書を起案し上司に当たる次席検事の決裁を受けた。

その後はすぐに自分の検事室に戻り、別の事件の資料に目を通し始める。大友が受け持っている事件は一つだけというわけではない。現在、十一件もの身柄事件を同時進行で抱えている。

午後八時過ぎ、大友は再び次席検事の部屋を訪ねた。

担当する業務上過失致死事件で起訴の判断について相談するためだ。

検察官は「独任官庁」とも呼ばれ、一人ひとりがその判断と責任に基づいて国や政府からも独立して権限を行使することができる。その一方で各々が恣意的に強権を発動することのないように「検察官同一体の原則」があり、検事総長を頂点とする指揮系統には絶対服従が求められる。

日本では起訴権を持っているのは検察官だけであり、たとえ警察が事件の犯人を逮捕しても検察官が起訴しなければ無罪放免となる。裁判の有罪率の高さと合わせれば、この国では犯罪かどうかを決めるのは検察官といっても過言ではない。その上、最高刑は死刑までであるのだから、極論をすれば検察官は日本で唯一合法的に人を殺す権利を持っているとさえ言える。その責任はきわめて重く、独断専行など決して許されない。事件の処理については細かく上司に報告し、決裁を受ける必要がある。検察庁の上意下達ぶりは、あらゆる官庁の中でも群を抜く。

「どうだ、そろそろX県《こっち》の暮らしにも馴れたか。嫁さんはしっかり家を守ってるか？」

次席検事の柊《ひいらぎ》は調書を開きながら言った。

「はい」と大友は相づちを打って受け流す。

柊は特捜畑を歩いてきたやり手だ。家のことは家人に任せるのが当然で人生の百パーセントをかけて仕事に集中すべきだ、と言って憚《はばか》らない。法廷がそうであるように、検察社会にも父権主義的な価値観は色濃い（もちろん女性検事もいるが、彼女たちにも強い父性が求められる）。

ただ、世代のせいだろうか、大友はそこまで家庭を顧みない姿勢には違和感があった。

かといって、仕事を投げ出して毎日定時で帰るわけにもいかない。検察官は判断一つで他人の人生を変えてしまう。仕事の性質上、常に何人もの人間の人生を抱えることを余儀なくされる。柊の言う通り、こちらも人生の百パーセントをかけなければ務めきれない職であることもまた事実だ。

「被害者は徘徊してたわけか」柊は調書にさっと目を通して言った。

「はい。ですから、飛び出しの可能性は排除できません」

相談している事件は、自動車運転による業務上過失致死事件、つまり交通事故だ。夜の交差点で八十七歳の男性が法定速度を二十キロ超過したトラックにはねられて死亡した。被害者は認知症で家人が目を離したすきに自宅を抜け出し徘徊していたという。

「しかし高齢化社会だな……」と柊はふと独り言のようにつぶやいた。「俺が任官したころは、まあ二十年前だが、刑事事件に老人が絡むことは少なかった。だが、この数年で被害者か加害者のどちらかが老人というケースはどんどん増えている印象だ」

大友は自分が受け持っている事件を思い浮かべる。まずこの事件と、さっき取り調べた古谷の事件はどちらも被害者が老人だ。他にもひったくりの被害者が七十八歳、空き巣の犯人が六十七歳、もうすぐ公判が始まる万引きの常習者は七十歳……確かに老人が関わる事件は少なくない。全国的に被害が拡大している振り込め詐欺の被害者も大半は老人だ。やはり社会が高齢化すると犯罪もそれを反映するのだろう。

「それはそうと、微妙っちゃ微妙だな」と柊は眉根を寄せる。

「ええ」

交通事故を業務上過失致死で裁く場合、加害者の過失と被害者の死亡との間に因果関係を証明する必要がある。

この事故ではトラックはスピード違反をしていたが、これだけでは因果関係の証明はされない。なぜなら、法定速度で走っていたトラックにはねられても人は死ぬからだ。それに加えて被害者が認知症で徘徊していたことも加害者にとって有利な事実だ。

自動車保険の処理に「過失割合」という概念があるように、交通事故の過失にはグレーな部分がつきものだ。ゆえに精密司法を旨とし検事が有罪の確信を得た場合だけ起訴する日本では、交通事故の加害者は不起訴になることがきわめて多い。通常の事故では約九割が不起訴、死亡事故でも三割以上が不起訴となり、罰金や免停などの道路交通法上の処分だけで罪には問われない。

だが、今回のケースでは被害者は交差点ではねられていた。その交差点には信号機はなかったが一旦停止の標識があり、ドライバーはこれを無視したことになる。

「率直に、お前はどう思っている？」

柊は尋ねてきた。

「起訴すべきかと思います」と、言われた通り率直に答えた。

ドライバーが一旦停止を無視しなければ事故を防げた可能性は高い。その上、死亡という被害の重さを考えれば、起訴すべき事案に思えた。

ドライバーは、事故のあった道は夜間は人通りがほとんどなく、誰も法定速度など守っていなかったし一旦停止もしていなかった、と弁明した。しかし、皆がやっているからといって規則を破ってよい道理にはならない。その上、結果的に人まで殺した人間を罪に問わないのは、おかしいだろう。

柊は口角をあげて頷いた。

「だったら、起訴状を起案して持ってこい。話はそれからだ」

とりあえずのゴーサインが出た。柊は危険を恐れず果実を取りに行くタイプだ。

「はい」と答えながら大友は今朝の電話で佐久間に言った言葉を思い出した。

――浄化のためにリスクを取っても刺すときは刺す。

あれはただの脅し文句ではなかった。

刺す必要を感じたときは刺すのが、取り締まる側の人間の習性というものだ。

思えばあの電話での佐久間の口調は、普段取り調べている犯罪者たちのそれとどこか似ていた。余裕があるようなそぶりからは逆に余裕のなさが伝わってきたし、佐久間が「大丈夫」と言えば言うほど、本当は大丈夫ではないのだろうと思わされた。去年、一緒に食事をしたときに感じた危うさが、何倍にもふくれあがっていた。

佐久間が言った「この程度の不正はどこでもやってる」という言葉は、事故を起こしたドライバーの弁明と本質的に同じだ。取り締まる側からしてみれば完全にアウトだ。

大友は介護保険法の運用実態や厚労省の気風は知らない。けれど、自分がもし厚労省の担当者ならこの機会に乗じて、徹底的に不正を刺すだろうと思う。

次席検事の部屋から出ると、廊下の窓の暗闇に幾条《いくすじ》もの雨の軌跡が瞬いていた。

いつの間に降り出したのか、かなり強く降っている。

空が我慢の限界を超えたのがいつだったのか、ずっと屋根の下にいた大友には分からなかった。

佐久間功一郎　二〇〇七年　四月十三日

日付変わって、午前零時三分。低気圧は偏西風に乗って西から東へ流れてゆく。

佐久間功一郎がフォレスト本社を出るころには、東京でも雨が降り始めた。

空に広がった雨雲を六本木の街の灯がぼんやりと照らしていた。

佐久間はオフィスビルの一階にあるコンビニでビニール傘を買った。それを広げて、六本木通りを西麻布《にしあざぶ》に向かって歩く。

相当、まずいかもしれない……。

今日は一日中、取引先に説明をして回ったが、その感触は芳しくなかった。あからさまに敵意のある態度を取る者すらいた。これまで業界最大手であることを盾に強引な取引を強要してきたことへの意趣返しだとでもいうつもりか。

会長が政界工作のため総理の周辺とコンタクトを試みたが断られたという話も聞いた。パンフレットにも載せている〈私はフォレストを応援します〉という公約を守る気はないようだ。

それまでフォレストを持ち上げていた全てが、手の平を返そうとしていた。

風向きが変わり、ビニール傘が風に煽《あお》られて揺れる。真横から雨粒に殴りつけられて、頬が濡れる。

苦々しい思いが胸の中に渦巻く。

どうしてこんなことになったのか。

佐久間が求めているもの。それは子どものときから変わらない。

勝つこと、成功すること、そこから得られる万能感だ。

小さなころから勝負事が好きだった。いや、勝つことが好きだった。他人を打ち負かすときの優越感は、自分の存在価値を際立たせる。この混沌とした世界に承認されているという、自己肯定を得ることができる。

小学生のころは勉強でもスポーツでもずっと一番で、中学からは名門の私立校に通った。その学校の中でも、バスケ部ではエースだったし、成績は上位をキープできた。

折しも当時はバブルのさなか、ジャパン・アズ・ナンバーワンの時代だった。ロックフェラーセンターやゴッホのひまわりを手に入れる大人たちに、佐久間少年は自分の将来像を重ねた。俺もあんなふうに、圧倒的に勝つんだ。

大学を卒業して社会に出たのは九八年。すでにバブルは崩壊し、就職氷河期のまっただ中だった。名門と呼ばれる大学でさえ、内定が出ないと嘆く者がたくさんいた。それを尻目に、佐久間は有名企業の内定をいくつも勝ち取った。

このとき、物心ついたころから薄々感じていたことを確信した。

俺は普通のやつらとは違う特別な人間なんだ。競争がシビアになればなるほど、それは歴然とする。不況だろうが、なんだろうが俺には関係ない。特別な俺は勝ち続けることができる。

よりどりみどりの就職先の中からブランドイメージが良い大手電機メーカーを選んだ。配属先は営業部だった。そこで佐久間は自らの確信を裏打ちするように、新人ながら次々と前年比を上回る実績を上げていった。

営業職は佐久間の天職と言えた。営業の極意はポジティブ・シンキングとコミュニケーション能力だ。そのどちらも佐久間は持ち合わせていた。「必ずできる」と自分に言い聞かせ、明るく粘り強くクライアントに働きかけることができた。そして成功をもぎ取ったときの達成感は格別だった。

過程よりも結果を問われる実社会は佐久間にとって居心地が良かった。

だがやがて、自分が就職した大手メーカーは意外と天井が低いことを知った。どう考えても自分より無能な上司が上に何人も詰まっており、ずっと高い給料をもらっていた。厳しい競争をしているのは若手ばかりで、古参の社員たちはぬるま湯につかっていた。そして、取締役以上の役員は全員何らかの形で創業者一族と姻戚関係があった。

結局、佐久間は一年でメーカーを辞め、より天井が高く刺激的な環境を求めて、当時まだ創業したばかりだった人材派遣会社に転職した。

新しい会社は古い体質の大手企業よりずっと佐久間の気質に合っていた。折良く、派遣労働に関する大幅な規制緩和が行われ、会社の業績も急伸した。

停滞する経済状況を背景に、職が欲しい労働者と人件費を圧縮したい企業の橋渡しをしてマージンを抜く。そこには強気で相手の足元を見るほどに儲かる、えげつない世界があった。

どこか人身売買にも似た派遣業界の実情を批判する声も世間にはあったが、のちにフォレストのオーナーとなる会長は「人材派遣業は新しい価値を創るビジネスだ」と語った。

良識やモラルなどといった既存の軛《くびき》に縛られず、徹底的に利潤《ベネフィット》を追求する。不利に働くものは隠し、有利に働くものは膨らませる。甘い汁が吸える状況なら限界まで吸う。搾れるところからは搾れるだけ搾る。そうして、利益を最大化することこそがこの世界の正義だ。利己的な振る舞いこそが結果的にこの世の中のためになる。――そんなことを臆面もなく語る会長に、佐久間は尊敬の念すら抱いた。

会長の言い分は圧倒的に正しい。

派遣業を批判するのは頭の悪い偽善者だ。もし派遣業がなければ、企業は人件費の高騰で困り、労働者は働き口がなくて困る。外野から文句を言っている連中よりも、会長の方がよっぽど世の中の役に立っている。

佐久間は学生のころから抱いていた「正しさが気にくわない」という感情の正体が分かった。偽善だからだ。堂々と「正しいこと」を主張するやつは、ただ既存の価値にしがみついているだけの偽善者なのだ。

会長の語るビジョンに偽善はなかった。そして手応えがあった。新大陸を求める舟の先端で、オールを漕いでいる感覚がした。

買収した介護企業へ出向することが決まったときも気分が良かった。

構造は人材派遣と同じだ。

介護が欲しい老人と介護労働者を結びつけて、マージンを抜く。えげつないが、今、必要とされている仕事だ。単に綺麗事で老人を助けるのではない。老人の懐で腐っている金を世の中に還元するのだ。

波に乗っていた。この舟でどこまでも行ける……はずだった。

どういうわけか、潮目が変わった。舟が嵐に飲まれ沈みかけているのがはっきりと分かった。

このままでは沈む。負ける。特別なはずの、勝ち続けるはずの、俺が負ける。それはあってはならないことだ。

偽善者め！

佐久間は、今回フォレストの不正を指摘したという東京都の担当者のことを思い浮かべた。会ったことはなかったが、佐久間の想像の中でその男は大友と同じ顔をしていた。したり顔で正論を述べながら、舟に穴を空ける。

偽善者どもめ！

佐久間は、フォレストを糾弾する記事を書いた新聞記者のことを思い浮かべた。皆、大友と同じ顔をしていた。

偉そうに、自分のことは棚に上げて、よってたかって人の足を引っ張る。

そんな偽善者どもの振る舞いは正義なんかじゃない。立場を利用して悦に入るだけのマスターベーションだ。

終電を逃すまいと傘を抱えて走る人とすれ違う。対照的に車道では車がだらだらと流れている。夜半を過ぎても通り沿いの店は灯りを消すことはなく、街は明るい。色とりどりの軽薄な光が雨ににじむ。年嵩《としかさ》の人々はバブルのころに比べたらずいぶん落ち着いて寂しくなったと言うが、佐久間はバブルのころの六本木を知らない。

西麻布交差点を過ぎ少し進んだところで右に折れ、細い路地に入る。蛇のようにうねり雨の臭いを籠もらせているその路地の、ビルとビルの隙間にあるバーを訪ねた。

佐久間が店に入ると、カウンターの中からバーテンがちらりと目配せをした。

「個室に、待ち合わせで」

佐久間が言うと、バーテンは無言で頷いた。

二十坪ほどの店内には、カウンターと、二つのボックス席がゆったりと余裕を持って配置されている。カウンターでは漫画のような馬鹿げた筋肉で身を固めた二人組の黒人が静かに談笑している。ボックス席の一つにヒョウ柄のファードレスを着た人形のような女と、趣味の悪いクロコダイルのスーツを着た太った中年男がいた。一目ではどちらが捕食者かは分からない。

佐久間はそんな極小の動物園の脇を通り過ぎ、店の奥へと進む。パーティションがありその陰に隠れるように、個室のドアがあった。

中に入ると、シンプルな部屋の中央にソファセットがあり、テーブルに酒と簡単なつまみがあった。ソファで眉のないオールバックの男がグラスを傾けている。

「よお」

男はグラスをあげる。テーブルの上には牛のイラストが描かれた酒瓶があった。ズブロッカ。濃くて臭いこの酒は、男のイメージとよく合っている。

男はケンと名乗っていたが、本名は知らない。おそらくは同年代だと思うが、歳も知らないし、普段何をしているのかもよく分からない。ただ一つ間違いないのは、表の社会の人間ではないということだ。

佐久間は向かいに座る。ケンの向こうに小さな扉が見えた。何かあったとき個室から直接裏路地へ逃げられる「非常口」だ。幸いこれまでこの扉を使ったことはない。

「来月には必ず払う、ツケで融通してくれないか？」

佐久間がそう切り出すと、ケンは音を立てずに笑った。

「仕事、忙しそうじゃねえか。おたくの会長さんも、ケツに火がついてるってもっぱらの噂だぜ。つい最近までお友達面してたソーリダイジンも手の平を返して、けんもほろろらしいじゃないか」

耳の早い男だ。

このケンと知り合ったのは、会長が主催したパーティーだ。当時まだ佐久間は出向前で人材派遣会社の社員だった。会長は遊び好きと派手なプライベートで知られており、パーティーには有名企業の経営者や芸能人からケンのような怪しい人間まで、様々な人種が顔を出していた。

「頼む、ヤーマをくれ」

佐久間はじっとケンを見つめた。ケンは斜視なので視線は合わない。

「薬《ヤク》を掛け売りする馬鹿はいねえよ」

ケンはあきれ気味の声色で言った。

パーティーで知り合い意気投合したケンは、佐久間に「『少しトンガッたサプリメント』だ。試してみないか」と鈍色の錠剤をくれた。最初は無料で試供品を提供、気に入ったら買ってくれ、という手法は普通のサプリメントを売るときにもよく見かける。

しかし、無論その錠剤に含まれるのは、ビタミンやアミノ酸ではない。『薬馬』と書いてヤーマと呼ばれる灰色の粒の主成分はメタンフェタミンだ。効果はアミノ酸の比ではなく、経口摂取後、数分で中枢神経が刺激され、頭の中が晴れ渡るようにすっきりとする。不安は薄れ集中力も増す。要するに覚醒剤なのだが、注射器《ポンプ》もライター《ファブリ》も使わないカジュアルな錠剤は、始めるのに抵抗がなかった。

知識としてこの手の薬物に依存性があるのは知っていた。しかし、上手く付き合っていける気がした。「少しトンガッたサプリメント」というケンの言葉を言い得て妙だとすら思い、ときどきケンからヤーマを買うようになった。

人材派遣会社時代は、ヤーマを大きな取引や契約の前に文字通りカンフル剤として服用すると、面白いほど結果に結びついた。顧客に対して常にポジティブにそしてタフに接することが求められる営業という職種に、覚醒剤がもたらす力は絶大だった。佐久間が元来備えているポジティブ・シンキングとコミュニケーション能力を、限界まで引き出してくれるドーピングのようだった。

やがて使っているうちに、佐久間はこの「少しトンガッたサプリメント」がセックスドラッグとしても優れていることに気づいた。仕事で上手くいったあとなどに打ち上げと称し、高級デリヘルから女を呼んで、一緒にヤーマを飲んで楽しんだ。一晩に何度も溶けるような快楽と満足を味わえた。クスリと女を食ったあとは、ますます仕事に打ち込めた。

仕事の成功は佐久間を興奮させた。給与や賞与が上がること以上に、結果を出していることが佐久間を酔わせた。佐久間が真に求めているのは、勝つこと、成功すること、そこから得られる万能感だ。

気がつけば人材派遣会社の営業部でぶっちぎりの成績をあげるようになり、フォレストに部長待遇で出向することになった。

このときまではヤーマが潤滑油となり、全てが上手く回っているようだった。

しかし、フォレストに出向してからは、それがいつの間にか空回りを始めた。

佐久間が出向してすぐのころは業績が良かったものの、介護保険法が改正される度に伸び悩むようになった。

佐久間は人材派遣会社時代と同じように強気の営業をかけまくっていたが結果が出なくなった。ヤーマの力を借りても、自分の能力を限界まで発揮しても、いかんともしがたい厚い壁があるようだった。仕事で興奮よりストレスを多く得るようになった。万能感は薄れ、言いようのない不安に苛まれた。

もしかしたら俺は特別じゃないのかもしれない——不意にそんな思いが襲ってくる。

違う！　今は少し調子が出ないだけだ。すぐにまた勝てるようになる。

何度も自分に言い聞かせるが不安は消えなかった。身体のどこか柔らかい部分に穴が空いたようだった。今度はそれを埋めるようにヤーマを飲み、女を買うようになった。その量と頻度は指数関数的に増加していった。頻繁にケンと連絡を取り、給料のほとんどをクスリと女につぎ込むようになった。

中毒？　とんでもない。俺はいつでも止められる。ただ、今、この難局を乗り切るのに必要なだけだ。

本気でそう思っていた。だから、現役の検察官である同級生とも平気で会って、一緒に飯を食った。

有り金全てつぎ込んで、それでも足りなくなった今でさえ、佐久間は自分が薬物とセックスに溺れているなどとは思っていない。泳いでいるのだ。

「まあ、金を貸してくれるおっかない人を紹介してもいいんだが、それだと佐久間さん、あんた、たぶん終わっちまう」などと冷笑するケンに佐久間は反発を覚えた。

終わっちまうだと？　何でお前みたいなやつにそんなこと言われなきゃならないんだ。今持ち合わせがないだけだ。ちょっと金借りたくらいでどうこうなるわけがない。

「それでいいよ。金、貸してくれる奴、紹介してくれ」

「まあ、待てよ、佐久間さん。あんたにゃもっといい手があるんだ。あんたはフォレストの営業部長だ。会社のデータにフルアクセスできるだろ？　顧客名簿をはじめとするフォレストが管理するデータ。そいつと交換なら、ヤーマなんていくらでもくれてやるよ」

「データ？　何に使うんだ？」

「俺はこう見えて、起業家でね。東京の北《うえ》の方でクスリの販売以外にもいろいろ手広くやっているんだ。今一番力を入れてるのは、老人相手の商売さ」

老人相手の商売？

この男がまさか介護の仕事なんてやっているわけがない。

そのココロは、さほど考えなくても分かった。

「詐欺、か」

「ご名答。さすが、察しが良いな。オレオレってやつだ。はっきり言って今は濡れ手で粟だ。パクられるリスクはほとんどなく、ガンガン稼げる。国内最大手の介護企業フォレストが管理するボケ老人たちの情報は、俺にとっちゃ宝の山だ」

「………」

宝の山。確かにそうだ。日本の老人はしこたま金を持っている。しかしそのほとんどは箪笥の奥や、預金口座にしまわれたままの死んだ金だ。それを引っ張り出して命を吹き込む。そんな目の付け所は、ケンもフォレストも変わらない。介護の対価として金を受け取るか、詐欺でだまし取るか、その方法は段違いだが。

「どうだい、データくれないか？」

佐久間は考える。

しかし、方法は重要なのか？

死んだ金に命を吹き込むことこそが重要なんじゃないか？

ケンはリスクはないと言っている。それが本当だとしたら、無人駅でキセルをするようなものだ。

「一つ、教えてくれ、あんたはヤクザなのか？」

佐久間が尋ねると、ケンは鼻で笑った。

「言ったろ？　俺は起業家、ビジネスマンだ。今どきヤクザになる奴なんて本当の馬鹿さ。暴対法でがんじがらめで、全然美味しくねえ」

つまり、フリーで動いている裏社会の人間ということか。

佐久間は考える。

ケンにデータを渡すか否かではない。どうやったら、ケンと対等の立場で取引できるかを、だ。

営業マンとしての腕の見せ所だと思った。

〈彼〉

二〇〇七年　四月十六日

三日後、午前八時二十二分。〈彼〉は住宅街の歩道を自分の影を踏みながら歩いていた。昨日までぐずついていた空は、今日になって機嫌を直した。憑《つ》き物が落ちたかのように雲がなくなった空が青すぎて逆に不吉にも見える朝だった。目の前に団地が見えてくる。

八賀あさひ団地。住民の半数が六十五歳以上。老人だけの世帯も三割を超え、そのうち半分が単身世帯だという。寄る辺のない年寄りが集まった限界集落。あさひという名と裏腹に黄昏《たそがれ》のような団地だ。

団地の入り口に掲示板があり〈オレオレ詐欺・振り込め詐欺にご注意を〉というポスターが目に入った。ニュースでも最近やたらと話題にしている。ずいぶんと被害が出ているらしい。

〈彼〉は団地の棟と棟の隙間に造られた小さな公園に入り、ベンチに腰掛けた。

その姿は、暇を持てあまし、ひなたぼっこでもしているように見えるだろう。めざとく

〈彼〉の耳にイヤフォンが挟まっていることに気づいた者も、ラジオでも聴いているのだと、何の疑問も抱かないに違いない。

〈彼〉は耳を澄ませる。

今日は『処置』ではなく『調査』の日だ。

『調査』の対象は、団地の一室。

その中の様子を盗聴器の電波が〈彼〉に伝える。

1DKの狭い部屋の主は、緒方《おがた》カズ、八十五歳。独り暮らしの老婆だ。足腰が悪く、半寝たきりでベッドの上にいる時間が長い。最近は物忘れが酷くなっており、もしかしたら認知症の兆候が出ているのかもしれない。週末だけヘルパーによる訪問介護を受けており、平日は隣町に住んでいる息子の嫁が身の回りの世話をしに来る。

〈どうして、おしっこしたいって、言ってくれないんですか!〉とイヤフォンから金切り声が聞こえた。その息子の嫁だ。

〈ご、ごめんよぉ〉

カズが弱々しく答える。

どうやら、朝食を食べさせている最中に、カズが失禁してしまったようだ。

〈お義母《かあ》さんがいけないんですからね!〉

〈や、やめとくれよぉ〉

〈駄目です！　これはしつけなんですから！〉

パシッ！　と、乾いた音がした。

〈ああっ！〉

パシッ！　パシッ！　パシッ！

〈いたい、いたいよぉ、いたいよぉ。ごめん、ごめんよぉ〉

嫁が姑を叩く音と、許しを請う姑の声。

しばらくすると、そこに嫁の嗚咽も混じる。

〈うぅ……どうして。どうして……〉

泣きながら、叩いているのか。

家族介護での虐待はつきものと言っていいほど多い。だが、身体が不自由になった家族に好きこのんで手をあげる者は滅多にいない。ストレスという名の糸が人を操るのだ。

この嫁もきっとそうなのだろう。「どうして」と問いかけるのは、カズに対してか、それとも自分自身にか。

心のキャパシティは人それぞれだ。この嫁にとって毎日のように通いで義母の介護をする生活は、その限界を超えているのだろう。

〈ごめんよぉ。私がこんなんなっちまったから。いっそ死んじゃえばいいのによぉ〉

嫁の声に比べて、カズのそれは乾いている。

〈そんなこと……そんなこと……ううっ〉

嫁の声は涙に埋もれて途切れてしまった。

〈彼〉は、目を閉じ息を吸い込んだ。

〈彼〉は確認する、自分の中にある意志――殺意を。

恨みがあるわけでもなく、憎いわけでもない。だが、殺す。そんな澄んだ殺意が確かにある。

殺すために、こうして耳をそばだてて『調査』する。

まず殺すに相応《ふさわ》しいかを見極める。そして殺せるタイミングを把握するのだ。

あせってはいけない。無理はしない。大丈夫だ。リスクはあるが慎重にやれば上手くいく。

経験的に〈彼〉は知っていた。

注意深く丁寧にやれば完全犯罪は可能なのだ、と。

第三章　ロスト

二〇〇七年　六月

大友秀樹　　二〇〇七年　六月六日

午前十一時十五分。裁判官が判決を告げた。

「被告人を、懲役三年に処す」

執行猶予がつくこともなく、求刑どおりの判決だった。が、担当検事の大友秀樹の胸には、少しの達成感も涌いてこなかった。

耳の奥に例のうずきを覚えた。

隣にいる事務官の椎名が小さく嘆息を漏らした気配がする。

向かいにいる弁護士はもちろんのこと、判決を出した裁判官さえ、顔をしかめている。

重苦しい雰囲気に包まれた狭い法廷の中、ただ一人、被告人だけが安堵の表情を浮かべていた。

アルマジロのように背の丸まった老女、川内《かわうち》タエ、七十歳。住所不定の無職。いわゆるホームレスだ。罪名は常習累犯窃盗罪。平たく言えば万引きの常習犯である。コンビニで百十円のおにぎりを万引きしたところを現行犯で逮捕された。

常習とはいえ、万引きで三年の実刑判決が出るのは異例のことだ。これには特殊な事情がある。

被告人のタエがそれを望んだのだ。

「できるだけ長く、刑務所に入れてください」

取り調べのとき、タエはそう懇願した。

通常の刑事犯、特に軽犯罪を犯した者は、できるだけ実刑判決をさけたがるものだ。しかしタエは自ら刑務所に入ることを望んだ。

「社会《シャバ》では誰も私を助けてくれないもの。刑務所《ムショ》の方がずっと人間らしい暮らしができるんです」

それがタエの言い分だった。

この言葉からも分かるように、タエが実刑判決を受けるのはこれが初めてではない。わずか半年前に、同じ罪で一年の刑務所暮らしを終えて出てきたばかりだ。

タエはリウマチによって手足の関節が変形してしまっている。普通なら要介護老人ということになるが、ホームレスで住所を持たないため、介護保険を利用するどころか、生活保護すら受けられない。

生活保護は基本的人権の一つである生存権を保障する制度であり、住所がないことを理由に受けられなくなってしまうのは、問題があるとされている。しかし財政難の折、このような対応をする自治体は少なくない。

頼るものが何もないタエは、生きるために不自由な身体で万引きを繰り返すもその度に捕まり、「反省がなく悪質」ということで刑務所に入ることになった。

すると刑務所の中では三度の食事が用意され、トイレや入浴の際にも介助がつく。持病のリウマチもそれなりに気を遣ってもらえるし、具合が悪くなれば医者がきて薬をくれた。それは必要最低限と言うべき待遇なのだが、これまでのタエには望むべくもないものだった。

こうしてタエは気づいてしまった。タエのような老人にとっては、社会よりも刑務所の方がずっとましなのだと。

「川内さん、刑務所なんかいいところじゃないですよ。なんとか頑張って、この社会で自立する道を探しませんか？」

逮捕後の取り調べで、大友はそんな説得に近いようなことも言った。しかしタエは役に立たない千羽鶴でももらったかのように、こう返した。

「刑事さん、じゃなくて検事さんでしたっけ。そりゃ、あなたにとってはムショなんざろくな所じゃないでしょうよ。でもねえ、私には極楽なんです。私だってそりゃ、悪いことなんかしたくないですよ。でも、じゃあどうすればいいんですか？　自立するって、あなたが面倒みてくれるの？　違うでしょ？　ねえ、刑務所、入れてくださいよ。万引きじゃ駄目なんですか？　どこかに火をつけたらどうです？　人を殺したら……ああ、でもこの身体じゃ逆に殺されちゃうかねえ……」

彼女は犯罪者だ。そして罪を犯したことを反省していない。再犯の可能性はきわめて高い。実刑を与える理由は十分だ。

だが、それは裁きになるのか？

大友は性善説を信じている。人は誰でも魂に善性を秘めていると思っている。裁きとは、単に事実を確認して刑罰を与えることではなく、善性に訴えかけ罪を背負わせること、罪悪感を抱かせ悔い改めさせることだ。

取り調べで話を聞いた限り、タエにも性善説はあてはまる。彼女の魂にも善性はある。彼女は害意や悪意を持って罪を犯しているのではない。彼女が人間らしく生きられる場所が刑務所しかなく、そこへ入るための手段として罪を犯しているのだ。これでは罪を罪として自覚しようがない。

もし真に彼女を裁くというなら、この社会で彼女が罪を犯さずとも人間らしく生きる術を示さなければならない。

だが、大友にはそれができない。

検察官の大友にできるのは、形式的に罪に問うことだけだ。それならば、治安維持のためには、実刑を与えて拘束するまで罪を犯すだろう。それが裁きと呼べるかはさておいて。

彼女は刑務所に入れるまで罪を犯すだろう。それが裁きと呼べるかはさておいて。

おそらく、大友だけでなく、弁護士も裁判官も同じような想いを抱えていることだろう。

結局、法廷は彼女の望み通り、「刑」にも「罰」にもならない「刑罰」を与えた。

判決を告げたあと、裁判官が被告人に説諭する。

「被告人は、刑に服しよく反省し、出所後は二度とこんなことをしないでも生活できるように頑張ってください」

「頑張って」などという励ましが何の足しにもならないことは当の裁判官もよく分かっているだろう。

「はい、ありがとうございます」と頭を下げるタエは、満面の笑みを浮かべていた。


「正直、川内さんって、被害者か加害者か分かりませんよね」

地裁の通用口を出たところで、椎名が漏らした。

言わんとすることは分かる。大友も同じような気持ちを抱いている。だが……。

「それを言いだしたらきりがない。意図的に犯罪を犯す者は、大抵、なんらかの不遇、害を被っている。しかし同じように不遇であっても罪を犯さない者が大勢いる。そうである以上、罪を犯した者はやはり犯罪者として裁かなければならない」

「ええ、そうですよね。それは分かります。でも……」椎名はどこかためらいがちに言った。「川内さんみたいな人、これから増えていくんじゃないですかね」

「増えていく？」

「はい。日本はこの先も少子高齢化が進みます。それは単に国民の平均年齢が上がるということじゃなくて、世代人口の極端な不均衡が起きるってことです。身体が不自由なのに頼れる家族がいない老人はきっと増えていきます。そういう人に収入や蓄えがなく、福祉からも排除されて、生活が刑務所の環境を下回ってしまえば、犯罪を犯す動機付け《インセンティブ》になってしまいます。……まずいですよね、もし刑務所が社会からはじかれたお年寄りの老人ホームみたいに機能しちゃったら」

確かに川内タエにしてみれば、刑務所は矯正施設ではなく老人ホームのようなものかもしれない。無論それは刑務所の本来のあり方ではない。

「そうだな。だが、犯罪を犯した者を野放しにしておくわけにもいかない。結局、検察《こっち》は目の前の仕事を粛々とこなすしかない」

椎名の危惧はもっともだが、検事の職責を超えている。

「そうっすね……」

大友と椎名は、表通りに出る。コンクリートのビルが墓標のように生える通りを歩く。X県では県庁の周りに、税務署、地裁、地検本庁、県警本部、といった建物が集まり、小さな官庁街を形成している。県内の大手企業のビルや、新聞社やローカルテレビ局の社屋もこの区画にあり、昼の間は人通りが多い。

人混みのざわめきと車の排気音がビルとビルに乱反射して独特のリズムを奏でている。歩きながら、先日、次席検事の柊から老人が関与する刑事事件が増えていると聞いたのを思い出した。大友が担当している範囲で考えれば、被害者にせよ加害者にせよ犯罪に巻き込まれるのは、必要な支えのない老人ばかりだ。

介護と偽って近づいてきた者に殺された老人や、徘徊中にトラックにはねられた老人は、手厚く十分な介護を受けていれば命を落とすことはなかっただろう。

こんなことは考えても仕方のないことだが、もしも、誰もが大友の父が入っているような老人ホームで暮らせたなら、犯罪を犯す老人も、犯罪に巻き込まれる老人もずっと減るのだろう。

いつだったか、介護企業に勤める友人は言っていた。

——この世で一番えげつない格差は老人の格差だ。

街の喧騒に耳鳴りが混じる。法廷からずっと、うずきは治まらない。

「分かっていたはずなんですけどね」

信号待ちで足を止めると、椎名はぽつりとつぶやくように言った。

「分かっていた？」と大友は顔を向けて聞き返した。

「あ、えっと、天気予報で明日の天気は分かりますよね？　まあ百発百中とは言えませんけど」

椎名は正面の新聞社のビルを見て言った。壁面に横長の電光掲示板があり、天気予報、ニュース、占いを順番に流している。

予報によれば、今日は晴れているが、明日から雨になるという。例年より一週間ほど遅れている梅雨がそろそろ始まるようだ。

椎名は続ける。

「でも、一週間後の天気を予測するのはかなり難しくなります。一年後になるともう占いと一緒、当たるも八卦です。これは天気に限った話じゃなくて、株価も競馬もプロ野球の優勝チームも、まあ未来のことってのは大抵の場合、どんな高等数学を駆使しても正確に予測なんてできないわけです。それこそギャンブルの対象になるくらい。ただ、例外的にかなり先まで安定した予測ができることもあります。その一つが――」

数字に強い事務官は、一度言葉を切ってから言った。

「――人口です。人口推計というのは、十年、二十年くらいなら大きく外れることはまずないんです。今、高齢化だなんだって言っていますけど、こうなることは二十年、いやもっと前に分かっていたんです」

「そうか……」

分かっていた、か。

そうなのだろう。「高齢化」や「少子化」という言葉自体はずいぶん前から聞く。そして、分かっていたということは、分かっているということでもある。この先、日本で少子高齢化が進んでいくことは人口統計の専門家でなくても知っている。

信号が変わり、人波が動き出す。

大友は横断歩道を渡りきったところで不意に足を止めた。

「どうしたんです？」

「すまない、ちょっと待ってくれ」

ビルの電光掲示板は天気予報から、一行ニュースに変わっていた。

〈速報　厚生労働省、フォレストを処分へ。介護事業の継続不可〉

今日の朝刊には載っていなかったニュースだ。父親がフォレスト系列の老人ホームにいる大友にとっては他人事《ひとごと》ではない。

大友はポケットから携帯電話を取り出すと、ネットに接続した。

ニュースサイトでもトピックの一番上で伝えていた。

《介護大手フォレストへ退場処分》

厚生労働省老健局は、全国規模での監査を実施した結果、フォレストの複数の事業所で特に悪質な不正が見つかったとして、連座制を適用しフォレスト本社に対して介護サービス事業所の新規及び更新指定不許可処分を降すと発表した。これにより、フォレストは新しい事業所の開設も既存の事業所の更新もできなくなり、介護事業からの退場を余儀なくされる模様だ。

携帯電話の液晶に映し出されたのは、四月、東京で改善勧告を受けたと聞いたときに大友が抱いた疑念がまさに具体化したものだった。

大友はネット接続を切ると、電話帳からフォレストに勤める佐久間の番号を出してかけてみた。

〈おかけになった電話は、電波の届かない場所にあるか、電源が入っていないためかかりません――〉

聞こえてきたのは、お定まりのメッセージだった。

ビルの電光掲示板はニュースから占いに切り替わった。

〈本日のNo.1ラッキーは、蠍《さそり》座！　思いもよらない良いことあるかも⁉〉

そんな無責任な未来予知の文字が明滅しながら走っていた。

神話によれば、傲慢な巨人オリオンは、地母神ガイアの怒りをかい、彼女が放った蠍の毒針によって命を絶たれる。そのことを象徴するかのように、冬、天幕の中心に居座っていたオリオン座は、蠍座が姿を見せる夏には逃げるように沈んでゆく――。

その夏、介護ビジネスの驕れる巨人フォレストに致命の一刺しが見舞われた。

斯波宗典　　二〇〇七年　六月十一日

五日後、午後二時二分。目が覚めた途端、世界はきらびやかな光を失い、薄暗いアパートのくすんだ天井が視界に広がった。

ああ、そうか夢だったのか。

斯波宗典は一度息を吸って吐くと、ゆっくりと身を起こす。

覚醒してゆく意識が、身体にまとわりつく湿気を捉えた。

一昨日、県の気象台が梅雨入り宣言を出した。もう何日も緩慢な雨が降り続いている。

寝間着代わりの長袖Tシャツが、汗でじっとりとしている。蒸し暑い。

ベッドサイドの目覚ましを見る。

夜勤から戻ってベッドにもぐり込んだのが十時ごろだったから、眠れたのは四時間ほどか。斯波が勤める八賀ケアセンターの二交代制勤務では、夜勤の翌日は原則休みになる。もう一度あの心地よい夢の世界に戻れないかと目を閉じるが、高い不快指数に引き戻される。そろそろ、昼寝には向かない季節になってきた。もっとも、もう一度眠っても同じ夢が見れるわけではないのだが。

先ほどまで見ていたのは子どものころの夢だった。父と一緒に行った親一人子一人の家族旅行。ライトアップされたポートタワーの前を、ミッキーマウスやシンデレラがイルミネーションを輝かせながらパレードしていた——ポートタワーでエレクトリカルパレード?

あり得ない光景だが、タネはすぐ分かった。神戸のポートアイランドに行ったときの思い出と、東京ディズニーランドに行ったときの思い出が、混ざっているのだろう。どちらも斯波が小学生のころのことだ。もう夢の中でしか会うことができなくなった父が楽しそうに笑っていた。「良い思い出」がベストミックスされ、誇張された夢。遠くなるほど記憶は曖昧になるが、思い出は鮮やかになる。

斯波はベッドから這い出て、遮光カーテンを開けた。

曇り空から注ぐ薄い光が部屋に忍びこむ。

床に転がっているリモコンを拾ってテレビをつける。

何か見たい番組があったわけじゃない。あまりにもきらびやかだった夢との落差を埋める賑やかしが欲しかった。

二度、チャンネルをザップすると、見覚えのある男の顔が画面に映った。

昼のワイドショーのようだ。男はスタジオの中心に座らされ、司会者やコメンテーターに囲まれている。

男は目に見えて顔色が悪く、切れ長の目の下には真っ黒いくまが浮きでている。何か言い訳じみたことをぼそぼそと言っているが、生気がなく、まるで生ける屍《しかばね》のようだ。

男はフォレストの会長、地方の訪問介護事務所に勤める斯波からすれば、雲の上にいるような人物だ。

もちろん直接会ったことはないが、事務所の隅にはこの会長が現在の総理大臣である保守系の政治家と固く握手する写真が飾ってあり、職場に行くと否応なしに顔を拝むことになる。その写真では気鋭の起業家らしく精悍な笑顔を浮かべていたが、今テレビの向こうにいる彼は見る影もない。

「あんたなあ、朝から色んな番組出てるらしいけどな、今更言い訳したって、誰もあんたのゆうことなんか聞かんよ！」

歯に衣着せぬことで有名な女優が、会長をなじる。

「いえ、決して言い訳というわけでは……。ただ、私どもが不正をしてしまった背景には、介護ビジネスの構造的な……」

「それが、言い訳なんや！　あんた汚い処分逃れしようとしといて、まだ言い訳するんか！」

会長のか細い言葉は怒号でかき消される。

おそらく会長はマスコミで自らが弁明することで、風向きを変えようとしているのだろうが、この調子だと目論見《もくろみ》は外れそうだ。

五日前の六月六日、厚生労働省がフォレストに事実上の退場処分とも言えるきわめて厳しい処分を降した。その日の夜、フォレストは記者会見を開き、全ての介護事業をグループ企業の連結子会社に一括譲渡することを発表した。これにより経営母体が替わるので、フォレストが処分されても法律上は事業を継続できることになるはずだった。

しかし世間の反応は冷ややかだった。

その翌日、六月七日、主要紙全てが一面トップと社説でフォレストの問題に触れ、処分は当然であり事業の譲渡は悪質な処分逃れであると批判した。

更に六月九日には、日本全国の自治体が一斉にフォレストに対して反発し、各自治体の権限で子会社への事業譲渡を認めないとの宣言をした。厚生労働省も、系列への事業譲渡は好ましくないとの見解を示した。

結局フォレストはグループ内での事業譲渡を凍結することになった。その後も会長は何らかの形で事業を継続したいという意向を示しているが、これも世論に受け入れられず、「この期に及んで」といっそう厳しく批判された。今、テレビの画面に映し出されているように。

番組はまるで公開処刑だった。

一時は時代の寵児のように持ち上げられた男が、袋叩きにされていた。

スタジオに設置された大きなモニターに、会長が所有する豪邸やボート、高級クラブらしきところで高そうな酒を飲む会長の写真が映し出された。

「あんたは、お年寄りから巻き上げた金でこんな贅沢してたんですよ！」

「いえ、これは私個人の財産で……」

「同じことでしょうよ！」

会長とは対照的に、コメンテーターたちはギラギラと生気をみなぎらせてゆく。

「あんたに、介護なんてやる資格ない！」

「そうだ、介護で金儲けなんて言語道断や！」

「介護ってのは、本当に無欲無私の精神で人様に尽くせる人しかやっちゃいけないんですよ！」

「もう手を引きなさいよ！」

安物のテレビの割れたスピーカーが怒号を吐き出す。

狂っている。

斯波はそう思った。

確かにフォレストは不正をしていたし、会長は清廉潔白とは言いがたい人物に思える。

だが、少しでも調べれば、介護業界全体の構造にも問題があることは分かるはずだ。

それを無視して一企業と個人を吊るし上げ、その様子を電波に乗せて全国に流すのか。

狂っている。

金儲けなんて言語道断？

無欲無私の精神で人様に尽くせる人しかやっちゃいけない？

彼らはこれを本気で言っているのか？　それを良識だと思っているのか？

金をもらわず、無欲無私で、他人の尻を拭ける人間がどれだけいると思っているのか？

恐るべき想像力の欠如。

斯波はフォレストで働く中でいやというほど見てきた介護に追い詰められていく人々の姿を思い出した。

親の介護のつらさを誰にも言えずに耐えている娘。

姑の介護を家族から押しつけられ、自分でも義務だと思い込もうとして、結果的に虐待に走る嫁。

理想を抱いていた真面目なヘルパーは、仕事中に暴言を吐いた翌日から、無断欠勤して辞めてしまった。

メディアが垂れ流す想像力を欠いた良識は、彼女たちのような人々をもっと追い詰める。

斯波はうんざりして、テレビを消した。

黒くなった画面に、自分の姿が映り込む。

それを見てハッとする。

夢で見た父に似ている。同じ形でカーブを描く眉、少し厚めの唇。父の五十パーセントは遺伝子として斯波の中にあることを証明するように、父に似た自分の顔。

テレビのせいでささくれた心が治まっていった。

ここでいらだっていても仕方ない。俺には俺のやるべきことがあるだろう。

父を介護した日々の記憶は、芯のように斯波を支えて、コンパスのように向くべき方向を示してくれる。

それは思い出と言えるほど遠くも鮮やかでもない、記憶だ。

斯波の父親が倒れたのは、一九九九年の七月。予言がはずれた夏のことだった。

当時、父は七十一歳で斯波は二十三歳。祖父と孫ほども歳の離れた親子だった。母は斯波が小学生になる前に交通事故で亡くなっていて、父一人子一人の家族だった。

斯波が高校を卒業するまではそこそこ仲良くやっていたが、大学進学を機に斯波が上京して独り暮らしを始めてからは、ぎくしゃくしていた。

年に数回、地元に帰ると父は妙に攻撃的で難癖をつけてきた。「感謝が足りない」だの「どうせ大学で遊んでいるんだろう」だのと。まるで身に覚えがないのに「俺のサイフを盗ったな」などと責められたこともあった。

今にして思えば、すでにこのとき認知症の兆候があり、独り暮らしの寂しさから来るストレスと相まって、気性を複雑にしていたのだろう。だが、当時の斯波は急に扱いづらくなった父を疎ましく思うばかりだった。

大学を卒業したあと、斯波は東京でフリーターになったのだが、それを報告したときも父は「まともに働け」「大学まで出してやったのに」となじった。

斯波は思った。

父さんのときとは時代が違うんだ。

そう、時代が違う。斯波と父が生きた時代は全く対照的だ。

父が生まれたのは一九二八年。その三年後に満州事変が起こり、日本は日中戦争、そして太平洋戦争へと突き進む。中学二年のときに勤労奉仕に動員された父は、そのまま終戦まで工場で働き続けた。高校にすら進学できなかった父だったが、戦後復興の折、手に職のある若者は重宝され、そこそこ名の知れた鉄鋼専門の商社に就職できたという。その後、日本は高度経済成長期を迎え、国民所得は大幅に増えてゆく。父も例外ではなく四十を前に独立するのに十分な蓄えをつくり、ここX県に土地を買って金物屋を開業した。経済が拡大してゆく中、商売は順調だったようだ。やがて店をたたんで隠居した父は、概ね右肩上がりの時代を歩んできたと言っていいだろう。

一方、斯波が歩むこの時代には、父のころのような明るい上り坂は見えない。どこまで続くか分からない下り坂の時代だ。

斯波が生まれたのは一九七五年。少年期を過ごした昭和の終わりのころ、日本はバブルと呼ばれる狂騒に突入した。金があることを「豊かさ」と呼ぶなら、この国が史上最も豊かになったそのとき、そこいら中に金と一緒に夢という言葉が溢れた。

夢を持て、夢を信じて、夢に向かって、夢冒険、夢工場、夢列島、夢、夢、夢、夢。ありとあらゆるものを金で買い占めることの後ろめたさを隠すかのように、金を稼いだ大人たちは子どもたちに夢を語った。

君たちには無限の可能性がある。個性を大事に、夢を見つけてそれを叶えよう。大丈夫、信じればきっと夢は叶うよ。

学校の先生もテレビに出ている文化人たちも、皆、そんな甘言を吐いていた。

父も例外ではなかった。「自分だけの夢を見つけるんだ」斯波が幼いころ、いつも励ますようにそう言っていた。

豊かさという泡の膜につつまれた子どもたちは夢を信じた。個性を伸ばし自己実現することが、大人になることだと思い込んでいた。

しかし、実際に大人になったとき斯波を待っていたのは、夢ではなくて氷河期にたとえられる空前の就職難だった。

無慈悲な目覚まし時計が鳴り響き、夢から覚めるときを告げた。

バブル崩壊——。

その煽りをまともに受けた斯波の世代を、ある大手全国紙が『ロストジェネレーション』などと命名した。多様な人々を一つの言葉の中に閉じ込めるマスコミの悪癖に鼻白む反面、当事者として妙な納得も感じてしまう。

確かに、俺たちは『失われた世代《ロストジェネレーション》』なのかもしれない。

あるはずの、あるいはかつてはあった「豊かさ」を失った世代。その少ないパイを奪い合う競争は熾烈《しれつ》を極めた。学生は、才覚に恵まれ有名企業の内定をいくつも勝ち取ったり、国家試験に合格する「勝ち組」と、度重なる圧迫面接で精神をすり減らし、それでも内定がひとつも出ない「負け組」に二分された。

斯波は後者だった。

子どものころ大人から吹き込まれた、夢も、無限の可能性も、個性も、自己実現も、全部斯波とは関係ない「勝ち組」のものだった。斯波のような「負け組」は、いつまでも実現しない自己を抱え、夢の残滓《ざんし》をさまよわなければならなかった。

話が違う、こんなはずじゃないだろ。

空手形を切られていた気分だ。

上昇する時代の波に乗っていただけの父に「まともに働け」などと言われたくなかった。

俺は好きでフリーターになったわけじゃない。あんただって、不況になってから店をつぶしているじゃないか。

隠居と言えば聞こえがいいが、父は斯波が大学に入った年、赤字に転落していた商売に見切りをつけ、店と家を処分して借家住まいを始めた。以来、収入はなく店を売った金を頼りに生活していた。まともに働いていないのは、お互いさまじゃないかと思った。

父と顔を合わせるのがおっくうで、しばらく地元に帰っていなかった。

そんなある日、病院から電話がかかってきた。

父が脳梗塞で倒れ緊急手術が必要なので、家族として同意して欲しい旨だった。手術をしても助かるかどうか分からない、しかし手術をしなければ絶対に助からない、という意味のことを言われた。

今思い返しても不思議なのだが、このとき頭の中には何もなかった。何かを考えたり感じたりした記憶がない。頭を切り取られた蛙の脊髄反射のように、口が動いていた。

「お願いします。手術をしてください！」

電話の相手は、手術は前倒しで始めるが、できるだけ早く病院へ来て欲しいと言った。

バイトの予定をすっぽかして急行に乗ってX県へ向かった。

父さんが、死ぬ？

年齢を考えれば、そんなに不思議なことではない。だが、どこかでそれはまだ遠い先の話だと思っていた。

悲しいとか、心配だとか、そういう具体的な感情はなかなか涌いてこなかった。ただ、むずむずとした落ち着かなさが心を満たしていた。

急行電車の不規則な揺れの中、自然と脳裏に父との思い出の断片があふれた。

幼いころ、引きつけを起こした斯波を背負って病院まで走ってくれたこと。あのころ父の背中は広かった。

授業参観に一人だけ男親のしかも年寄りが来て、恥ずかしかったこと。今なら、父も気恥ずかしかったに違いないと分かる。

中学生のころ、その場のノリで大した罪悪感もなく万引きをして捕まったとき、一発斯波を殴ったあと、「すまない。半分は俺の責任だ」と涙を流したこと。拳よりも、その涙の方がずっと痛かった。

そして、斯波が大学に受かってすぐに店を処分したこと。それは単に不況のせいでなく、きっと斯波の学費を捻出するための手段だったこと。

この数年、上手くいっていなかったこと。それでも間違いなく親子だということ。愛されていた。

そんなことは、分かっていたはずだ。

そして、長年にわたり愛情を受け取るだけで、まだ何も返せていないことに今更ながら思い至った。

斯波が病院にたどり着いたとき、すでに手術は終了しており、父は集中治療室で昏睡していた。

「全力を尽くし、医学的にできることは全てやりました。目を覚ますかどうかは五分五分です。覚悟はしておいてください」医者は確かそんなことを言っていたはずだ。

ベッドの上で真っ白い顔で眠る父の姿は、電車の中で反芻していた思い出よりも、ずっと老いていた。

父さんは、こんなに小さく、こんなに皺だらけだったのか。

涙があふれた。

父さん、頼むよ、助かってくれ！　まだ、逝かないでくれよ！

今まさに死に直面している父を目の当たりにして、そんな当たり前の感情がやっと込み上げてきた。

そして、手術から二日後。

「む、ねの……り」

目を覚ました父はとぎれとぎれに、斯波の名を呼んだ。

「父さん、父さん……父さん！」

涙と鼻水で顔をぐしゃぐしゃにしながら、斯波は何度も父を呼び返した。

居合わせた看護師も涙ぐんでいた。

それから父は三ヶ月ほど入院してリハビリをしたが、結局、左半身に麻痺が残った。日常生活の全てに介助が必要で、独り暮らしは難しいと医者に言われた。

もとより斯波は、もし父が助かったら地元に戻り一緒に暮らすつもりだった。精一杯介護しようと誓った。

それから父が没するまでの日々は決して楽ではなかった。いや、苦しかったと言った方が正確だろう。

認知症の兆候がある老人が脳梗塞になると、症状が一気に進むことがあるという。斯波の父はまさにそのケースだった。

身体と精神の両方を不自由にした父はあまりに重く、独りで支えるのは尋常なことではなかった。

想像以上のつらさに、「あのとき手術が失敗していれば……」と思うことすらあった。

しかし。

「ありがとう」

父がそう言ったのは死ぬ直前、介護生活が始まって四回目の十二月のことだった。その日はいくぶん調子が良く、斯波のこともはっきりと認識し、自分が認知症になっていることも自覚できているようだった。

「俺は、もうわけが分からなくなってるから……。伝えられるときに伝えておくよ。お前がいてくれて幸せだった。俺の子に生まれてくれて、ありがとう」

父はそう言って少し笑った。

それから一週間後の二〇〇二年十二月二十四日、クリスマス・イブの夜に父は逝った。最後の最後、あの言葉があったから、父に報い、そして自らも報われたと感じることができた。

そして気がついた。たとえ年老いて身体機能が衰え自立できなくなっても、たとえ認知症で自我が引き裂かれても、人間は人間なのだと。ときに喜び、ときに悲しみ、幸福と不幸の間を行き来する人間なのだと。

最後まで父を支えた経験は、斯波の心から生まれた時代を呪う気持ちを消した。

確かに俺は下り坂の時代に社会に出ることになった。でも、じゃあ上り坂を登ってきた父さんは、俺より楽だったのか？　そうじゃないだろう。父さんが子どものころは、今よりずっと貧しくて治安も悪かった。中卒で就職したのだって、好きこのんで選んだわけじゃない。そうせざるを得なかったからだ。俺がテレビゲームの合間にだらだらと英単語を覚えていた歳には、父さんはもう大人に混じって働いていた。独立して商売を始めるのだって、怠けていたらできないことだ。俺の時代に俺の苦しみがあるように、父さんの時代には父さんの苦しみがあったはずだ――。

もう生まれた時代を呪うのはやめよう。どんな時代、どんな立場だって、やるべきことがあるはずだから。

斯波は父が高齢だったため、同世代よりかなり早く介護を経験した。そして、綺麗事ではすまない介護の重さと、それでも守られるべき人間の尊厳を知った。

そんな俺に、できること。そんな俺が、やるべきこと。

介護の仕事。

高齢化が進むこの国では、斯波の父のように最後まで介護を必要とする老人は増え続けるのだろう。

そして同時に少子化と核家族化が進むこの国では、斯波のようにたった独りで介護の負担を背負わなければならない者も増え続けるのだろう。

斯波は父を見送ったあと、すぐにヘルパーの資格を取り、フォレストの求人に応募した。

かつて就職活動で苦労したのが嘘のように、すんなりと採用された。空前の就職難と言われつつも、求められている仕事はあった。自分がえり好みをしていたことに気づかされた。

もうすぐ、あれから五年になる。たった五年でも、介護の需要が増え続けていることは実感できた。

フォレストが処分されたからといって、それに合わせて介護を必要とする人々が減るわけじゃない。

何らかの形でフォレストが介護事業を続けるなら、斯波も今のまま働き続けるし、もし事務所が閉鎖されるなら、別のところに移るだけだ。

根本的には何も変わらない。

やるべきことをやる。

自分にできることなんて、ほんのわずかだとしても。それでも、やるべきことをやる。

結局、それしかない。

佐久間功一郎　　二〇〇七年　六月二十日

九日後、午後二時三十分。佐久間功一郎は部屋の隅に設置されているソファに腰掛けて、今日発売の週刊誌をぱらぱらめくっていた。

埼玉と東京の境目。荒川《あらかわ》の岸辺、川口《かわぐち》市側にあるウィークリーマンションの一室。

窓から望む川と工場の景色はなかなか乙なものなのだが、ブラインドを閉め切っているので誰も見ることができない。

部屋の中央に大きな事務机とパイプ椅子があり三人の男がいる。皆、二十代の若者だ。

二人はパソコンをいじり、一人は携帯電話を耳に当てている。机の上には卓上ファイルキャビネットが並び、さながらSOHO《ソーホー》のオフィスのようだ。

佐久間が目を落としている誌面には〈堕ちた偶像！　介護を食い物にする金の亡者に天誅！〉という禍々《まがまが》しい見出しで、フォレストとその会長をバッシングする特集が組まれていた。

一方的な酷い記事だ。介護業界のことなど、何一つ正しく伝えていない。醜聞と女の裸で金を稼いでいる週刊誌が、どの面下げて「金の亡者」などと書き立てるのか。

だが「堕ちた偶像」とは、言い得て妙か。

佐久間がかつて尊敬すらした会長が、惨めに泥をすすらされている。

しかし同情などしない。

会長は正しかったが、沈む舟から逃げ遅れた間抜けだ。いや、逃げたくても逃げられなかったのか。おそらく、表の世界ではあの辺りが限界なんだろう。派手に勝ち過ぎると叩かれる。正しく利益を最大化しているだけなのに、目立ち過ぎると、偽善者どもに足を引っ張られる。

なら、俺は裏で上手くやる。勝ち続ける。

「だからね、被害者は今この場で慰謝料十万円払ってくれたら、示談に応じると言ってるんですよ。でも息子さん持ち合わせがないようでね。そこで、お母さん、立て替えられませんかねえ。払わないと、息子さん犯罪者になっちゃいますよ」

携帯電話の男、矢島《やじま》が早口でまくし立てている。

電車で痴漢をしたことになっている男の母親と示談交渉をしているのだ。

警官と名乗っているが、無論、本物ではない。被害者も加害者も存在しない架空の痴漢事件だ。だが、いきなり警官と称する男から電話がかかってきて「息子さんが痴漢をしました」などと言われれば、相手は軽いパニックに陥り、冷静な判断力を失う。それに乗じて金を引き出す。このオフィスで行われているのは、そんな仕事だ。

「はいはい。ええ、そうしてくれるとね、こっちもありがたいですよ。じゃあこれから言う口座にお願いしますね。すぐにですよ、すぐ、三十分以内にね」

上手くいった様子だ。

「へへ、バッチリですよ」

矢島は電話を終えると佐久間に得意げな笑顔を向けた。脱色したウルフカットに細い眉。

肌はこんがりと日焼けして、カットソーのタンクトップと細身のジャケットを合わせている。最近のチンピラの風貌は、ヤクザよりもホストに近い。

「ああ、今のは良かったな。だがまだ終わりじゃない。回収しっかりしろよ」

矢島は他の二人と目配せして頷いた。

「うす」

四月、ケンにフォレストの管理データを売り渡すよう言われたとき、佐久間はケンが仕切っているという詐欺について詳しく聞き出し、こう持ちかけた。「データは渡す。その代わり、俺にも一枚嚙ませろ。年寄りを騙すのは得意だ」

詐欺は犯罪だ。そんなことは分かっている。だが、ケンの話を聞く限り「行ける」と踏んだ。フォレストにしがみつくより、ケンと組んだ方が可能性がある。

そんな佐久間をケンは面白がって仲間に引き入れた。佐久間はフォレスト本社が管理しているデータを片っ端からポータブルハードディスクにコピーしてから会社を辞めた。

きわめてハイリスクな転職活動だが、どうやら正解だったようだ。

佐久間が辞めてすぐにフォレストは沈んだ。厚労省から事実上の退場処分を受け、会長は惨めな姿をマスコミにさらしている。

一方、佐久間はこちらの詐欺《ビジネス》で早々と結果を出した。

これまでケンの仕切りでやっていたのは、身内を装って金をせびるだけのごく単純なオレオレ詐欺だったが、佐久間の提案により、警官や弁護士が登場する複雑な劇場型の振り込め詐欺に切り替えた。

佐久間がフォレストから持ち出したデータには、老人たちの家族構成や、経済状況も含めた詳しい個人情報があった。それを上手く使えば、ターゲットに合わせたより効果のあるシナリオが作れた。

これが大当たりして、儲けは倍増した。ケンも佐久間の手腕に舌を巻いたのか、振り込め詐欺の仕切りを全面的に任せるようになった。

「今月の売り上げはどうだ？」

佐久間が尋ねると、矢島は嬉しそうに指を三本立てた。

「絶好調ですよ。もう三本いきました。ノルマも余裕です」

一本百万なので、三百万ということだ。

「そうか」

佐久間は満足そうに頷いた。

ケンが起業家と自称するように、振り込め詐欺の現場というのはきわめて仕事的《ビジネスライク》だ。

このウィークリーマンションは「支店」と呼ばれ、一つの支店には矢島のような「従業員」が三〜五人いる。ケンはこのような支店を埼玉と東京に四つほど持っている「社長」で、今の佐久間にはこの四つの支店を指揮する「マネージャー」というポストが与えられていた。

従業員が振り込め詐欺で儲ける金は「売り上げ」と呼ばれ、その中から歩合制で「給与」を与える。支店ごとに毎月の「ノルマ」も設定されていて、これを達成すると歩合の率が上がる仕組みになっている。

違法行為さえしていなければ、ベンチャー企業のようだ。

詐欺集団がこのような形を取るのは、別に会社ごっこをしたいわけじゃない。犯罪だとしても、継続的に利益をあげ続けるなら、このような秩序を作った方が合理的なのだ。

秩序が導入されることで、犯罪はある一定のルールの下に目的を達成するという作業《ルーチン》になる。これにより罪悪感や緊張感は軽減されるが、成果を上げたときの達成感は逆に高まる。

当たり前だが、矢島たち従業員は犯罪者になりたくてここにいるのではない。成功したいのだ。

彼らは十代の時分は暴走族やらチーマーだった元・不良少年で、二十歳を過ぎたころから社会に身の置き場がなくなった連中だ。

一昔前なら、暴力団の世話になったのかもしれないが、今は上下関係が厳しいだけで旨みの少ないヤクザ稼業に流れる若者は減っている。ケンはそんな連中を集めて、詐欺やらクスリの売買やらをやっている。最近はこんなアウトローなビジネス集団が増えているのだという。

佐久間が見る限り、矢島たちには犯罪を犯しているという意識はほとんどなく、仕事か、あるいは一種のゲームをするような感覚で、老人に電話をかけ金を巻き上げている。最終的に受け取る金よりも、その達成感の方が強いモチベーションとして作用しているようだ。

もっとも、それは佐久間も同じだった。自分が指揮する支店が売り上げを伸ばしてゆくことにしびれるような達成感を覚える。かつて人材派遣会社の営業部で結果を出していたときと同じ高揚が蘇っていた。

重要なのは、勝つこと、成功すること、そこから得られる万能感だ。

「それにしても、佐久間さんがきてから、すげーすよ！　前なんか、月に二本いくことも滅多になかったのに」

矢島はそう言いながら、尊敬のまなざしを向けてくる。佐久間は自尊心が満たされる心地よさを感じつつ、首をふった。

「今まではやり方に工夫がなさ過ぎたんだ。年寄りから金を出させるのに、単純に身内を思う優しさを刺激するだけのオレオレ詐欺はさほど効率が良くない。最も強く年寄りを動かす動機は、優しさじゃない、『不安』と『恥』だ。だから不安と恥を煽るようなシチュエーションを作ってやった方が、ずっと釣れる」

佐久間が詐欺に導入した方法論は、営業職で学んだ原則をそのまま応用したものだ。

老人に限らず、正の感情より負の感情の方が人を動かす。中でも、不安と恥は特に強く作用する。人を動かすにはいかにして不安と恥を刺激するかが肝だ。

ケンに対して「年寄りを騙すのは得意だ」と売り込んだ佐久間だが、思った以上にこれまで培ってきた営業のスキルはこちらの世界で使えた。それどころか、むしろこちらの方が本領を発揮できているとすら思えた。

人材派遣や介護の業界も、振り込め詐欺も、えげつなさは似たり寄ったりだ。偽善者の顔色をうかがって綺麗事を言わないで良い分、詐欺の方がずっとまともだとすら佐久間には思えた。

「なるほどぉ」

矢島は佐久間の言葉にいちいち感心して頷く。

佐久間はしたり顔で矢島たちに語る。

「いいか、今、日本の個人金融資産の総額は千四百兆。金は唸《うな》るほどあるんだ。だが、こんだけ金がありながら、世間は不景気だなんだと言っている。どうしてか分かるか？　回ってねえのさ。実はこの千四百兆のほとんどを年寄りどもが独占しているんだ。やつらは貯め込むばかりで使おうとしねえ。だから、俺たち若い世代に金が回ってこねえんだ。ここが頭の使い所だ。金はあるところから取った方がいい。金を使わねえなら、無理矢理でも使わせてやればいい。年寄りどもから金をいただくのは、死んでた金を生き返らせることにもなる。腐りかけてるこの国の経済を救う手段でもあるんだ」

詐欺を正当化するロジックではない、佐久間は本気でそう思っていた。老人をターゲットにした詐欺は世の中のためになる、と。

「やっぱ佐久間さんの言うことは違いますね。俺、マジで尊敬しますよ」

佐久間の話をどこまで理解しているか怪しいものだが、矢島はそんなふうにおもねってくる。他の二人も同意するように頷いている。おべんちゃらだと分かっていても気分がいい。

他の支店でもそうだが、従業員たちは皆、実績を伸ばす佐久間に一目置いている。

佐久間が連絡用に使っている携帯電話が震えた。他人名義のトバシと呼ばれる携帯だ。

「もしもし」

「あの、情報を売ってくれるって、聞いたんだけど」

相手は名乗らずに用件を告げた。聞き覚えのない声だ。ケンの人脈経由で噂を聞いて連絡してきたのだろう。

佐久間はフォレストから持ち出したデータの中で、自分たちでは使わない地方のものを販売する副業もやっていた。ケンが「宝の山」と言ったように、高齢者の個人情報を欲しがる者はたくさんいた。

「場所は？」と尋ねると、相手はX県の情報を欲しがった。

佐久間は反射的に大友のことを思い出した。正しさを大上段に振りかざす鼻に付く男。負けた試合の思い出を後生大事にしている大馬鹿。自分の親父を安全地帯に入れておいて介護業界を憂えてみせる偽善者。四月、電話をよこしてきたときX県に赴任したと言っていた。

佐久間が売り渡した情報で、やつのナワバリを汚せると思うと愉快な気持ちになれた。

「ああ、あるよ。特別に安く売ってやるぜ」

佐久間は口角をあげて言った。

その夜、ケンに呼び出されて池袋の寿司屋の個室で食事をした。

青魚を苦手とする佐久間はあまり寿司は好きではないのだが、ケンの方は好物らしく、一緒に食事をするときはいつも寿司だ。

旬《しゅん》を迎えたこの時期だけネタに入っているというスズキの握りを、ケンはいくつも美味《うま》そうに頬張る。佐久間はその姿を見ているだけでげっぷが出そうだ。

寿司をつまみながら、今後の仕事の打ち合わせをした。

一応、二人の関係は経営者とマネージャー、ケンが主で佐久間が従だ。しかし、最近ケンは振り込め詐欺の支店にはほとんど顔を出さずに佐久間に任せ、クスリの売買などの事業に専念している。分業している共同経営者といった方が近いかもしれない。少なくとも佐久間の意識はそうだった。

「しかし、佐久間さん、最高のタイミングで逃げたな。ヤバイって話は結構あったけど、まさか、いきなりなくなるとは思わなかった」

ケンが言っているのは、無論フォレストのことだ。今となっては佐久間も報道で知るほかないが、どうやら万策尽きて介護事業を売却することになるようだ。売却先として、医療介護系教育企業の『ムツミ・エデュケーション』と、大手居酒屋チェーンの『優々』の名前が挙がっていた。

「そうだな。まあ、せっかく派手に沈んでくれてるんだ。利用しない手はないさ」

佐久間は言った。ケンは不思議そうに尋ねる。

「今更、利用なんて、できるのか？」

「できるさ。間接的にだがな。今、マスコミはフォレスト・バッシング一色で、介護制度についての建設的な話なんてほとんど出てこない。こういうのはな、結果としては社会不安を煽るだけなんだ。特に年寄りどもの不安をな。不安になった人間ほど嵌《は》めやすいもんはない。しかもこっちにはフォレストの顧客名簿がある。いわばこれは、この先どうなるか不安になっている老人どものリストだ。これからしばらくは稼ぎ時だ」

「なるほどな。インテリは違うな」

ケンの声にわずかな嫉妬の色が混じる。佐久間はそれを聞き逃さず、密かに優越感に浸った。

ずっとケンのことを得体の知れない不気味な男だと思っていたが、懐に入ってしまえば案外底の浅いチンピラだということが分かった。

人脈が豊富で耳も早く、駒になる元・不良少年を集めたりするのは得意だが、ケン自身にはさほどの才覚はない。

手を組んですぐのころは、ケンが裏社会のビジネスについていろいろと佐久間に教えた。しかし、一通り基本的な作法と構造を押さえた今は、佐久間がケンにものを教えることの方が多かった。

「ところで佐久間さん、サイドビジネスも好調みたいだな」

ケンは話を変えた。口調にはやや棘《とげ》があり、顔も笑っていなかった。

データの売買は、佐久間が言い出したことで、最初ケンは反対していた。

そこを、売り上げの一部を渡すことと「もともとこのデータは俺のものだろ。俺のものを利用して俺が稼いで何が悪いんだ。それに、あんたにしてみたら、何もしないで金が入ってくるんだ、反対する理由はないだろう」という、佐久間からしてみたら当たり前と思える理屈で認めさせたのだ。

そしてデータは売れ、金になった。ケンにとっても利益になった。

だがケンはやはりどこか気に入らない様子だ。

その理由は分かっている、嫉妬だ。

ケンは佐久間の才覚に嫉妬しているのだ。

「おかげさまで今月も全部の支店でノルマ達成だ。まあ、ごちゃごちゃ考えるのはこっちに任せてくれよ。あんたは社長だ。ふんぞり返って金が入ってくるのを待っていろよ」

へりくだる振りをして、ケンを馬鹿にした。

それに気づいたのか、ケンは斜視の目をぎょろりと剝《む》いた。

怒らせたか？

佐久間は一瞬、背中に冷たいものを感じたが、すぐに強気がそれをかき消した。

だからどうした。絶対、大丈夫だ。

佐久間が加入したことで、振り込め詐欺の売り上げは爆発的に増えた。このことはケンに実利を与えている。

佐久間と仲違いをしたらケンだって損なはずだ。腹の内はどうであれ、表面上はそれなりに佐久間を立てるはずだ。

ケンは息をつき、つまらなそうに「……そうだな。こっちの仕事でちゃんと稼ぐなら文句はねえさ」と言うと、ショルダーバッグをまさぐり、ビニール袋を取り出した。中にはぎっしりとヤーマの錠剤が入っている。

ケンとの間で取り決めている報酬の一部だ。

「これからも、頑張ってくれ」

ケンは錠剤の入ったビニール袋をすべらせてよこした。

「ああ、任せてくれ」

佐久間はにんまり笑って、クスリを受け取った。

大友秀樹　二〇〇七年　六月二十七日

七日後、午前五時四十七分。うっすらともやのかかる県警の駐車場を一台の車が出発した。パトランプのついていない乗用車、覆面パトカーだ。

「へえ、大友検事のお父さん、あのフォレスト・ガーデンにおられるんですか?」

ハンドルを握る年嵩の刑事は、口ぶりからして、フォレスト・ガーデンが高級有料老人ホームであることを知っているようだ。

「ええ、まあ」と助手席の大友秀樹は相づちを打つ。

平日の早朝、県内三番目の都市、久濃《くの》市街へ続く県道は空いていた。リアシートで事務官の椎名が、窓の外をぼんやり眺めている。

空は暗く曇っているが、雨は降っていない。

案内役の刑事と何となくの世間話をしていたら、親の介護が話題になった。

「うちも高級とはいかなくても、どこかの有料ホームに入れる金がありゃあねえ……あ、済みません、イヤミを言ってるわけじゃないですよ」

「いえ、在宅介護は大変でしょう」

「ええ、女房のやつはノイローゼ気味ですよ」

刑事は憂鬱そうに眉根をよせる。彼の母は腰を悪くしており、在宅で介護をしているのだという。夫婦と子ども二人に母といった家族構成で、介護はもっぱら奥さんが担っているそうだ。

フォレスト・ガーデンを大友に紹介した佐久間が「家族介護は日本の呪いだ」と言っていたのを思い出した。特に介護の手が少なく固定しがちな家庭では、一人に負担が集中し問題が起きやすいという。もっとも、家庭のことをほとんど妻に任せてしまっている大友がこの刑事に何か言える立場でもないのだが。

「今マスコミでさんざんやってますが、フォレスト・ガーデンにも影響ありそうですか？」と刑事が尋ねる。

フォレスト問題は今や国民の一大関心事だ。処分逃れじみたグループ内での事業譲渡を画策したり、会長が民放各局のワイドショーに連続して出演したりと、話題には事欠かない。テレビ、新聞、雑誌、あらゆるメディアが連日報じている。

結局は介護事業を売却することで落ち着きそうだが、それに伴い介護サービスを受けられなくなる「介護難民」が発生するのではないかと、不安視する向きもある。

「いや大丈夫みたいです」大友は答えた。「あそこは、介護保険を使っていないので」処分があってからすぐにフォレスト・ガーデンのホーム長から〈今後も今と変わらぬサービスを約束できるので、あまり心配しないで欲しい〉との連絡があった。そもそもフォレスト・ガーデンには今回問題となっているような不正はなく、独立採算制で経営状態も良好なので、オーナー企業が替わっても名前が変わるくらいで大きな影響はないだろうとのことだった。

安全地帯。

以前、佐久間はそう言っていた。たとえフォレストが潰れてもフォレスト・ガーデンは生き残る、と。皮肉にも、その通りになりそうだ。

むしろ大友にとって気がかりなのは、その佐久間と連絡が取れなくなっていることだ。

先日、フォレスト本社の直通番号にかけたら、別の男性が出て〈申し訳ありません。佐久間は一身上の都合により退職しました〉と告げられた。

その後、本人の携帯電話にかけてみたが、解約されているようで、つながらなかった。

今のフォレストの状況を考えれば、退社していたこと自体はそんなに不思議ではない。

しかし、大友にはひと言あっても良いような気はしたし、以後全く音信不通になってしまうのは違和感がある。フォレストの電話に出た男のもの言いは奥歯にものが挟まったふうでもあり、円満退社ではなかったような雰囲気も漂わせていた。

「やっぱ高級ホームは安心ですなぁ。うちも宝くじでも当たりゃ、母を入れてやれるんですが」

刑事は自嘲気味に言う。

安心、か……。

大友は思う。確かにフォレスト・ガーデンは安心な安全地帯と言えるのかもしれない。しかし、入居に億単位の金が掛かる。

刑事の言う通り、普通の人は宝くじでも当たらなければ入れない。大友にしても、父は入れたが自分はたぶん無理だ。

報道によれば、フォレストの最新の決算は赤字だったという。全ての介護事業がフォレスト・ガーデンのように経営が安定しているわけではないのだろう。

介護保険法違反という不正行為と、会長の派手な私生活がクローズアップされ、いかにもフォレストが不当な手段で大儲けしていたようなイメージを抱きがちだが、不正をしても尚、赤字経営を強いられていたというのが実情のようだ。

今後、事業を売却するにしても、赤字の部門まで全て引き受ける企業が現れるのだろうか。現れたとしても、買収を機に何らかの合理化をするのではないだろうか。

ビジネスであれば、合理化は当然だ。不採算部門は凍結したり廃止したりする。しかしその一方で介護は福祉でもある。儲からないという理由で一度始めた事業を止めてしまえば、その利用者、特に介護に頼って生きている者は、生存権が脅かされる。「介護難民」は絵空事の威《おど》し文句ではない。

このような事態になってみると、いつだったか感じた「介護ビジネス」という言葉の座りの悪さの正体がよく分かる。

単なる偶発的な不正ではなく、この国に蓄積する歪みの必然。

今起きているフォレストを巡る騒動と、ホームレスの老婆が刑務所に入るために万引きを犯した事件は、同じ現象の別の表出なのではないだろうか。

自分の家族が安全地帯にいながら、こんなことを憂うのは欺瞞《ぎまん》かもしれないが。

「検事、この先です」

先ほどよりもわずかに堅い刑事の口調で、考え事から引き戻された。

車は久濃市中心部の市街地へと入っていた。この辺りはX県の中では「若者の街」とされている。

ショッピングビルを中心に、レンタルビデオ店、百円ショップ、ファミリーレストラン、コンビニ、衣料量販店と、全国のどこにでもありそうなカジュアルなチェーン店が建ち並ぶ。

この時間はほとんど人影がなく、まだ眠っているかのように静かだ。

目的地は街の目抜き通りから細い路地を入った先にあるマンションだ。四月に強盗殺人で逮捕した古谷良徳の共犯者、坂章之が潜伏していると目されている。

坂の身柄を押さえるための家宅捜索《ガサ入れ》に、大友と椎名も同行することになった。重犯罪者の逮捕が見込まれる家宅捜索の場合、検事が立ち会うこともままある。

路地の手前に県警の中型護送車が停まっていた。実働隊の警官たちを輸送し、身柄を押さえたあと坂を県警まで護送するための車両だ。これもパトランプを付けていない覆面タイプのもので、一般のマイクロバスにしか見えない。路地の入り口には、二人組の男が辺りをうかがいながら立っている。万が一、坂がここまで逃走してきたときに備えて配置されている私服警官だろう。

刑事は護送車の後ろに車を停めると、無線でやりとりをする。

「もうすぐ始まります。お待ちください」

実働隊の警官たちはすでにマンションに向かっている。あくまで「お客さん」の立場である大友たちは坂の身柄を押さえるまでは、ここで待機だ。

「こんな街中に……」

リアシートの椎名が窓の外をちらちら見て、独り言のようにつぶやいた。

木を隠すなら森の中とは言うものの、駅も近く、逃亡犯が身を潜めるような場所ではない。

「どうして、こんなところに戻ってきたんですかね？」と椎名は首をひねる。

坂は一度は県外に逃亡したものの、最近になって地元に戻ってきたと見られている。捜《そう》査《さ》側からすれば、わざわざ捕まりにきてくれたようなものだ。

刑事は鼻を鳴らして苦笑した。

「坂のやつは、逃げ切った気でいるんでしょうな。念のため隠れて生活はしてますが、おそらく自分は追われていないと思っとるはずです」

警察は古谷が共犯者の情報を自供していることを隠したまま坂の足取りを追っていた。今のところマスコミも古谷の単独犯として報じている。来月頭に予定されている古谷の公判開始をタイムリミットとして、これを過ぎた時点で公開捜査に踏み切る予定だった。

「古谷が罪を全部かぶってくれると思って、安心して戻ってきたってことですか？」

「そうです。坂が隠れていると思われるのは、暴走族時代の仲間の部屋です。坂以外にも、数名の仲間の出入りが確認されており、潜伏先というよりは、溜まり場といった雰囲気だそうです」

「古谷が自分のことを喋るかもって、思わないんですかね？」

椎名は釈然としない口調で言った。

「あの手の小悪党は、素直なんですよ。簡単に人を騙すし、裏切る。そのくせ、自分が騙されたり、裏切られたりするとは思わないんです。まあ、悪党じゃなくても、人間なんざ、だいたいその程度の短絡さと愚かさで生きてるのかもしれませんが」

刑事はベテランらしい冷めた人間観を口にした。

窓の外は少し陽が出てきていた。今日は梅雨の中休みになりそうだ。

「ん？」と刑事がやや怪訝《けげん》そうな声をあげた。視線はバックミラーに向いている。見ると、通りを走ってきたらしい白いセダンが、後ろに停車しようとしていた。関係車両ではない。

何かと思い注視していると、セダンの運転席から男が降りてきた。車同様に真っ白い頭が、顔を覗かせたばかりの朝陽に照らされていた。彼は、ちょうど大友たちの車の真横にある自販機に近づいてゆく。

「ああ、煙草か」と刑事はつぶやく。

たまたま、ここの自販機で煙草を買うために車を停めたようだ。

大友は窓から男の様子を何となく眺めていた。遠目に彼が買った煙草の特徴的なパッケージが目に入った。ちらりと見えただけだったが、大友には銘柄が分かった。

ショートピースだ。

父が愛飲しており、自宅にあの濃紺の小さな箱がいくつもあった。

ショートピースはＪＴが生産する中で最もニコチンの含有量が高い上にフィルターのない両切り煙草なのだが、父は「ピースは聖書にまつわる煙草だから、喫煙もまた信仰の形だ」などとわけの分からぬ理屈をつけて吸っていた。

ピースのパッケージには金色の鳥がデザインされている。この鳥は旧約聖書に登場する鳩なのだという。口にオリーブの枝をくわえて方舟《はこぶね》に戻り、大洪水から逃れたノアに地上の平和《ピース》を伝えた鳩だ。

煙草を買った白髪の男は、白い車に戻ってゆく。

今どきピースのような重い煙草を吸うのは、ほぼ年配者に限られるという。

そのセダンが出発した直後、無線機から警官の張る声が聞こえた。

〈確保！　確保しました！〉

「行きましょう」

「はい」

刑事にうながされ、大友と椎名は車から降りた。

路地は車二台がぎりぎりすれ違えるほどの幅で、両脇には背の高いビルと背の低い民家が並んでいる。再開発された目抜き通りに比べるとちぐはぐな様相だ。

マンションの前まで行くと、数人の制服警官がエントランスを固めていた。ちょうどそこから私服警官に連行されて三人の若者が出てきた。その中にいる短い金髪でタンクトップの体格のいい男が坂だ。あとの二人は一緒にいた仲間だろう。抵抗する様子もなく俯き、連れられていく。表情はよく見えなかったが、そのうち取り調べで何度も顔を合わせることになるだろう。

刑事と共にエントランスを通り、マンションに入る。壁は塗り直してあり、つるつる光っていたが、築年数は古そうだ。季節のせいか廊下はかび臭い。

坂が潜伏していた部屋は二階の角部屋だった。中ではマスクをした四人の捜査員が、もくもくと証拠物品を押収している。玄関の沓《くつ》脱ぎのところでポロシャツを着た中年男性が手持ち無沙汰ぎみに突っ立っていた。このマンションの大家か管理人だろう。家宅捜索を行う場合、違法な捜索を防ぐ名目で、必ず居住者かそれに準ずる第三者を立ち会わせる。男はいかにも頼まれたから仕方なくここにいるというふうで、何一つ口出しすることなく捜索をぼんやりと眺めていた。

そんな、捜査する側には好都合な案山子《かかし》のような立会人の脇をすり抜け、大友たちは部屋に入った。作業の邪魔にならないように部屋の隅に身を置いて様子をうかがう。坂は明日にも地検に押送されてくる。対峙するときに備え、部屋の様子、雰囲気などから少しでも感じ取れるものがあればと目を凝らす。

間取りは2DKで、ベッドのある寝室とテーブルのあるリビングに分かれている。全体的に空気がこもっていて、甘ったるくだらしない臭いがした。

リビングには、漫画雑誌やＣＤ、ＤＶＤ、ゲーム機などが散乱している。なるほど確かに若者の溜まり場といった感じだ。

捜査員たちは、郵便物らしき紙束と、ノートパソコン、携帯電話などを押収用の段ボール箱に詰め込み運び出していく。犯罪の証拠となるデータがないか県警で精査するのだろう。

寝室の方では、ベッドがひっくり返され、その裏に隠してあった黄色いパッケージの小瓶が押収されていた。「ラッシュ」という脱法ドラッグだ。芳香剤として売られているが、実際は覚醒剤とよく似た向精神薬だ。長く薬事法の規制対象外だったため、アダルトショップなどで堂々と販売されていた。去年から規制が入り正規ルートでの流通はほぼなくなったため、違法な手段で入手している可能性が高い。数からいって、自分たちで使うだけでなく、売りさばくための在庫かもしれない。

「坂と暴力団のつながりは？」と大友は刑事に尋ねてみた。

「あまり深くはないようです。最近、若いチンピラは皆そうですよ。ヤクザの世界も高齢化で上が詰まってますからね。若い奴が入っても厳しいばかりで、あまりいいことがない」と刑事は頭をかきながら答えた。「それに、今は大きな組織に入らなくても、携帯とパソコンがありゃ、いろいろ悪さできます。薬《ヤク》の売買やら、振り込め詐欺やら、闇金やら。そんなシノギを若い仲間だけでやるのが今風です。ベンチャー犯罪組織ってとこですかね。

規模は小さいですが、こういう連中の方が取り締まるのは面倒です。時代の流れが……なんて言いたくなるのは歳のせいですかねえ」

　前任地の千葉でも似たような話を聞いた。おそらく、全国的な傾向なのだろう。

「あれ」と不意に椎名が声をあげる。

「どうした？」

「あの、それ、ＵＳＢじゃないですか？」

　椎名は部屋の隅にあるカラーボックスの上に置いてあった灰皿を指さした。大きめの鉄製の灰皿が小物入れ代わりに使われているようで、缶バッジやストラップが入れられていた。

　椎名はそこから指の頭ほどの小さな何かをつまみ上げた。「ほら」と引っ張ると、それは半分に割れ銀色の端子が現れた。データの持ち運びに使う小型のＵＳＢメモリだ。縦横二センチにも満たないが、百科事典を遥かにしのぐ量の情報を保存して持ち運べる。当然、押収すべき物品《ブツ》である。

「はあ、こんな小さいのあるんですか」

　あまり電子機器に強そうに見えない刑事は不思議そうに眺める。

「僕も同じの持ってるんです。便利ですよ」と椎名は刑事にメモリを手渡した。

「その便利なもんを、悪党も使うから困るんですよ」

刑事は極小の記憶装置を指でつまむと、苦笑いを浮かべて、今しがた言った台詞を繰り返した。

「時代の流れが……なんて言いたくなるのは歳のせいですかねえ」

〈彼〉　二〇〇七年　六月二十七日

同日、午前七時二十八分。〈彼〉はコンビニで買ってきた菓子パンで朝食を済ませたあと、煙草の封を切った。

濃紺のパッケージに、金色の鳥がデザインされている。ショートピースだ。鳥は嘴《くちばし》に枝のようなものをくわえている。何か由来があるのかもしれないが、〈彼〉は知らなかった。

重めの煙草が敬遠される傾向にあるのか、最近ではコンビニや自販機でもほとんど見ない銘柄だ。この辺りでは、久濃の市街地にある自販機にしかない。今朝もわざわざそこまで行って買ってきた。

といっても〈彼〉が煙草を吸うわけではない。フィルターがなくニコチンを多く含んでいるのが〈彼〉にとって少しだけ都合がいいが、別にピースでなければならない理由はない。

ただピースを使い続けてずっと上手くいっているので、ちょっとした験担ぎの意味でこだわっていた。

〈彼〉は机の上に小学校の理科の授業さながら、いくつかの簡単な実験道具を並べる。ビーカー、アルコールランプ、三脚、そして注射器が二本。一般店舗では購入が難しい注射器はインターネット通販で、そのほかはロードサイドのホームセンターで買ったものだ。

〈彼〉はビーカーに水を張り、慣れた手つきでピースの巻紙を一本一本はがし、煙草の葉を水の中に沈めていく。一箱十本分の葉を全て浸すと、ビーカーをアルコールランプにかけて火を入れる。水はランプの炎に熱せられ、やがてビーカーの中の対流でピースの葉がダンスを始める。葉は踊り、内に秘めた成分を吐き出し、沸騰する水を赤褐色に染めてゆく。

溶液が濃く妖《あや》しく邪悪な色彩を帯びてきたら火を止め、ビーカーに蓋をしてから常温で冷ます。しばらくのち、ビーカーが手で触れられる程の温度になったら、茶こしで煙草の葉を取り除きつつ別のビーカーに移す。

ニコチン溶液の完成だ。

不純物は大量に混ざっているだろうし、正確な濃度も不明だが、厳密さはいらなかった。要は致死量以上の濃度でニコチンが溶けていればいいのだ。

〈彼〉は注射器にこの溶液を五十CC吸い上げ、針にキャップを嵌める。予備のために、もう一本。

注射器をケースに入れ、ナイロン素材の黒いポーチにしまう。

続けて〈彼〉は部屋の隅の棚にしまってあるノートと、小さなクッキー缶を取り出す。

ノートは彼のこれまでの『調査』と『処置』を記録したものだ。今日の夜、また新たに『処置』する予定だった。

候補者は二人いる。八賀あさひ団地で暮らす緒方カズという老婆か、八賀市北部の丘陵地、雲雀丘《ひばりがおか》の一軒家で暮らす梅田久治《うめだひさはる》という老人だ。二人とも半寝たきりで独り暮らしをしており、昼間はときどき家族が面倒をみに来る。夜中に忍びこめば確実に独りであり『処置』は容易《たやす》いだろう。独り暮らしのために家の戸は施錠されている可能性が高いが、どちらの家の鍵もすでに用意できている。

〈彼〉はクッキー缶を開ける。中にはいくつもの鍵が入っている。〈彼〉は少し考えてその中から一本を取り出す。

やはり、より長く『調査』をしている緒方カズを今夜『処置』しよう。梅田久治はその次だ。

〈彼〉はポーチに鍵を入れると、ノートとクッキー缶を元の場所にしまった。

準備は完了だ。あとは夜を待つばかりだが、それまで暇というわけではない。

時計を確認すると、もう八時をずいぶん過ぎていた。

そろそろ行かなければ、仕事に遅刻してしまう。

斯波宗典　　二〇〇七年　六月二十七日

同日、午前八時五十二分。斯波宗典が八賀ケアセンターの事務所に入ると、すでに数人の職員とパートのヘルパーが出勤していて、お茶を飲みながら談笑していた。

「おはようございます」

「おはようございますぅ。あ、ねえねえ、斯波さん、あなたは知らないの？『ムツミ』と『優々』どっちになるか」

挨拶を交わしてすぐ、そんなことを聞かれた。

「いやあ、ちょっと分からないですね」

斯波は肩をすくめてみせる。

『ムツミ・エデュケーション』と『優々』はどちらもフォレストの買収に名乗りを上げているると報道されている企業だが、斯波たち末端の社員に詳細は知らされていない。

とりあえず、厚労省の処分から三週間が過ぎた今日もフォレスト八賀ケアセンターは以前と変わらず営業を続けている。

ここは利用者数二百五十名を超える市内最大の訪問介護事務所であり、いきなり業務を止めれば大きな混乱が予想される。市の保健部からも「責任を持って営業を続けて欲しい」と要請されていた。

おそらく、全国の事業所が同じような状況だと思われる。会社本体は「介護をやめろ」と言われているのに、個別の事業所は「介護を続けろ」と言われる、という奇妙なねじれが起きている。

「おはよう」と背中に低い声がして振り向くと、センター長の団が出勤してきた。

パートたちは斯波にした質問を団にも繰り返す。

「いやあ、僕にも分かりませんよ」と団がはぐらかす声が聞こえた。

斯波はタイムカードを押して、シフト表を確認する。今日も昼の間は、ドライバー兼オペレーターとして訪問入浴車で利用者宅を回ることになっていた。続けて、壁に据え付けてあるキーボックスを開いた。

キーボックスの中には利用者から預かっている鍵がいくつも吊るしてある。寝たきりや認知症の場合、自分で戸締まりがおぼつかないことも少なくない。そんな利用者が独り暮らしだったり、そうでなくても家人がいない時間に訪問するケースでは、このように事務所で家の鍵を預かるのだ。不特定多数の人間が出入りする事務所なので、キーボックス自体にダイアル式の鍵がついており、番号は社員しか知らない。

あれ？

斯波は今日自分が巡回する家の鍵を取り出したとき、奇妙な違和感を覚えた。

手に取った鍵をよく見てみる。

今日の三件目に訪問する梅田久治という利用者の家の鍵なのだが、どこかがいつもと違う気がする。

何だ？　どこが違うんだ？

しかし、斯波の思考は怒声によって中断された。

「弱い人間を食い物にしやがって！　この国賊どもが！」

背後からそんな声と共に、ガシャン！　と甲高い音が聞こえた。

振り向いた瞬間、外から流れ込んできた湿った空気を顔に感じた。

「きゃあ！」

「うわっ！」

窓のそばにいた者たちが声をあげ、のけぞっている。

窓は大きく割れて、ガラスが飛び散っていた。その向こうに、芥子《から し》色のブルゾンを着た男が逃げるのが見えた。

「え、何？」

「石？」

「大丈夫ですか⁉」

斯波は窓辺に駆け寄った。

「ええ」

「びっくりしたあ」

幸い、怪我をした者はいなかったようだ。

床に、ソフトボールほどの大きさの、紙に包まれた石が転がっていた。

「これが投げ込まれたのか」

斯波はそれを拾い上げた。

紙を広げると酷い乱筆で〈天誅〉と書かれていた。

おそらくは介護業界の実態など何も知らず、マスコミが垂れ流す情報だけで義憤に駆られ、放り込んだのであろう。

きわめて薄っぺらな正義の言葉。

パートヘルパーの一人が、それを後ろから覗きこみ憤った。

「何よ、これ！　私らが何したっての⁉　ふざけんじゃないわよ！」

薄っぺらな紙で切られた傷は、痛い。

彼女の目に涙がたまっている。

その悔しさは、この場にいる者たち全員が共有しているものだ。

六月六日の処分以来、この事務所にも苦情とも嫌がらせともつかない電話や問い合わせが殺到している。だが、職員の大半は、非難されるようなことをした覚えなどない。それどころか、給料が安い中、善意をもって職務にあたっている者がほとんどだ。

「何で私たちがこんな目に遭うのよ！　もうやってられないわよ！」

ヘルパーは火がついたように怒鳴り散らした。さっきまで、噂話に花を咲かせていたのが嘘のようだ。

その場の多くが彼女に同調して憤っている。

まずいな……。

斯波は、やや冷静な頭で思った。

投げ込まれたのはくだらない石ころだが、今日まで耐えてきた皆の鬱憤を爆発させるのに十分な重さがある。これをきっかけに大量退職につながりかねない。そうなれば、センターの業務が崩壊してしまう。

「すみません」

よく通る低い声がした。

一同が振り向くと、白い頭が垂れていた。落ち着いた声。団だ。

団は顔を上げると皆を見回して、落ち着いた声で言った。

「皆さんのつらさ、悔しさはよく分かります。私も同じ気持ちです。本社はどうであれ、私たちは後ろ暗いことは何もしていない。まして国賊などと罵《ののし》られるいわれはありません。しかし、今、皆さんが仕事を放り出してしまえば、困るのはあの石を投げた人ではなく利用者の方たちです。たくさんのお年寄りとその家族が頼りを失ってしまいます。私たちの仕事は絶対にこの社会に必要なものです。私たちにはやるべきことがある。批判はいずれ収まります。どうか、今は耐えてください。申し訳ありません」

団は再び、深く頭を下げた。

「団さん……」

「顔上げてくださいよ。団さんが謝ることじゃないでしょう」

「そうですよ。そりゃ腹は立ったけど、今辞めたりなんかしませんよ。ね？」

「そうそう。こんなときこそ、頑張んないとね」

皆、そんなことを口々に言った。団の言葉が一同の頭を冷やしたようだ。

一時騒然とした事務所は、すぐに落ち着きを取り戻し、皆で飛び散ったガラスを集め、割れた窓は段ボールで応急処置をした。団の判断ですぐには警察に届けないことにしたが、被害状況の写真だけは証拠として撮っておいた。もしこの先、この手の嫌がらせが続くようならまとめて相談するという。

団は穏やかな協調タイプのリーダーだが、締めるときはしっかりと締める。ヘルパーとして積極的に現場に関わり、社員やパートからの人望も厚い。

——やるべきことがある。

団が発したその言葉は、斯波の胸の内にある使命感をそのまま言い表していた。他の社員やパートたちも、わざわざ資格を取って介護の仕事に就いた者たちだ。それぞれに響くものがあったはずだ。

斯波は八賀ケアセンター以外の職場は知らないが、きっと団のような責任者がいるのは幸運なことなのだろう。

「さあ、気を取り直して、今日も一日頑張りましょう」

その団が朗らかに発破をかけ、従業員たちが事務所を出て行く。

斯波もそれに続きながら、再びキーボックスから取り出した鍵をよく見てみる。ごく普通の山型のギザギザが削り出されている鍵だ。

あ、そうか。

さきほど覚えた違和感の正体に気づいた。

鍵の頭に刻印されているメーカー名が変わっているのだ。

鍵の刻印など、普通なら気にも留めないだろうし、変わっていても気づかないかもしれない。だが、斯波には分かった。斯波の亡き父が営んでいたのは金物屋だ。合い鍵も扱っていて、子どものころからよく目にしていた。

鍵の頭にはその鍵を作っているメーカー名が刻まれている。そして鍵のメーカーには、純正鍵《オリジナル》のメーカーと、合い鍵《コピーキー》のメーカーがある。つまり刻印を見れば、その鍵がオリジナルかコピーか分かるのだ。

前回の訪問で使ったとき、この梅田久治宅の鍵はオリジナルの刻印があったはずだ。それがコピーキーのものに変わっているのだ。

何でこんなことが？

斯波には可能性は一つしかないように思えた。

従業員の誰かが勝手にコピーキーを作って、入れ替えたということだ。

佐久間功一郎　　二〇〇七年　六月二十七日

同日、午後十一時五十分。渋谷円山町《まるやまちょう》のラブホテル。

「私、つい最近まで地元で介護の仕事してたんですよぉ、ヘルパーだったの」

ガラス張りの風呂に一緒につかりながら、デリヘル嬢は言った。

「訪問入浴って言って、お爺ちゃんやお婆ちゃんの家に行って、お風呂に入れてあげるの。男の人って、歳取ってもスケベなやつばっか。すげーセクハラされるんですよ。身体触られたり、下品なこと言われたり。それが嫌でね、キレて辞めちゃった」

そう言いながら身体をまさぐる彼女に、佐久間功一郎は苦笑した。

「じゃあ、何でこんな仕事《こと》してんだよ」

「えー、介護しててセクハラされるのと、自分からエッチなことするのは全然違うもん。それにね、もらえるお金も全然違う。あ、そうそう。風俗って元ヘルパーの子、結構いるんですよ」

彼女の手の平は、佐久間の性器を軽く握りしめて、ゆっくりとこすりあげている。その手つきはどことなくぎこちない。まだ始めたばかりというのは本当らしい。

「そうか。……どこで働いてたんだ？」

「八賀って知ってます？　X県の。人はいっぱいいるのに、全然活気がない町。ヘルパーやめたはいいけどロクな仕事がないの。だから東京出てきたんです」

東京に出てきた彼女は、モデル事務所にスカウトされたのだという。だから職業は一応モデルということになっている。エキストラとしてテレビドラマに出たりもしているそうだ。佐久間が利用する高級デリヘルは、このような自称モデル事務所と契約していて、嬢の質を担保している。

地元にはなかった「ロクな仕事」が、この風俗営業を主にするモデル業なのか？　そんな皮肉も頭の中をかすめたが、佐久間が聞きたいのは別のことだった。

「場所じゃねえよ、介護の会社だ。なんてとこでヘルパーしてたんだ？」

「ああ。へへ実はフォレストなんですよ。私が辞めたあと、こんなことになって、ちょービびった」

X県、フォレスト。奇妙な偶然に佐久間は思わず声を出して笑った。

ついこの前、売り渡したデータにこの嬢にセクハラした老人の個人情報も入っているはずだ。因果の糸は意外なところで繋がるものだ。

「何がおかしいんですか？」

嬢は首をかしげる。

「何でもないさ」

風呂から上がったあと、二度、交わった。もちろんヤーマをやってだ。朝までのオールナイトコースだから、時間を気にする必要もない。

元ヘルパーだという嬢は、根が真面目なのだろうか、佐久間の言うことをよく聞いて丁寧に奉仕してくれた。クスリをやるのも初めてらしく、少し怖がる様子を見せたが、「飲めよ」と言えば素直に飲んだ。佐久間好みの従順さだった。

「私、今度の日曜日、事務所の子たちとボランティア行くんです」

二度目の行為が終わりベッドの中でだらだらと身体をからめているとき、彼女は言った。

「ボランティア？」

「そう。ヘルパーの仕事は続かなかったけど、やっぱり人の役に立ちたいの。だからね、ボランティア。小児病院でね、子どもと遊んだり、絵本を読んであげたりするの。すっごく喜んでもらえるんですよ。職員さんが言ってたけど、今の日本にはお年寄りを助ける仕組みに比べて、子どもを助ける仕組みはずっと少ないんだって」

「そうか」

どういうわけか、佐久間はこの嬢のことが無性に愛おしくなった。

頭を抱き寄せ、深く舌をからめる。舌の先から柔らかな快感が侵入し、小さな魚のように身体中を回遊する。

頭の中はまだクスリが残り高速回転している。明日のこと、明後日のこと、一年後のこと、十年後のこと。勝ち続ける自分の未来が詳細にシミュレートされる。

次もこの娘を指名しようと佐久間は思った。

翌朝、嬢を帰したあと、佐久間はいくつかの銀行のＡＴＭを回って、二百万ほどの現金をつくった。

去年辺りから金融機関はATMでの引き出し額を制限しており、急にまとまった金が必要になったとき面倒くさい。振り込め詐欺対策らしいが、こんなことをしたところで大した効果はないことを佐久間はよく分かっていた。

二百万の札束を持って佐久間は、道玄坂《どうげんざか》の郵便局へ向かった。

寄付をするのだ。

——ありがとうございました。最高の夜でした。

別れ際、嬢に頬にキスされてそう言われたとき、思いついた。

窓口で問い合わせ、恵まれない子どもを支援する活動を行っている団体二つに百万円ずつ寄付をした。

朝から今にも降り出しそうな梅雨空だったが、とても晴れやかな気分になれた。

これこそが偽善ではない、本当の善というものだ。

俺は自分の力で容赦なく金を稼ぎ、それをこうして、世のため人のために使っている。老人どもの懐で腐っていた金を、本当に必要な人たちに届けている。正しさにしがみついている偽善者よりも、ずっと正しい。

そうだ、俺は自分の父親を安全地帯の高級老人ホームに入れておきながら正義面をしているような奴よりも、ずっと上にいる。

だが、まだだ。まだこんなもんじゃない。もっと上に行く。

そのためには、まず独立だ。近いうちにケンの持っている人脈を根こそぎ奪い取り、俺独りでもっと大きなビジネスをやる。

アイデアはいくつもあった。負の感情を狙い撃ちにして老人どもから搾り取る。たとえば投資詐欺だ。しこたま金を貯め込みながらも、将来に不安を抱えているボケ老人たちに儲け話をもちかける。得られる利益はちんけな振り込め詐欺とは桁が違うはずだ。

すでに根回しも始めていた。

振り込め詐欺の「従業員」たちを手なずけ、いずれケンの元を離れるときついてくるように、それとなく言い含めていた。ヤーマの売人たちとも直接やりとりできるパイプができつつあった。

順調だ。もっと上へ。俺は勝ち続けるんだ。

佐久間は道玄坂をくだり、駅へ向かう。車道と歩道の隙間を丸まった紙くずが風に吹かれて転がっていた。高いところから低いところへ。

ケンから電話があったのは、その日の夕方のことだった。

千住《せんじゅ》の「支店」に顔を出したあと、寝床にしている向島《むこうじま》のマンションで身体を休めていた。

部屋の隅に小さなアクアリウムを置いていた。毒々しい青と黄色で着飾った魚が泳いでいる。気まぐれに買ったその熱帯魚の名前はもう忘れてしまった。

頭は異常に冴えているのに、身体は妙にけだるい。最近、クスリを使ったセックスの翌日はいつもこうなる。だがこの倦怠感込みで心地よかった。

〈佐久間さん、あんた、俺を裏切る気か〉

怒気を含んだ低い声が聞こえた。どうやら、独立を画策していることがばれたようだ。

さすがに、まずい。

「ちょ、ちょっと待ってくれ。何のことだ？」

〈とぼけんじゃねえよ！　下のもんに、あんたが新しい商売を始めるときはついてくるように言ってるそうじゃねえか！〉

「いや、それは誤解だ。新しい商売って言ってもな、サイドビジネス、例のデータの売買みたいなもんだ。やるならちゃんとあんたに話を通すし、売り上げの一部を渡すつもりだ」

とっさに話を合わせて誤魔化す。

〈適当こいてんじゃねえよ！　だいたい、最近あんた、俺のこと舐め過ぎだよな？　ちょっと上手くいってるからって調子乗ってるだろうが！〉

「待ってくれよ。ケン、それが誤解だって言うんだ。あんたを舐めてなんかいないよ」

佐久間は嘘をつく。いずれ縁を切るつもりだが、今はまだそのときじゃない。

「そりゃ、仕事が上手くいって気を良くしていたかもしれない。だが、全部あんたがいてのことだ。感謝してるんだ。なんなら、売り上げ《アガリ》の中から、あんたの取り分を多めにしてもいい」

〈………〉

実利を与えてさえいれば、最終的にはケンの方が折れるはずだ。良好な関係を続けた方が得なのは考えるまでもないのだから。

「なあ、俺があんたを裏切るわけないだろ。そうだ、今夜、飯でも食おう。寿司、奢ってやるよ」

〈ふん〉

ケンが鼻を鳴らす声がした。了承の合図だ。

とりあえず、この場は切り抜けられそうだ。けれども、すでに信頼関係にひびが入っているのは間違いない。まあ、そもそもケンとの間に信頼と呼ぶべきものがあったのかは疑問だが。

ともかく、もう、ケンの元から独立するために具体的に動いた方が良さそうだ。

全然世話をしていないせいか、アクアリウムの中の極彩色の魚は溺れるように弱々しく泳いでいた。

——分かっていたはずだった。

人は損得よりも負の感情に動かされる。特に恥と不安は最も強く人を動かす。それを分かっていたはずなのに、ケンに恥をかかせ、必要以上に不安にさせた。

それが佐久間の失敗だった。

第四章　ロングパス

二〇〇七年　七月

大友秀樹

二〇〇七年　七月十六日

午前九時五十五分。大友秀樹は検事室のエアコンを入れた。送風口から涼やかな風が吹き、蒸し風呂のような部屋を冷やしていく。

「今日は真夏日になるそうですよ」

ブラインドの隙間から刺すような光を漏らしている窓を見ながら、事務官の椎名が言った。

昨日まで大雨を降らせていた台風四号が過ぎ去り、外には夏らしい青い空が広がっている。

おあつらえ向きに今日は七月の第三月曜日。世間では祝日、海の日だ。家族で行楽に行くなら最適だろう。

しかし当然のことながら、刑事事件は土日祝日を問わず発生する。年末年始も含め検察庁は年中無休だ。検事は暦通り休みを取ることができない。

「公休だったら、海にでも行っているんだけどな」

「ゲームだったら、いつでも行けますよ、海」と徹底的にインドアな生活を送っているという椎名は言う。

大友は苦笑しつつも、子どもがもう少し大きくなったら一緒にゲームをするのも悪くないと思う。問題は、そういう時間が取れるかどうかだが。

大友は席に座り直して、裁判所から届けられた逮捕状を確認する。

今日の午後に、先月末の家宅捜索で逮捕した坂章之の再逮捕を行う予定だった。

刑事訴訟法では、一つの容疑に対して逮捕は一度だけ、検察での勾留期間は最長で二十日と定められている。しかし、強盗殺人のような重罪事件では、起訴するのに十分な裏付けを取る時間が足りなくなることもある。そこで、最初は自明性の高い軽めの容疑で逮捕して勾留期間を稼ぎ、途中で本命の容疑で再逮捕する。こうすることで、最長四十日まで勾留期間を延ばすことができる。否認事件や複雑な経済事件などの場合、三回以上の再逮捕を行い更に長く勾留することもある。

坂の場合はこれまで窃盗容疑で逮捕して勾留していたが、今日、強盗殺人容疑で再逮捕する。

坂は共犯者の古谷ほど簡単には落ちなかった。が、裏付け捜査が進むにつれ、古谷の大叔父、関根昌夫を殺害し金を奪って逃走したことを大筋で認め始めた。おそらく、今日からの二十日間で起訴まで持ち込めるだろう。

不意に、テーブルの上の携帯電話が震えた。

着信番号を見て、おやと思う。03から始まる東京の番号だ。

「もしもし、大友ですが」

〈宮崎《みやざき》だ……。俺のこと、覚えているか？〉

久しぶりに聞く声だった。

「はい、もちろんです。神奈川では、お世話になりました」

電話してきたのは警察の人間だった。任官したばかりの大友が横浜地検に赴任したとき、神奈川県警の捜査二課長だった人物だ。キャリア警察官で、大友と同じ学校の九年先輩にあたる。

検察と警察の間には、単純な協力関係とは言い切れない緊張感があるものだが、宮崎はあまりそれを感じさせないタイプだった。同学のよしみということもあり、新任の大友は何かと気を遣ってもらった。毎年、年賀状のやりとりだけは続いている。今は警視庁の組織犯罪対策部の課長を務めているはずだ。

〈君の耳に入れときたいことがあってな〉

宮崎の言葉にわずかな圧が潜んだ。

「はい」

〈佐久間功一郎という男を知っているな？〉

「佐久間、ですか？」

予期せぬ名前を聞き、思わず聞き返した。

〈そう。佐久間功一郎だ。今、マスコミを騒がしているフォレストの社員の。正確に言えば、元社員か〉

「は、はい。同級生です」

〈らしいな。つまり俺にとっても後輩ってわけか……。その佐久間が死んだぞ。一昨日の夜、ビルから落ちた。いや、落とされた。殺しだ〉

絶句した。

佐久間が死んだ？　殺された？

〈現場は荒川区南千住《みなみせんじゅ》のマンション。被疑者は犬飼利男《いぬかいとしお》、三十三歳、すでに身柄は押さえている。東京北部から埼玉南部の辺りで悪さを繰り返していたグループのリーダーだ。最近、増えてきている非暴力団系の若い犯罪集団、ベンチャーもどきの半グレだな。そっちにもいるだろ？〉

「ええ」

〈佐久間はフォレストを退社したあと、この犬飼と組んで振り込め詐欺を働いていた。フォレストから持ち出した顧客データを利用してな。自分たちでは使わないデータを販売したりもしていた模様だ。ずいぶん荒稼ぎしていたみたいだが、犬飼との間にトラブルが発生し、こういうことになったようだ。不用意に裏社会に片足をつっこみ、嚙み砕かれたってとこだな〉

「そうですか……」

辛うじて相づちを打つが、頭の中は酷く混乱した。

データの持ち出し？　振り込め詐欺？　非暴力団系の若い犯罪集団と聞いて、先日家宅捜索したマンションを思い浮かべた。佐久間はああいう集団の中にいたのか。

〈その佐久間の遺留品の中に君の名刺があったんだ。交流があったのか？〉

宮崎の言葉の圧がかすかに増したのが分かった。「耳に入れたい」とは言ったが、これは確認のための電話なのだろう。

できるだけ気持ちを落ち着かせて、冷静に答えるよう努めた。

「はい。父に介護が必要になったもので、去年の十一月、佐久間に老人ホームを斡旋してもらいました。そのとき一緒に食事をして、名刺も交換しました」

〈親の介護か……。俺たちには頭の痛い問題だな〉

警察官僚も検察官と同じように、転勤が多く多忙を極める仕事だ。家庭の問題で苦労する向きは多いと聞く。

〈で、そのとき、佐久間に変わった様子はあったか？〉

「特には……介護業界の裏事情めいたものを聞いたくらいです。ただ……」

〈ただ？〉

「多少露悪的というか、危うい感じはしました。その後、四月に電話でも話しているんですが、そのときは、介護業界の不正に対して開き直るような様子もあって、気にはなりました」

言いながら、自分でも思い出す。電話での佐久間の話しぶりを犯罪者のようだとも感じたのだった。無論、本当に犯罪を犯すとは思っていなかったが。

〈そうか。……実はな、佐久間は覚醒剤を常習していたようなんだ。犬飼との交流も覚醒剤の売買によって始まったと見られている。去年の十一月なら、すでに薬物依存に陥っていた可能性が高い。君が感じた『危うさ』とは、そこに起因するものとは考えられないか？〉

覚醒剤？

取り調べで薬物依存者と接したことはあるし、その兆候も知っている。しかし相手がそうだと疑って観察するのと、友人として話すのでは、気の配り方が違う。あのときは疑いもしなかった。

「薬物依存の兆候は……すみません、そのときは気がつきませんでした」

〈まあ、露骨な禁断症状でも出ない限りは、一目で見抜くのは難しいしな。フォレストを退職したあとは佐久間と連絡取っていないのか？〉

「はい。フォレストがあんなことになったので、何度か電話してみましたが、一度も繋がりませんでした」

〈本当だな？〉

念を押された。が、疑われているわけではないのだろう。

「はい」

短く答えた。

〈分かった。とにかく、佐久間のことを君に知らせておこうと思ったんだ。今日は公休か？〉

「いえ。地検にいます」

〈そうか、お互い大変だな――〉

その後、二、三簡単な挨拶を交わして、電話は切れた。

大友は改めて、去年、食事をしたときの佐久間の様子を思い浮かべてみた。

テンションが高くよく喋っていた。なるほど覚醒剤の常習者だと言われればそんな気もする。だが、もともと明るく気が強くてよく喋るタイプだった。口調や話をするときの手振りは、高校生のときと変わっていないように思えた。

あのとき佐久間はフォレストの事業がいかに好調で今後も有望かを語っていた。しかしその数ヶ月後には、佐久間はフォレストを裏切り、データを持ち出し、詐欺を働いた。そして幾ばくかの金を稼いだが、死んだ。ビルから落ちて。

まるでユダじゃないか。

銀貨三十枚で救世主を裏切ったカリオテ人《イスカリオテ》。

聖書には二通りのユダの末路が記述されている。『マタイによる福音書』では首つり自殺をするが、『使徒言行録』では地面に落ちて内臓を飛び散らせて死ぬ。佐久間のように。

もっとも、佐久間の死姿は分からないし、彼が裏切ったフォレストを救世主と言って良いのかも分からないが。

「あの、大丈夫ですか？」

椎名の声に顔をあげると、テーブルに水の入ったコップが置かれていた。きっと傍目《はため》にも酷く動揺しているのが分かったのだろう。椎名は浮世離れしているようでも、意外と気が利くところがある。

「ありがとう。東京の知人が、事件に巻き込まれたらしくてな」

それだけ言って、水をぐいと飲み干した。

思えば、知り合いが刑事犯罪の当事者になるのは初めてかもしれない。

十四年だ。

佐久間から最高のパスを受けたあの日から、もう十四年。

あのとき、数メートルだった距離は、絶望的に隔絶してしまった。

生者と死者、検察官と犯罪者。

大友が犯罪者を取り調べ裁いているとき、同じ空の下で佐久間は犯罪を犯していた。違法薬物を摂取し、個人情報を漏洩し、詐欺で人を騙していた。そしてその報いを受けるかのように殺された。

なぜ？

詮無《せんな》い問いが涌きあがる。

大友は知っている、佐久間が善性を持った人間だということを。

思えば気が強く露悪的なところは昔からあった。けれど、根っからの悪人などでは断じてない。十四年前の夏、キセルを止めようと言ったとき、同調してくれた。多くの犯罪者がそうであるように、佐久間もまた何らかの事情や理由があって、善性を揺るがせて罪人になったに違いない。

なぜ？

なあ、サク、どうしてそんな道を選んだんだ？　他の選択肢はなかったのか？

検察官としてではなく、旧友として聞きたかった。だが、その機会は永遠に失われてしまった。

ユダの裏切りは、神学上様々な論争を巻き起こしている。なぜ裏切ったのか？　裏切ることも含めて神の意志だったのか？　救われたのか？　裁かれたのか？

しかし真相は誰も知り得ない。全ては物語。聖書の記述を元にした解釈に過ぎない。佐久間のことも、もう解釈することしかできない。

ぐらり、と身体を揺さぶられる感覚がした。

テーブルの上のボールペンが震え、すべるように動いた。部屋のキャビネットやファイルケースがかたかたと音を立て始めた。

その揺れは耳の奥のうずきのように内面が引き起こした幻覚ではなかった。物理的に地面が揺れている。

「あれ、地震？　わ、結構大きいですね」と椎名はワンテンポ遅れて、辺りを見回している。


その日の午前十時十三分に発生した大地震は、新潟県中越地方の沖合数キロの地点を震源とし、のちに新潟県中越沖地震と命名されることになる。マグニチュードは六・八。この地方では三年前に発生した中越地震以来のマグニチュード六を超える大地震だった。

震源からそう遠くないX県でもはっきりと体感できる程度の揺れがあり、県庁所在地のX市では震度三を記録した。

斯波宗典　　　二〇〇七年　七月十七日

翌日、午後九時十八分。昼勤シフトの仕事を終えた斯波宗典は、通勤用の車で八賀ケアセンターの駐車場を出た。

斯波は車を自宅とは反対方向に走らせてゆく。

途中でコンビニに寄って、夜食用のおにぎりを三つとウーロン茶を買った。コンビニの入り口で売っている夕刊紙には、黒字に黄色の大きな見出しで〈中越沖地震　放射能クライシス〉の文字が躍っていた。昨日の午前、新潟で発生した大地震の直撃を受けた柏崎《かしわざき》刈羽《かりわ》原発で、小さな火災と微量の放射能が漏れる事故が起きたらしい。それをクライシスなどと評して煽っている。思えばついこの間まであそこにはフォレストの名があった。

コンビニを出た斯波は、八賀市北部の丘陵地、雲雀丘へ向かった。地方都市の多くがそうであるように、住宅街から車で二十分も走れば景色は田舎そのものになる。民家も街灯も減ってゆき、交通量も人通りも少なく寂しくなっていく。道路の舗装もいい加減になってきて、車はがたぴしとよく揺れる。

左右に雑木林が続く田舎道に入ってしばらくゆくと、小さな平屋の民家が見えてくる。斯波はその手前、はす向かいにある空き地に車を駐めた。

空き地と言うより、雑木林の切れ間と言った方が正確かもしれない。辺りに街灯はなく、この時間ならよっぽど注意しなければ、外からはここに車があることには気づかないだろう。

エンジンを切り車内灯も消し、闇の中からはす向かいに見える民家をうかがう。梅田久治という半寝たきりの老人が独り暮らしをする家。事務所の誰かがコピーキーを作ったあの家だ。

ここでこうして待っていれば、いつかその人物が現れるかもしれない。

事務所で預かっている鍵がコピーキーに替わっていたのは、犯人（他人の家の鍵を勝手にコピーするのは犯罪だろう）のミスだと斯波は思っていた。

なぜなら意図的に入れ替えるメリットは何もないからだ。おそらく犯人は鍵がオリジナルとコピーで頭の刻印が変わることを知らないで見落としている。意図せず取り違えてしまったのだろう。そして犯人は斯波がコピーキーに気づいていることも知らないはずだ。

犯人がコピーキーを作っているのが一軒だけなのかは分からない。たまたま梅田家のコピーキーだけオリジナルと取り違えただけで、事務所で預かっている他の鍵もコピーしているかもしれない。

ただ、犯人がコピーキーを作った目的ははっきりしている。鍵とは扉を開けるための道具だ。やはり家に忍びこむためなのだろう。

斯波は犯人が誰で、忍びこんで何をするのか知りたかった。

最初は誰か別の社員に相談しようかとも思ったが、その相手が犯人である可能性は捨てきれない。事務所のキーボックスを開けられるのは八賀ケアセンターに勤める社員だけなのだから。

そこでこの数日、昼勤の日はまっすぐ自宅に帰らずここに車を駐めて身体を休めながら、うっすら陽が出てくる四時ごろまで様子をうかがうという探偵の真似事のようなことをしていた。こういうのを「張り込み」と言うのだろうか。

馬鹿馬鹿しいことをしている自覚はある。

もし犯人がコピーキーを使って忍びこむとしても、斯波が見張っているときに来るとは限らない。たぶんそうでない可能性の方が高いだろう。それに、睡眠時間もだいぶ削られる。どちらかといえば短眠体質の斯波だが、ただでさえきつい仕事をしながら、こんなことを続けていたら、身体も参ってしまう。

それでも、できれば犯人の正体を知りたいという気持ちがあった。

斯波の同僚である八賀ケアセンターの社員たちは、センター長の団をはじめとして、いわゆる「良い人材」がそろっている。綺麗事や理想だけではやっていけない介護の厳しい現実を見据えた上で、それでも使命感を持ち現場を支える、そんな人たちだ。こっそりと利用者宅の家の鍵をコピーして忍びこもうとする者など、いるとは思えない。無論、斯波は同僚たちの内面を深く知るわけではない。人間なんて裏表があるものだろうし、出来心というのは誰にでもある。あるいは何か特別な事情があるのかもしれない。

好奇心と言ってしまえばそれまでだが、斯波は知りたかった。誰なのか、そしてなぜなのか。

問題の梅田久治宅の前に、車を隠して様子をうかがうのにおあつらえ向きの空き地があったことが、最終的な決め手になった。

斯波は今月いっぱいと自分の中にリミットを設けて、張り込みをすることにしたのだ。もし今月いっぱいやってみて犯人が現れなかったら、社員の中で一番信頼できるセンター長の団に、誰かがコピーキーを作っていることを話すつもりだ。

斯波は助手席のシートにおいてあるコンビニ袋からおにぎりを取り出す。暗闇に目が慣れれば簡単な飲食なら問題なくできる。パッケージの文字までは読めないので、具が何かは分からない。買ったのは、シーチキンと牛カルビと紀州梅なので、そのどれかだ。封を切って口に入れる。甘辛い焼肉タレの味が広がる。牛カルビだった。

ほとんど闇の中でぼんやりしているだけのこの張り込みは、どういうわけか、どこか楽しくもあった。

二つ目のおにぎりを取ろうと手を伸ばし、指先がシートの端に挟まっていた何かに触れた。

小さく四角い紙の袋。それが何かはすぐに思い当たった。お清めの塩だ。

先月末、八賀あさひ団地で独り暮らしをしていた緒方カズという利用者が亡くなった。普段ならセンター長の団が通夜か葬式に出席するのだが、都合がつかずに斯波が代理で通夜に出たのだ。そのときもらったお清めをここに落としていたのか。

その緒方カズと、目の前の家に住む梅田久治は、共通点が多い。歳は共に八十代。どちらも半寝たきりで生活の大半に介助が必要にも拘《かか》わらず独り暮らしをしている。そして、どちらも近くに住んでいる家族が通いで世話をしているが、関係が良好とは言い難い。

斯波もまた経験者だからよく分かるが、介護を抱える家庭は共依存的な関係に陥りやすい。世話をする方もされる方もお互いに負担を感じながら、離れることも見放すこともできずに苦しむのだ。

緒方カズも、梅田久治も、ヘルパーに「死にたい」と漏らしたことがある。緒方カズに関しては、その望みが叶ったわけだが。

車の外で雑木林の葉が風にすれる音が、かすかに聞こえる。

斯波は改めて二つ目のおにぎりを手に取る。今度は紀州梅だった。酸味に刺激され、口内に唾液があふれる。

今夜、犯人は来るだろうか？

二〇〇七年　七月十九日

〈彼〉

二日後、午後十一時三十四分。最終版のニュース番組は三日前に発生した大きな地震の話題を報じていた。

テレビ画面に白い建物からもうもうと煙が立っている様子が映っていた。地震当日の柏崎刈羽原発の映像だ。地震の影響で火災があったのだという。また、原発の使用済み核燃料プールの水があふれて、ごく微量の放射性物質を含む水が漏れ出した、と伝えていた。

ゲストとして呼ばれた専門家が〈漏れ出した放射能は本当に微量で、近隣住民に健康被害の恐れはありません〉〈火災が発生したのは安全上重要でない屋外の変圧器なんです〉〈運転中の原子炉は余裕を持って自動停止し、崩壊熱も余裕を持って除去されました〉などと原発の安全性を強調していた。

〈彼〉はそれを横目にテーブルにノートを広げていた。これまでの『調査』や『処置』について、事細かに記録されている。

前回、六月二十七日の夜、八賀あさひ団地の緒方カズという老婆に行った『処置』で四十二件目。ずっと月に一人のペースで『処置』を行ってきた。人を、殺してきた。

もう立派な殺人鬼じゃないか。

口元に浮かぶ笑みが、優越なのか自嘲なのか、自分でも分からない。

次に『処置』するのは前回見送った雲雀丘で独り暮らしをする梅田久治という老人の予定だ。

だが急《せ》いてはいけない。確実に『処置』を行うには万全を期す必要がある。

あせらず、丁寧にやること。

それが世界一治安が良いと言われるこの国で、誰にもばれずに四十二人もの命をこの手で殺《あや》めることに成功した秘訣だ。

不安な要素があれば慎重に様子を見る。また、不測の事態に備える時間的余裕を設けるために、昼間の『処置』は仕事の休みの日に、夜の『処置』は休みの前日に行うのを原則としていた。

人を殺すということも突き詰めれば作業になる。

犯行を重ねるごとに手順と方法は洗練されていった。それに連れ、命を奪うことへのプレッシャーは薄れてゆき、毎回無事に『処置』を済ませてゆく達成感だけが強くなっていった。

戦場で人を殺した兵士が心に傷を負い「心的外傷後ストレス障害《PTSD》」を発症するという話

がある。だが実はそれは全体から見ればごく一部で、圧倒的多数の兵士は戦場で人を殺したあと、なんらトラウマを抱えることなく日常に戻り、平気で家族と談笑するのだという。

〈彼〉にはそれがよく分かる気がした。人は人を殺すといった程度のことなら、割り切ることができるのだ。特に、恨みや怒りによって殺すのではなく、殺すこと自体を目的に作業化すれば簡単に割り切ることができる。

〈彼〉はその事実を身を以《もっ》て知っている。〈彼〉は殺した相手を夢に見るようなこともなければ、死者につきまとわれるような妄想に囚われたこともない。いたって普通に生活しながら、その合間に『調査』をして、『処置』している。

〈彼〉は作業として殺し続ける。恨みでもなく、怒りでもなく、無色透明な殺意によって。

だが、最初はこんなに長く続けられるとは思っていなかったのも事実だ。

完全犯罪……のつもりだが、リスクがないわけじゃない。

〈リスクはありません〉

テレビの中で、専門家が断言していた。

〈日本の原発はきわめて安全に作られています。今回の地震でも、想定震度よりも強い揺れに見舞われましたが、安全に停止し重大な事故には至りませんでした。むしろこれは原発の安全性が証明されたと捉えるべきです。日本の原発ではメルトダウンするような大事故は絶対に起きません〉

〈彼〉は思う。

本当にそうだろうか?

この世に絶対と言い切れることなんて、ないんじゃないだろうか。こんなふうに断言する人間には、覚悟が足りない。いつかきっと手痛いしっぺ返しを食らうに違いない。

覚悟しなければ。

〈彼〉は自分に言い聞かせる。

リスクはある、絶対はない。

いつかどこかにほころびが出る。

〈彼〉のしてきたことは、いつか世間に知られる。

今はまだ、たまたまその「いつか」がきていないだけなのだ。

必ずくるその日のために、覚悟しなければ。

大友秀樹　二〇〇七年　七月二十日

翌日、午前十一時四十分。大友秀樹は県警から送られてきた調書をめくる手を止めた。

先日、地震のあった日に予定通り再逮捕した坂章之に対する最新の取り調べ記録だ。関根昌夫を殺害し、金を持って逃亡したあとのことを詳しく語っている。

長期にわたる勾留と県警捜査一課の執拗な取り調べが実を結び、坂もほぼ完落ちしているようだ。

これによれば、やはり坂は自分は逃げおおせたと思い込み、味を占めた気になっていたようだ。家宅捜索した久濃市街地のマンションを拠点に、脱法ドラッグの売買などをやるかたわら、再び独り暮らしの老人をねらった押し込み強盗をしようと考えていたという。たまたま捕まっていないだけの状況に「仲間は口を割らない」「自分は捕まらない」とタカをくくり、更に罪を重ねようとしていた。まるで片方の車輪が外れたまま全力疾走するかのような雑な犯罪志向。家宅捜索のとき刑事が言っていた通りの短絡さと愚かさだ。

二件目の被害が出る前に逮捕できたのは幸いだったと言うしかない。これは坂にとってもだ。刑法上、強盗殺人に対する量刑は死刑か無期懲役しかない。いわゆる「相場」として一人殺害ならまず無期懲役だが、二人以上だと死刑の可能性が出てくる。

大友が注目したのは、そのあとのくだりだった。

坂は押し込み強盗を計画するために、東京で振り込め詐欺をやっているグループからX県在住の老人の個人情報を買ったと証言していた。家宅捜索の際に椎名が見つけたUSBメモリがそれだというのだ。

データを買った相手とは直接の関係はなく、仲間同士の口コミを伝ってたどり着いたのだという。売買の交渉はトバシと呼ばれる違法な手段で契約された携帯電話で行われ、データの受け渡しはＵＳＢメモリを宅配業者のメール便で送る形で行われていた。記録が残り電子的な追跡も可能なインターネットを使わず、アナログな物流でやりとりをした方が足は付きにくい。

県警では相手が東京ということもあり、個人情報を坂に売ったグループを特定する作業にはさほど注力していないようだった。

だが……。

大友の脳裏に先日電話で警視庁の宮崎から聞いた話がよぎった。

佐久間はまさに「東京で振り込め詐欺をやっているグループ」に属していた。そしてフォレストから持ち出したデータを売っていたという。

もしかして……。

大友は据え付けの電話機から受話器をあげると、県警刑事部への短縮ボタンを押した。ちょうど刑事部屋に担当者がいたようで、すぐに話を聞けた。

〈え、ＵＳＢメモリのデータですか？〉

「そうです。坂が入手していた老人の個人情報です。どんな形式のものですか？」

〈ああ、あれ、実はフォレストから流出した顧客名簿のようなんですよ〉

大友は鼓動が跳ね上がる音を聞いた。受話器越しにはそれは伝わらなかったのか、刑事は屈託なく続けた。

〈県内の全事業所のデータがまとめて入っとりました。個別の事業所から別々に漏れたとは考えにくいですから、出所は東京の本社なんでしょうな。例の不正事件で介護事業から撤退するというし、末期になると会社もタガがゆるむんですねえ〉

やっぱりだ。坂が佐久間から情報を買った可能性がある。

「あの、そのデータ、こちらで確認させてもらって良いですか？」

〈ええ、はい。コピーでもよろしいですか？〉

「はい、かまいません」

〈分かりました。今日中に届けます〉

「お願いします」

受話器を置くと、事務官の椎名がこちらを見ていた。

「検事、何か新事実、出たんですか？」

端《はた》から見ると、そんなふうに見えたか。

「いや、ごく個人的なことだよ」

椎名はきょとんとした顔を見せた。

県警から届けられたデータを見たのは午後九時過ぎ、その日の仕事を全て片づけ、椎名も帰したあとだった。

担当事件の証拠調べには違いないが、実は限りなく私用に近い。やるべきことを全て終えてから取りかかるのが、せめてもの線引きだった。

データはDVD－Rにコピーされていた。電話で刑事が言ったように、フォレストから流出したもののようだ。

ルートに〈X県〉というフォルダがあり、その中に〈X中央ケアセンター〉〈県北ケアセンター〉〈八賀ケアセンター〉といったサブフォルダがある。これらがそれぞれの事業所のデータということだろう。県庁所在地のX市には二つの事業所が、その他は概ね一つの市に一つずつ事業所があるようだ。介護保険の認定は市区町村単位で行われるため、事業所の管轄もそれに合わせているのだろう。

サブフォルダを開くと、その事業所の顧客名簿だけでなく、職員名簿、勤務実績表、進捗管理表など、ありとあらゆるデータが入っていた。いかにもハードディスクの中身をそのままコピーしたという感じだ。一部専用ソフトのファイルとおぼしきものもあるが、大半は標準的な表ソフトのファイルで、地検のパソコンでも中を見ることができる。

いくつかのファイルを開いて中を確認する。

顧客名簿には四月の中頃に契約した利用者まで入っていた。つまりこのデータは四月末以降に流出したことになる。佐久間が退職したと思われる時期と重なる。

やはりこのデータは佐久間が持ち出したものなのだろう。直接的な証拠は何一つないが、確信に近い感触を大友は得ていた。

介護企業の内部情報は、高齢社会の実相を様々な面から映し出していた。

たとえば、どの事業所も顧客名簿を見ると、男性より女性の方が多いことに気づく。女性の方が長生きだからか、それとも男性は介護を受けたがらない傾向があるのか。

従業員名簿と勤務実績表からは、介護職の労働環境が垣間見える。社員の勤務シフトは二交代制で、拘束時間が長い上に極端に昼夜が逆転する。法定労働時間を超えて働いている者が多いが、労働法規は守られているのだろうか。仕事の過酷さを反映してか、離職率は高く人員の入れ替わりが激しい。

また、顧客名簿にはすでに契約を終了した利用者の情報もあり、簡単に終了理由が書かれていた。何となく老人への介護サービスが終了するときは死ぬときだと思っていたが、契約終了理由が〈死亡のため〉となっている者は少ない。大半は〈入院のため〉となっている。

考えてみれば当たり前のことだ。

在宅介護を受けていても、死ぬときは大抵病院に入院してから死ぬのだろう。「畳の上で死にたい」というのは決まり文句だが、多くの老人は病院のベッドの上で死ぬようだ。

ざっと見た感じでは事業所によっては、〈死亡のため〉の契約終了が多めの所もある。このような地域では畳の上で死ぬ高齢者が比較的多いのかもしれない。

俺は何を探しているんだ？

日付が変わるころまで、あれこれデータを眺めた挙句、そんな疑問が浮かぶ。

分かりきってる。探してるのは佐久間の影だ。

このデータは佐久間が流出させた可能性が高い。ならばどこかにその痕跡があるかもしれない。

しかし仮にそれを見つけたとして何になるのか。佐久間はもういない。諭すことも、罪を背負わせて裁くことも、無論、寄り添うこともできない。

結局は感傷じゃないか。

友人が罪を犯して死んだ。その事実の座りの悪さを取り繕い、どうしようもなく涌きあがる寂寥感《せきりょうかん》をなぐさめるための儀式。それ以上でもそれ以下でもないのだろう。

このデータは紛れもなく個人情報だ。本筋の捜査を外れた私的な事情で長々と眺めていいものでもないだろう。

大友はため息をついて、パソコンの電源を落とした。

斯波宗典　二〇〇七年　七月三十一日

十一日後、午後四時三十九分。辺りの雑木林からはひっきりなしに蝉の鳴く声がする。やや角度がついた黄色い夏の陽が突き刺すように降り注いでいる。陽差しを受けた地面は熱を帯び、湿った空気を暖めてもうもうと立ちのぼらせる。暑い。

重たいポータブル浴槽を訪問入浴車の荷室にしまい、ドアを閉めると、斯波宗典は顔中に噴き出していた汗を拭った。

「お疲れさまです」片付けを手伝ってくれたアルバイトの男性看護師の額にも玉の汗が浮かんでいた。「やっぱ、夏はきついですね」

「ええ」と斯波も相づちを打つ。

サービス業であると同時に肉体労働でもある訪問入浴の仕事は、夏場、特にしんどい。その一方で汗をかく季節ほど入浴の需要は高まる。

今終わったのが最後の訪問先だ。

八賀市北部、雲雀丘の外れ、雑木林に囲まれた小さな一軒家。

斯波が週に五日、昼勤の日と休みの日の夜に張り込みをして様子をうかがっている梅田久治の家だ。

結局、斯波が見張っているときに犯人が現れないまま、自分で決めたタイムリミットの七月末日を迎えた。犯人は鍵をまだ使っていないのか、斯波が張り込んでいないときに使ったのかは分からない。今日の訪問中、それとなく家の中の様子をうかがってみたが、誰かが忍びこんでいるのかどうかなど、分かりようもなかった。

もう望み薄だろうとは思っているが、今夜、最後の張り込みをするつもりでいた。

「じゃあ、また来ますからねえ！　鍵は閉めますよお！」

玄関から大きな声で家の中に呼びかけ、扉を閉めたのはセンター長の団だ。

シフトに入っていたパートのヘルパーが急に休んだために、団がピンチヒッターでヘルパー役を務めることになったのだ。男性スタッフだけで訪問入浴を行うのはきわめて稀だが、今日の訪問先は四件が男性で、一件だけあった女性の利用者にも事情を話して理解してもらえた。

斯波は訪問入浴車の運転席につき、エンジンをかける。看護師は後部座席に身を滑り込ませ、最後に助手席に団が入ってくる。

「おつかれ。じゃあ帰りましょう」と言って、団はダッシュボードの上に梅田宅の鍵を乗せた。その頭の刻印はコピーキーメーカーのものだ。

た。斯波は事務所でそれとなく他の社員の様子をうかがっているが犯人が誰かは分からなかった。また、梅田宅の鍵の刻印が変わっていることに気づいているのも、斯波だけのようだった。

車は雲雀丘の田舎道から舗装された県道へ入る。車の揺れが少なくなる。

不意に看護師が口を開いた。

「あの、梅田さんなんですけど、認知症じゃなくて鬱かもしれませんよ」

「鬱？」と団が聞き返した。

「ええ、高齢者の鬱と認知症は見分けが難しいので、はっきりとは言えませんが、今日の問診の感じからすると、その可能性は低くないと思います」

以前は身体を不自由にしつつも性格は明るく元気だった梅田が、この数ヶ月でみるみる気持ちを沈ませていた。こちらが呼びかけてもあまり反応しなくなり、滅多なことで笑わなくなった。最近ではよく「死にたい」と漏らしている。スタッフの間では認知症が始まったのではないかと言われていたが、確かに鬱ということも十分考えられる。

「分かりました。担当のケアマネさんにも伝えておきます」と斯波が答えた。

梅田の状態を考えれば、施設介護に切り替えた方が良いのは明白だ。梅田にはそこそこの蓄えはあるそうだが、完全介護の有料老人ホームに入れるまでの金はない。入居金の安い特養ホームに申し込んではいるが、順番待ちでいつ空きが出るか分からないという。結局、隣町に住んでいる妹が通いで世話をしているのだが、これが本人にとってもその妹にとっても負担になっているようだ。

「ぎりぎりだね」と団が自嘲気味に言った。「みんな、ぎりぎりだよ。正直、僕も鬱になりそうだ」

「団さん……」

団がこんなことを口にするのは珍しい。

フォレストに処分が降ったあと、厳しい世間の風当たりに耐えながら、八賀ケアセンターはなんとか営業を続けていた。幸い利用者からは概ね信頼されており、また、スタッフたちも多くはこの困難を乗り越えようとふんばっている。

しかしそれでも離職者が出ないわけではないし、募集をかけても国民的に悪者のレッテルを貼られてしまった業者に応募してくる者はほとんどいない。

足りなくなった人手をカバーするのは常勤の社員だ。特に団は自らその先頭に立っていた。七月に入ってから団は一日も休んでいないはずだ。二交代制勤務で休日がないのは、肉体的にも精神的にもかなりきつい。団は斯波よりも二十以上も年上なのだ、相当消耗しているだろう。

「団さん、明日、ゆっくり休んでくださいよ」と斯波は声をかけた。

「そうそう。今夜、気分転換にお姐ちゃんのいるお店でも行ったらどうですか？」

気分を持ち上げようとしているのだろう、看護師もおどけた調子で言う。

明日は、そんな団が久々に確保できた公休日だ。たった一日の休みでどれほど回復するかは分からないが、ないよりはましだろう。

「はは、ありがとう。つい変なことを口走ってしまったね、すまない。まあ、言われなくても明日はゆっくり休むつもりだよ」

そう言うと団はシートに深くもたれ、視線を外に向けた。

車は大きなカーブを描く道に差し掛かる。ハンドルを切りながら斯波は思った。

もしかしたら、犯人は団かもしれない。そして、もしそうだとしたら、今夜、梅田宅に忍びこむかもしれない、と。

大した根拠があるわけではないが、全くの当てずっぽうでもなかった。

どちらにしろ、夜になれば分かるだろう。

大友秀樹

二〇〇七年　七月三十一日

同日、午後十一時。夜のスポーツニュースが始まった。蕎麦屋の小さなブラウン管のテレビに、大きな相撲取りが頭を下げる姿が映った。

官庁街の外れにある『よなき屋』は、深夜一時まで営業している。味もなかなかで、この時間でもそこそこ混雑している。

大友秀樹は椎名と天ざるを食べていた。

今日のように残業が夜遅くまでかかったときなど、ここで椎名と夜食を食べることが多かった。

十割の更科《さらしな》蕎麦はすっきりと香り、天ぷらは定番のエビ、大葉に加え、季節の野菜としてアスパラとパプリカが添えられていた。さっぱりと食べることができて、蒸し暑い夜にぴったりだ。

テレビはモンゴル出身の横綱が相撲協会に謝罪したと伝えていた。怪我で夏巡業を休場するはずが、母国で元気にサッカーに興じていたことが発覚したのだ。この横綱の素行不良については以前から何度も取り沙汰されていて、「憎たらしい」という声もあれば「憎めない」という声もあるようだ。

どちらにせよ、六月のフォレスト処分、そして七月は中越沖地震と、深刻なニュースが続く中で脱力させてくれる話題ではある。

椎名が唐突に言った。

「大相撲って、八百長があることが証明されているんですよね」

「八百長？」

定期的に週刊誌を賑わすゴシップの類かと思ったが、椎名の説明はそうではなかった。アメリカの経済学者が大相撲における勝敗の統計を数学的に分析して、人為的な操作、つまり八百長の存在を証明してみせたのだという。

「千秋楽で、七勝七敗の力士と八勝六敗の力士が当たると、どちらの方が勝つ確率が高いと思います？」

「星からすれば、実力は拮抗してるわけだから同じくらいじゃないのか？」

「そう。理論上の期待値としては、ほぼ五分五分、強いて言えば勝ち越している八勝六敗の方がわずかに高くなります。ところが実際には七勝七敗の方が八割近く勝つんです。七勝七敗の力士と、九勝五敗の力士が当たった場合も、七勝七敗の方が七割以上勝ちます。期待値に対して、これほど大きな差が出るのは人為的な操作があると考えるのが合理的です。相撲界は閉じた社会です。意図的な八百長ではなくても、七勝七敗の方には勝ち越しがかかっているわけですから、相手がつい手心を加えてしまうというのはありそうですしね」

「なるほど、面白いな」

素直に感心した。机上の計算でそこまで分かるのか。

「この分析をした学者は警察が大好きな『割れ窓理論』の効果も統計上は怪しいことを示しているんですよ」

「そうなのか？」

「割れ窓理論」は治安に関わる仕事をしている者なら誰でも知っている理論だ。小さな違反を大目に見ていると重大な犯罪を招くことになり、逆に軽微な違反も見逃さずに取り締まれば犯罪の発生を抑制できるとしたもので〈建物の窓が一枚割れているのを放置しておくと、やがて全ての窓が割られてしまう〉というたとえ話からこの名がついた。椎名が「警察が大好き」と言うように、この「割れ窓理論」を掲げて治安強化を推進することが多い。

それが統計上は怪しい？

大友は首をひねった。

「でもなあ、『割れ窓理論』は経験則にも合致してるし、確かニューヨークではこの理論に基づく取り締まりの強化で犯罪発生率が減ったんじゃなかったか？」

九〇年代のニューヨークで検事出身の市長による治安強化策が功を奏して犯罪が減ったというエピソードは、「割れ窓理論」の実証例として有名だ。

しかし椎名はどこか楽しそうに首を振る。

「経験則と呼ばれるものには、思い込みや印象によるバイアスがかかっている場合が結構あるんです。ニューヨークの例で言えば、犯罪発生率の低下は、取り締まりの強化より前に始まっていて、最大の要因は貧困家庭の子どもが減ったことだと推定できるんです」

もともと数学の研究者だけあって統計や数字にまつわる話は好きなようだ。そういえば、この間も人口統計の話をしていた。

統計、思い込み、バイアス。

ふと大友の頭の中で記憶と思考が結びつき小さな疑問を形作った。

「椎名」

「はい。どうしました？」

「統計と言えば、前に人口の話、してたな。『分かっていた』って」

「あ、ええ」と一瞬目をぱちくりさせた椎名だが、すぐに思い当たったようだ。「はいはい。人口推計ですね。そうです、人口は安定した予測ができるんです」

「それは、人口を左右する要素、つまり人間が生まれたり死んだりする状況が安定しているってことだよな」

「そうです。出生率や死亡率は急には変化はしません。日本では戦後、出生率も死亡率も低下傾向にありますが、その推移自体は安定しています。だから、少子高齢化というのはある年突然そうなったのではなく、予測可能な範囲の中で長年積み上がってきたものなんです」

「………」

大友は黙って考え込む。

「えっと、それが何か？」

訝《いぶか》しむ椎名にかまわず、大友は尋ねる。

「たとえば、同じ県の町ごとに人の死亡率が違うってことはあり得ると思うか？」

「えっ？　そうですね……。そりゃ多少はばらつくんでしょうけど、普通はそんなに違わないと思います。もしどこかの町で統計上の死亡率が上がっていれば、何らかの要因があるはずです。たとえばその町で大きな事故があったとか、伝染病の集団感染があったとか……」

「そうか」と言いながら、大友は自分の天ぷら皿からエビを一匹つまむと椎名の皿に乗せた。

「え、あの？　エビくれるんですか？」

「やる。利益の供与。すなわち、賄賂だ」

「は？　賄賂？」と椎名はメガネの向こうで目を見開く。

「ちょっと確かめたいことができた。こんな時間から悪いんだが、このあともう少し手伝ってくれ」

返事も聞かずに、大友は蕎麦を掻き込んだ。

斯波宗典　　二〇〇七年　七月三十一日

同日、午後十一時十六分。夜の雲雀丘では昼間はやかましいほどだった蟬は文字通り鳴りをひそめていた。まだ夜虫が合唱をする季節ではないようで、ときどき思い出したようにチィチィとか細い声だけが聞こえる。虫に興味も関心もない斯波宗典には何という虫が鳴いているのか、そもそも虫の音なのかどうかも分からない。

この数日いつもしているように空き地に駐めた車の中から、梅田久治宅の様子をうかがう。

七月が終わるまであと一時間もない。

誰かが来ても来なくても、今夜で最後の張り込みにするつもりだ。自分で決めた区切りだし、そろそろ身体も悲鳴をあげている。

改めて考える。

――犯人はなぜコピーキーを作ったのか？

やはり家に忍びこむ以外の目的は考えにくい。

――では、犯人はいつ忍びこむのか？

やはり夜だと思う。梅田は半寝たきりだ。この家は留守になるということはない。だとしたら、一番忍びこみやすいのは梅田が独りきりの時間だろう。同居の家人がいるなら、昼間、家人が留守にしたときを狙うが、独り暮らしなら夜が確実だ。斯波だったらそうする。

――では、何のために忍びこむのか？

一番考えられるのは物盗りだろうか。家に半寝たきりの老人しかいないなら金品を盗むのは簡単だ。

――では、犯人は誰か？

白髪の彫りの深い顔立ちの男を思い浮かべる――団啓司。

今月、団は一日も休みがなかった。もし犯人が社員で、夜、忍びこむとしたら、次の日が休みの日が一番やりやすいだろう。だとしたら、ずっと休みのない団は忍びこむタイミングがなかった。そして、明日、団は久々の休みを迎える。やるとしたら、今夜だ。

思いつきに近い強引な推論だ。たぶんこの目で犯人を確かめたいという気持ちが強く働いている。

職場での団の振る舞いや人となりを考えれば、半寝たきりの老人の家の鍵をこっそりコピーして忍びこむなどということをするとは思えない。

だが思えないからといって、あり得ないとは限らない。特に人に関することは。

人の想いや行動はちぐはぐだ。介護の現場にいれば、傍目には献身的に介護をしているように見えるお嫁さんが、実は姑を虐待しているなんてことはざらに目にする。

団のような人間だって、つまらない不正をするかもしれない。

あるいは……。

あるいは、もしも物盗り以外に忍びこむ理由があるとすれば……。

――死んだ方が良いってことも、あるからねえ。

いつだったか、団が言っていたのを思い出す。

団のように真剣に介護の仕事に取り組んでいる人間だからこその、可能性。

斯波はむしろ、それを期待しているのかもしれない。

こんな馬鹿げた張り込みをしているのも、それを確かめたいからなのかもしれない。

いや、きっとそうなのだ。

だから、それを見たときは、自分の願望ゆえの見間違いかと思った。

暗い闇に光が射し、低い音が聞こえた。車が近づいてくる音だ。斯波が張り込みを始めてから、夜この道を車が通るのは初めてだ。やがて車体が目に入る、見覚えのある白いセダン。暗がりの中でも分かる。団が去年買い換えたのと同じ車種だ。

セダンはヘッドライトの光をまき散らしながら、徐行と言えるほどのスピードでゆっくりと進む。

斯波が潜む空き地の前を通り過ぎる。斯波はじっと目をこらす。気づかれた様子はない。

運転席の人物がちらりと、しかしはっきりと見えた。特徴的な白髪頭。

思わず息を呑んだ。

団だ。

セダンはスローモーションのように梅田宅の前も通り過ぎてゆく。少し先の道なりに曲がるカーブで姿が見えなくなったところで、エンジン音も消えた。停車したようだ。

やがて、カーブの先から人影が見えた。手にペンライトを持っているようで進行方向の地面をひかえめに照らしている。だんだんと近づいてきて、輪郭がはっきりと分かる。

やはり、団だ。

団はやや挙動不審気味に辺りを見回しながら、梅田宅の玄関へ近づいていく。そして、きっと鍵で扉を開けたのだろう、家の中へ侵入していった。

斯波は団が入っていった家を見つめる。灯りがつく様子はない。闇に埋もれている。じっと神経を集中して耳をそばだてるが物音もしない。外からは人が忍びこんでいることなど分からない。

団は何をしているのか？

物盗りだろうか、それとも……。

斯波は息を潜め様子をうかがう。

十分ほどしただろうか、再び玄関の扉が開き、団が出てきた。ペンライトで地面を照らし、来た道を戻ってゆく。

斯波は音を立てないように車から出ると、団のあとを追った。身をかがめて、道の端を行く。団はこちらに気づく様子はなく、足早に歩いていく。

団の姿がカーブに消えた。斯波は小走りになってあとを追う。ざっざっと土を踏む音がたった。しじまの夜にはっきりと響いた。これは団にも聞こえたかもしれない。

果たして、カーブを曲がったところで、光が目に入った。ペンライトがこちらを向いている。思わず手をかざす。

「し……ば……くん……？」

逆光で団の表情はよく見えなかったが、驚いているのは間違いないだろう。

「団さん、ずっと見てました。梅田さんの家の鍵をコピーして忍びこんでましたね？」

「あ……、いや……」

震える声から、はっきりと動揺が伝わってきた。

斯波は一度唾をごくりと飲み込み、一番聞きたいことを尋ねた。

「何をしていたんですか？」

「それは……」

団は口ごもる。

斯波は大股で団の前に進み出る。

距離が詰まる。逆光でもはっきりと団の顔が見えるほど。

その表情は、凍り付いたようにのっぺりとしていた。

すう、はあ、と大きな息づかいが聞こえたが、それが自分のものか相手のものか判然としなかった。

「団さん、梅田さんの家で、何をしていたんですか？」

斯波はゆっくりともう一度問うた。

「……、……」

団は消え入りそうな小さな声で何かを言ったあと、ペンライトを地面に落とした。

突然、視界の中の光量が減り、団の姿が闇に溶ける。

続く団の行動は、斯波の想像を超えていた。

暗がりの中、団は右手を大きく振り上げた。地面に落ちたペンライトから漏れる光が、いつの間にかその手に握られていた金槌をぼんやり照らす。闇のすきま、かすかに見た団の顔には表情はなく、能面のようだった。

ちょうどそのとき、遠くで〈うおん〉と何か動物が鳴く声を聞いた気がした。このあたりには野犬でもいるのだろうか、それとも空耳だろうか。

そんなことをゆっくり考える間もなく、鉄の塊が斯波の頭めがけて振り下ろされてきた。

大友秀樹　　　　二〇〇七年　七月三十一日

同日、午後十一時四十五分。大友秀樹は椎名と共に検事室に戻ると、パソコンにフォレストから流出したデータを表示させた。

先日、感傷にかられて目を通したときは何も発見できなかった。

だが、もしかしたら、ものすごくおかしなことを素通りしていたんじゃないか？

画面にいくつかの事業所の顧客名簿を広げる。どの事業所も開業以来全ての利用者の名簿を保存しているようだった。

データをソートして、契約が終了している者を抜き出した。

「これを見てくれ」

椎名にも画面を見せる。

事業所ごとに契約終了者の名前が並んでいる。理由の欄には〈入院のため〉が多く、ときどき〈死亡のため〉が出てくる。ごく稀に〈その他〉や〈利用者事情のため〉といった理由もある。

全体の傾向は一貫している。どこの事業所でも契約終了の理由で最多なのは〈入院のため〉だ。しかし、こうして抜き出して比較をしてみると、一つだけ〈死亡のため〉による契約終了が目立って多い事業所がある。

大友はその表を指さした。

「この〈八賀ケアセンター〉だけ、〈死亡のため〉の契約終了が多い気がするんだ」

前に見たときは、八賀市では畳の上で死ぬ人が多いのか、くらいにしか思わなかった。

しかし改めて考えてみれば、入院せずに死んだということは、急死したということだ。「老人は死ぬものだ」という先入観も手伝い一度は素通りしてしまったが、ある特定の地域だけ急死者の割合が高いのだとしたら、それは明らかにおかしい。

「ちょっと、いいですか」

椎名はパソコンの前に進み出ると、大友の横からキーとマウスを操作して、新しい表を作った。

どうやら、それぞれの表からデータを引っ張って、事業所ごとの〈死亡のため〉に契約終了した利用者の割合を算出しているらしい。

装飾のないシンプルな表に、数字が表示されていく。

◆〈死亡のため〉に契約終了した利用者の割合

X中央ケアセンター……6・4％
県北ケアセンター……8・1％
八賀ケアセンター……22・2％
久濃ケアセンター……8・9％
…

「数字にすると、はっきり差が出ますね」

どの事業所でも〈死亡のため〉で契約終了する利用者は五〜十パーセント程度だが、〈八賀ケアセンター〉だけが二十二パーセントと突出して高かった。

「八賀市だけ、急死する老人が多いってことか？」

八賀市は県内で二番目に人口の多い市で、大きな総合病院もいくつかある。他の市に比べて医者に行きにくい理由はない。

しかし、だとするとなぜ八賀市だけ、急死が多いんだ？

「あれ？」と何か気づいた様子で椎名は表の一番端にある項目を確認する。「この要介護度って何だか分かります？」

「ああ、介護保険を利用するための基準になる介護の必要度だよ。簡単な介助で生活ができる『要支援』から、完全な寝たきりで一人では何もできない『要介護5』まで段階的に判定されて、そのランクによって使える介護保険の枠やサービスが変わってくるんだ」

大友の父も『要介護2』の判定を受けていたので、概要くらいは知っていた。

「これ、ちょっと傾向が出そうです。計算してみますね」

椎名は手早く表を操作して計算すると、大友に見やすいように表示させる。

◆〈八賀ケアセンター〉以外の事業所

平均要介護度

……　1・5

〈死亡のため〉契約解除した人の平均要介護度

……　1・8

「まず、〈八賀ケアセンター〉以外の事業所では、利用者全体の要介護度の平均は1・5。多くの利用者が『要支援』なので、平均を取ると1台になります。また〈死亡のため〉契約解除した人の平均は1・8で、あまり変わりません。つまり、要介護度が高いからといって急死しやすいわけじゃないようです」

大友は頷いた。

なるほど要介護度は身体機能のバロメーターであり、健康状態とは必ずしもイコールではないということか。思えば、事故で身体機能の一部を失っても長生きする人はたくさんいる。

「ところが……」と椎名は〈八賀ケアセンター〉の計算結果を画面に表示させる。

◆〈八賀ケアセンター〉

平均要介護度

……　1・4

〈死亡のため〉契約解除した人の平均要介護度

……　2・9

「〈八賀ケアセンター〉の利用者全体の要介護度の平均は1・4で、他の事務所とほぼ同じですが、〈死亡のため〉契約解除した人の平均は2・9。明らかに跳ね上がります」

「〈八賀ケアセンター〉に限って、要介護度が高い利用者が急死しやすいということか？」

「数字の上ではそうなりますね」

何だそれは？

大友は息を呑んだ。「もしかしたら」じゃなく、何か起きているのかもしれない。今、得体の知れない何かの片鱗《へんりん》に触れようとしているのかもしれない。

大友は考えを巡らせる。

まだ何か分かることはないか？

「これは、八賀市の傾向なのか？　それとも、〈八賀ケアセンター〉の傾向なのか？」

「それで意味が違いますよね……。あ、こうやって入院しないで急死した場合って、変死体として処理されている可能性ありますよね。だったら、検察《うち》に記録あるんじゃないですか？」

そうだ。

医者に看取られず死んだ場合、死因不明の変死体という扱いになり、警察の検視を受けるのが原則だ。法律上、検視は検察の役割であり、警察はその代行ということになっている。そのため事件化しなかった場合も検視調書は全て地検に提出され保存されている。

「調べてみよう」

「はい」

ありがたいことに、ここ三年分の検視調書はデータベース化されており、パソコンで簡単に検索することができた。旧態依然として未だに紙の資料が幅を利かせる検察社会だが、わずかずつＩＴ化の波は押し寄せている。

この手の作業は椎名の方が断然手際が良いので、席を譲り大友は後ろからのぞき込む。

まず椎名はデータベースから、県内各市別に、一年間で発生する変死者の数を調べ対人口比を割り出した。

◆年間に発生する変死者数の対人口比

X市　……　0・11%
八賀市　……　0・14%
久濃市　……　0・15%
埜日市　……　0・12%
…

「どの市もあまり変わりませんね。県平均でも〇・一三パーセント。人口が八百人いれば毎年一人は病院以外の場所で変死しているくらいの割合です。もし八賀市全体で急死が多いなら、変死も多いはずですから、そうではないということです」

「八賀市全体では急死が多いわけではないが、〈八賀ケアセンター〉の利用者に限っては多いということか」

「データを突き合わせて、〈八賀ケアセンター〉の利用者で急死した人がどのくらい変死体になっているか確認してみましょう」

椎名は、変死体のデータベースの中から、名簿と一致するものを検索して抜き出してまとめてゆく。


〈八賀ケアセンター〉の利用者で急死したと推定される者……69

うち変死体として検視を受けている数……52

過去三年の間で、急死したと推定できる〈八賀ケアセンター〉の利用者、つまり〈死亡のため〉契約終了した者の数は、六十九人。うち五十二人が変死体のデータベースにも名前があった。差の十七人は、入院はしなかったが病院に運ばれるなどして医師のいる場所で死んだ者たちだろう。

「三年間で利用者が五十二人変死。この数字は、他の事業所と比べてもやはり突出して多いです。ただ、人口三十万強の八賀市では、毎年四百前後、三年で千二百もの変死体が出ますから、市全体の数字に組み込まれると誤差の範囲に収まってしまうんですね」

椎名は五十二件の変死体の検視調書のデータを表ソフトにインポートして、顧客名簿のデータと照合する。

変死者52人の平均要介護度
……3・8

「顧客名簿と照らし合わせて、この変死した五十二人の要介護度の平均を取ると、更に上がって3・8にもなります」

「……つまり、〈八賀ケアセンター〉には要介護度が高い利用者を変死させる『何か』がある」

「〈八賀ケアセンター〉と変死に直接の因果関係があるかは分かりませんが、相関関係はありそうです」椎名はデータを日付順に並べ直す。

「データベースにある過去三年間では、変死体が発生する頻度は変わっていないようです」

その「何か」は、ある日、ある時期、突発的に起きたのではない。少なくとも三年以上にわたって〈八賀ケアセンター〉で変死体を発生させる「何か」が、ずっと続いているということだ。

「この五十二件の変死体を死因別に分類してみますね」

事件性あり　……0
病死、自然死　……47
自殺　……3
事故死　……2

「警察が事件性ありと判断した死体は一つもありません」

つまり司法解剖などによって詳しく調べられた死体は一つもないということだ。

「病死が多いな。何かの集団感染か。あるいは、〈八賀ケアセンター〉でやっていることに高齢者の健康を害する要素があるのか？」

大友は口に出さなかったが、当然、意図的、人為的に利用者を変死させる工作が行われている可能性もある。

「病死、自然死の四十七件に絞って分析してみます」

椎名は別のソフトを立ち上げると、気持ち悪いくらいの速さでキーを叩いて、データを入力してゆく。

「それは何をしてるんだ？」

「アルゴリズムを使って、データの中から隠れている相関関係や、共通点を探しているんです。この四十七件の変死データに傾向があれば、何が起きているのか探るヒントになるかもしれません」

画面には様々な数値が出現するが、大友にはさっぱり意味が分からない。

「ん？」と、椎名は小首を傾げる。

「どうした？」

「少し奇妙な傾向が出ているんです……ちょっと見やすくするんで、待ってください」

椎名がキーを操作すると、画面上に、午前六時を一日の起点としたスケジュール表のようなものが表示された。それにいくつも点が打たれている。

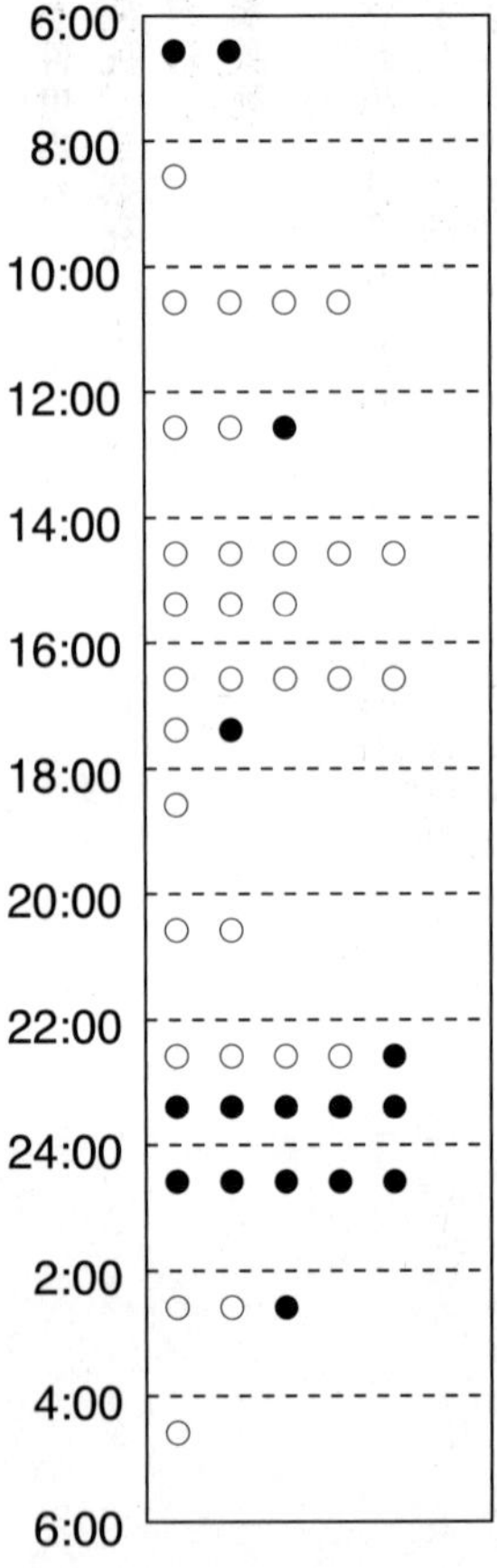

「これは、一日を二時間毎に区切って、死亡推定時刻別に変死体をカウントしたものです。点の白と黒は家族構成を示します。白い点は家族と同居していた人、黒い点は独り暮らしをしていた人です。

まず、明らかに昼の午後二時から午後六時、夜の午後十時から午前二時の二つの時間帯に集中しています。ランダムに発生する事象は、ポアソン分布という確率密度に従い分布するはずですが、これはそれを大きく外れて偏っています」

「変死体の発生がランダムではないということか？」

「数学的にはそうです」頷いて椎名は続ける。「更に白い点は昼に、黒い点は夜に集中しています。つまり家族と同居している人は昼に亡くなる傾向があり、独り暮らしの人は夜に亡くなる傾向があるということです」

家族と同居なら昼、独り暮らしなら夜……。

そういえば、昼の午後二時から午後六時は、空き巣が発生しやすい時間帯としても知られている。

「……老人が家で独りになる時間帯？」

大友は思いついたことを口にした。

「はい。僕もそう思いました」椎名も頷いた。

独り暮らしの老人は夜遅い時間なら確実に独りだろう。同居の家族がいる場合は、家族が家から出かける昼間に独りになる時間ができる。

「いや、待てよ」と大友は首をふる。「変死体というのは医者に看取られなかった死体だ。だから、死亡推定時刻が家に人がいない時間帯に偏っても不思議はないんじゃないか？」

「そうですが、だとしたら、独り暮らしの人の死亡推定時刻はもっとばらけるはずです」

そうだ。独り暮らしの老人は夜なら確実に独りになるというだけで、昼間だって独りでいる時間は結構あるだろう。

「つまり」大友は頭の中で理屈を整理しながら言った。「第三者から見て老人が独りになる可能性が高い時間帯に偏ってる？」

それはすなわち、人の意志が働いていると言うことだ。

椎名は頷いた。

「そうです。また変死体の発生が相関しているのは、時間帯だけじゃありませんでした。これは、先ほどの表を更に曜日でも分けてカウントしたものです」

椎名がキーを押すと、表が大きく広がった。

「変死体の発生は月曜日が極端に少なく、水曜日がやや多い。そして、火・金は昼間に死亡することが多く、水・土は夜が多いです」

「曜日と時間帯によって、死にやすさが違うってことか？」

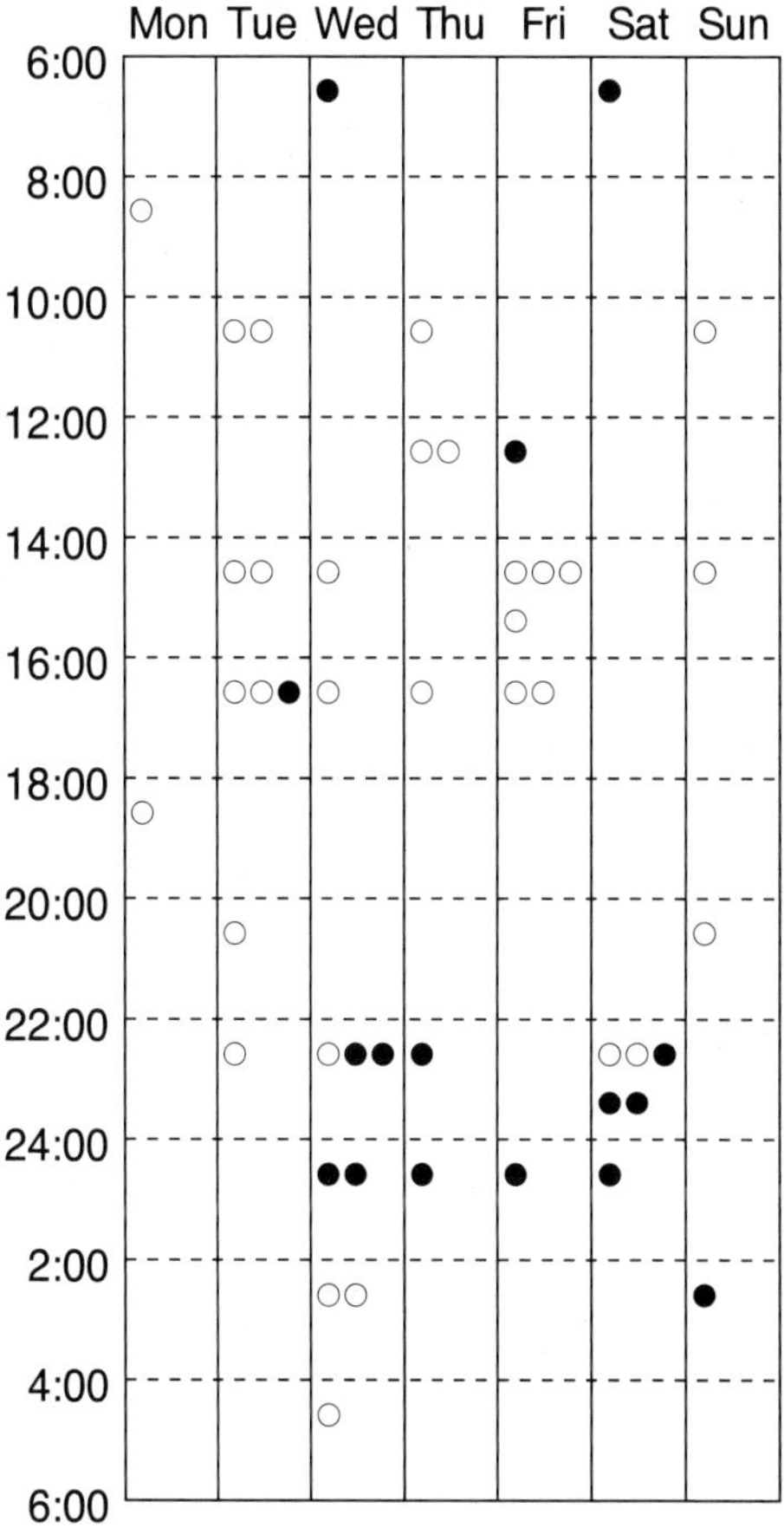

「データ上は有意な相関が出ています。ただし、相関関係と因果関係は違います。当たり前ですが、曜日や時間が直接、人に死をもたらすことはありません」

大友は頷く。

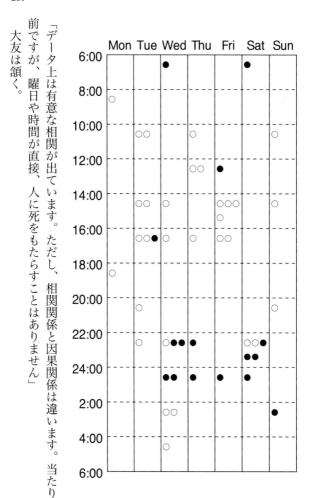

そうだ。『創世記』によれば、神が天地創造に要した六日に安息日を足した七日が、一週間、七曜の起源とされている。だが地球上で神が定めたこの区切りで動くのは人間だけだ。曜日ごとに変わるものごとには必ず人間が関わっている。

「変死体の発生は人為的に引き起こされている。つまり、殺人事件……」

大友はその疑いを初めて声に出した。

椎名は神妙に頷いた。

「有力な可能性だと思います」

「ああ、そして俺たちがまず潰さなければならない可能性だ」

「もし人が関与しているとすれば、やはり〈八賀ケアセンター〉の関係者だと思います」

そう考えるのが自然だろう。介護事務所の人間なら、家族と同居している老人がいつ独りになるかといったことも把握しやすい。

「あ、データの中に従業員の勤務表もあるんですね」と言って、椎名は勤務実績表のファイルを開いた。

ときどき勤務シフトは変わるようだが、ファイルには全従業員が実際に勤務した時間が記録されていた。

「従業員の勤務シフトと、変死体の発生の関連も調べてみますね」

大友は椎名の意図を理解した。変死体の発生は曜日と時間帯によって偏りがある。これがもし特定の従業員の勤務シフトと関連していれば、その従業員が変死に関わっている可能性はかなり高い。

「やってくれ。とりあえず、三年以上勤めている従業員だけでいい」

「はい」

椎名は指を動かす。人員の入れ替わりは頻繁で、従業員の延べ人数は二百人以上いるが、三年以上連続で勤務している者は、社員とパートを合わせても二十人に満たないようだった。

椎名はしばらくキーを打ち続けていたが、ぴたりと手を止めた。

「これは……？」

「何か出たのか？」

「はい。従業員に＃《ナンバー》を振って、勤務シフトと変死体の発生が重なる回数の単純な期待値と、実数を比較してみたんです――」

従業員		期待値		実数
＃01	……	8	……	12
＃02	……	15	……	14
＃03	……	15	……	18

#04 …… 9 …… 9
…


椎名は画面を指さしながら、解説を加える。

「たとえば、この#01の従業員はパートタイマーで、週の平均就労時間は三十時間。これは全時間のおよそ十八パーセントに当たります。偏りを無視して単純に期待値を計算すると、四十七件中、八件程度がこの人が働いているときに発生することになります」

大友はなんとか理屈についていく。

「なるほど、それに対して、実数は12だったわけだな」

「そうです。少し多いですね。そもそも変死体の発生が偏っていますから、勤務シフトがその偏りと一致するほど実数は期待値から外れます。それでも多くの従業員は、プラスマイナス5以内に収まるんですが——」

椎名はカーソルを動かし、画面をスクロールさせる。

「——一人だけ、期待値と実数の差が際だっている従業員がいます」

従業員　期待値　実数
…

#13……18……4

「期待値18に対して、実数4。あまりに少な過ぎます」

「……この従業員が勤務しているときには、ほとんど変死体が出ないということか？」

「そうです。この＃13は正社員で週の平均就労時間は六十四時間強です。労働法的に問題ありそうですがそれは措《お》くとして、これは全時間のおよそ三十八パーセントにもなります。それほど大きな枠の中に、四十七回球を投げて四回しか入っていないんです。七勝七敗の力士の勝率と一緒で、人為的な操作を疑うべき数字です」

　椎名は従業員名簿ファイルを開き、一人の従業員のシートを表示させた。

「これが＃13の従業員です」

　名簿は履歴書のような書式で、ご丁寧に本人の顔写真の画像も貼り付けてあった。白髪の男だった。どこかで見た覚えがある気がしたが、思い出せなかった。

　椎名はいくつもウィンドウを開き、「やっぱり」「そうだ」などとつぶやきながら、キーを叩く。何かを確かめているようだ。

「やはり、この人物の勤務シフトと変死体の発生にかなり強い相関が見られます。この人物が勤務していないとき、特に休みの日とその前の夜で、明らかに変死体の発生率が上がります。それがそのまま曜日との相関とも一致します」

大友は椎名が示した事実をゆっくり頭の中で咀嚼《そしやく》する。そして浮かび上がってくる仮説を口に出した。

「この人物が、仕事が休みのときに、老人を殺している?」

「それを直接証明する手段はありません。しかし、その仮定に基づいて検算してみると――」

椎名がキーを叩くと、画面に数字が表示された。

1／30

「――もしこの人物が三十日に一人のペースで、勤務時間外に要介護度3以上の老人を殺し続けているとすると、〈八賀ケアセンター〉にまつわるデータの偏りの全てに説明がつきます」

だとすると、この人物は三年を超える長期にわたり、毎月一人以上の人間を殺し、それを隠し通していることになる。犠牲者は最低でも三十六人。類を見ないような大量殺人だ。

「しかし……」と椎名は逆接の接続詞を使い、当然思い浮かぶ疑問を付け足した。「これらの変死体は検視を受けていいます。警察の目を誤魔化して人を殺し続けることなんて、できるんですか？」

警察は甘くない。それは大友も肌で知っている。特に殺人などの凶悪事件に関しては、どの県警もきわめて高い検挙率を誇る。そうそう完全犯罪などできるわけがない。

だが大友の脳裏には一つの可能性が浮かんでいた。

歩行困難の大友の父が要介護2なのだから、3以上だと相当重い要介護状態の老人ということになる。もし椎名が仮定したように、そんな老人を選んで殺しているとしたら……。

「いや、このケースは検視の盲点を突いてるかもしれない。だとしたら殺害方法は——」

大友は頭の中で考えを整理する。盲点を突き、検視をすり抜けるための条件。それを満たす方法は多くない。いや、現実的にはほぼ一つしかあり得ない。

「——おそらく、毒殺だ」

大友は改めて画面に表示されている従業員名簿を見つめる。

もし大友が想像している通りの殺害を繰り返しているとすれば、それはとてつもなく卑劣な犯行だ。

「ん？」と大友は従業員名簿のある項目に目を留めた。「これ、本当なのか？」

そこには、その人物についてのにわかには信じがたい情報が記載されていた。

「え、あ、なんだこれ？　記入ミスですかね？」と椎名も驚く。

「いや……。でも、こういう人間もいるのかもしれない。何があったかは分からないが」

それは事件と直接関係あるとは思えない個人の特徴だ。しかし大友に確信をもたらした。この男はやっている、と。

——これは、パスだ。

不意にそんな思いがよぎった。

東京で佐久間が流出させたデータが、巡り巡って大友の手元に届き、そしてこの白髪の男に行き着いた。このX県内でひっそりと連続殺人が進行している可能性を示した。

遠くに、あまりに遠くに行ってしまった旧友からの、ロングパス。

無論、佐久間はただの欲得でデータを流出させたに過ぎないのだろう。いや、このデータの出所が佐久間だということさえ可能性の域を出てはいない。

だが、それでも、ボールが届いたなら、それはパスだ。

パスを受けた。なら俺はシュートを決める。高校三年のときと同じように。

「椎名、明日、朝イチで上を説得して独自捜査に踏み切る。すまないが、帰れないと思ってくれ」

「了解です。て言うか、こんなとこで帰れませんよ」と椎名は屈託ない笑みを浮かべた。

〈彼〉

二〇〇七年　八月一日

日付変わって、午前一時十九分。〈うおん、うおん、うおん〉と三度、獣の咆哮《ほうこう》が夜にこだました。その主が何かは分からない。日本にオオカミはいないはずだからやはり犬だろうか。

〈彼〉が運転する白いセダンは、八賀市北部、雲雀丘の山道を走っていた。この辺りまで来るともう民家はなく、深夜には全く人の気配がしなくなる。

背後からガタゴトと音がする。トランクの中の頭が割れた死体が揺れているのか。

とっさの出来事だった。殺す気などなかったが、結果としてこうなってしまった。

結果として？

もう何人も人を殺してきたが、いつも計画し殺意を持って殺していた。結果として殺してしまうなんて初めてのことだ。

予定外の殺意なき殺人に、達成感などなかった。

自分が決して人を殺すことに馴れているわけじゃないと気づかされる。

口の中が苦く粘つく。息が切れ、心臓は早鐘を打ち、身体は熱いのに震えが止まらない。肉体は平静を失っている。懸命に頭を働かせる。今、考えるべきことは一つだ。

これから、どうする？

こんなことになってしまった以上、もう潮時なのかもしれない。

これまでが上手くいき過ぎていたのだ。

いつか全てが露見する日が来ると覚悟はしていた。

終わらせるのは簡単だ。警察にこの死体を持って行けば良い。

だが、まだやれるかもしれない。

幸い誰にも見られていない。これまでと同じ方法は使えないが、この死体を隠してしまえば、この予定外の殺人もなかったことにできるかもしれない。

まだ、終わらない。

そうだ。まだ誰にもばれていないなら、わざわざ自分から降りる必要はない。

限界までやると決めたのだから、限界までやる。

夏の夜は短い、急がなければ。

第五章　黄金律

二〇〇七年　八月

大友秀樹　二〇〇七年　八月一日

午前九時三十五分。テーブルを挟み大友秀樹の正面のソファに検事正の郷田《ごうだ》、その脇に次席検事の柊の姿がある。X地検のツートップだ。

X地検本庁で最も広く人口密度が低い個室、検事正室。

大友は郷田が登庁するなり、やや強引に時間をもらい、椎名と徹夜して作った報告書を見せた。

明け方、二時間ほど仮眠を取っただけで、頭が重かったがそんなことは言っていられない。できる限り精悍な顔つきを作り、二人の上司に捜査の許可を要求する。

「すごいな、データだけでここまでたどり着いたのか……」と身を乗り出し声を漏らしたのは次席検事の柊だ。

「ほとんどは椎名事務官の分析ですが」

「ほう、あの学者先生か。ああいう人材は使いようだな」

柊は口元に笑みを浮かべる。

一方の郷田検事正はソファに深く腰を沈めたまま、じっと手元の報告書に目を落としている。芋虫のような太い指が、紙の背をせわしなくなでている。

郷田と柊はいろいろな点で好対照だ。いかにも元体育会系といった感じでがっしりとした身体にパーツの大きな陽性の顔が乗っている郷田に対して、柊は小柄で線が細く顔立ちにも影がある。しかし、どちらも中身は外見と正反対だ。郷田は気が小さくて神経質、摩擦や混乱を嫌う傾向がある。対して柊は特捜で鍛えられているせいか肝が据わっている。

このような場面では信頼できるのは次席検事《ナンバーツー》の柊だが、イレギュラーな独自捜査を行うには検事正《トップ》の郷田の許可が必要だ。

強固なヒエラルキーのある検察社会において、地検は城であり、その長である検事正は絶対的な王なのだ。兵士が戦うためには、この王の首を縦にふらせなければならない。

だが……。

「私は大量殺人が進行していると考えています。捜査の許可をお願いします」

大友は改めて郷田に頭を下げる。

「県警の面子《メンツ》を潰すことにはならないか？」と報告書から目を離さぬまま郷田は言った。

予想した通りの反応だったが、本当に聞くとめまいがする。耳の奥に例のうずきが現れた。

もしも大友たちの推測通り大量殺人が発生しているとしたら、警察は検視を行いながらもそれを見逃していたことになる。県警の面目は丸つぶれどころか幹部の首がすげ替えられるだろう。郷田はそれを気にしている。この検事正は真実を暴くことよりも、警察との関係を維持することを重要視しているのだ。

無辜《むこ》の命が大量に失われてるかもしれないんだぞ！

思わず怒鳴り散らしたくなるのをぐっとこらえる。

「いや、このくらいの大ネタなら、おつりがくるでしょう」

柊が言った。期待通りの助け船だ。このために、検事正への直談判は避け、次席にも同席してもらったのだ。

「そうか？」

郷田は柊に探るような視線を送る。柊は頷く。

郷田にはどこか柊の決断力に依存しているようなところがある。もし郷田が独自捜査に及び腰でも、柊の押しがあれば通せるというのが大友の目論見だった。

「ええ、そりゃ県警は大変でしょうが、元々仲良しこよしってわけでもないんです。ヘコましといた方が、やりやすくなることもあります。それに、もしこれが本当に事件なら、最後まで独自捜査でやるのは現実的じゃない。ある程度証拠《ネタ》が出たら、県警と協力して裏を取ることになるでしょう。県警《あっち》が見逃してた大量殺人を地検《うち》が摑んで食わせてやるんです。そうなれば大きな貸しになるし、地検《うち》の株も上がりますよ」

柊が言う地検《うち》とは、すなわち検事正の郷田と同義だ。

名誉欲をくすぐられたのか郷田は「ふうむ」と息をつく。報告書をテーブルに放り、仰々しく腕を組んで目を閉じた。きっと考えているのではなく、迷っているのだろう。

「大友、お前がお前の責任できっちりやるんだろ？」

柊は水を向けてきた。万が一のときは泥をかぶれと言っている。

「はい」

大友は頷いた。

手柄は王に献上し、失態の責《せめ》は自らが負うという意思表示。王に首肯させるための、儀式だ。

「やってみるか」

郷田はぽつりと言った。

よし、と内心ガッツポーズを作りつつ平静を装う。

「ありがとうございます」

「だが、大友よ、具体的にはどうする？　死体はもう全部燃えちまってるだろ」

柊が鋭い視線を向け尋ねてきた。さすがに、ネックを押さえてくる。

もし本当に大量殺人が行われているとしても、最大の証拠である死体はもうない。いや、現時点で証拠となるものは何もない。現場も保存されていない。大友と椎名が行った分析は机上の空論と言われればそれまでだ。

「捜査の許可をいただけたので、今日、このあとすぐ任意で引っ張ります。少しでも手応えがあれば家宅捜索。叩けるだけ叩いて、出てきたもので勝負します」

「まあ、それしかないわな」と柊は頷く。

そう、とりあえずやってみるしかない。

三十日に一人ずつ三年以上、最低でも三十六人。それだけ殺していれば、きっと何か出る。

無論、全て何かの間違いで、大量殺人など起きていないのかもしれない。データの偏りは思いも寄らない原因で説明がつくのかもしれない。それならそれでかまわない。むしろそうであって欲しいくらいだ。

「動機の方の読みはあるのか？　仮にその男がやっていたとして、老人ばかり、それも重い要介護で何もできないような老人ばかりを殺して回る理由は？」と柊は続けて尋ねる。

変死体の検視調書を見る限り、金品を奪った様子も、遺体を損壊するような猟奇性もない。そういったことがあれば、とっくに事件化していたはずだ。

「あくまで私の推測ですが」と前置きした上で、大友は答えた。「今分かっている範囲では、犯人には老人を殺すことで直接得られる利益は何もありません。だとすると、殺人自体が目的と考えるのが自然だと思います」

「殺害そのものが動機だと？」

「そうです」

大友は頷いた。

それは、言葉を換えれば「自己満足」ということだ。たとえば、警察の目を盗んで人を殺し続けることの達成感。たとえば、人の命を奪うことによって得られる万能感。

そんなものを目的にする殺人は、欲得による殺人よりも邪悪だ。たとえ罪刑法定主義において同じ犯罪《クライム》だとしても、人としての罪《シン》はより重い。少なくとも性善説を持論とする大友はそう思う。

「まあ、どうであれ――」柊は報告書をテーブルに置くと、郷田を一瞥してから言った。「大量殺人なんてもんが本当に行われてるなら、看過するわけにはいかない。大友、行ってこい」

「はい」

柊が意図的に言葉に力を込めているのが分かった。大友も力を込めて返事をした。

大友には予感があった。

もしかしたら、犯人と目される人物――〈彼〉はサイコパスと呼ばれる種類の人間なのかもしれない。

生まれつき、良心・善意を持たないという、性善説を根本的に否定する存在。そんな者についに出会うことになるのかもしれない、と。

〈彼〉　二〇〇七年　八月一日

同日、午前十時二十二分。〈彼〉はベッドに身体を沈め、薄く開いた目で、天井を眺めていた。全ての後片付けを終えて、自宅のアパートに戻ってきたのは六時ごろだ。身も心も疲れていて、うとうとするのだが、深く眠ることができなかった。

ぼんやりと職場のことを考えた。

ただでさえ人手不足なのに、重要な社員が一人減ってしまった。

今後、八賀ケアセンターは回っていくのだろうか。

そういう意味でも、昨夜の殺人は余計だった。

心が重く沈み込む。

玄関をノックする音が聞こえた。

どんどんという、低い音。次いで〈彼〉を呼ぶ声がした。聞き覚えのない声だった。

普段は〈彼〉を訪ねてくる者など滅多にない。

胸騒ぎがした。

だが、居留守を使うつもりはなかった。

来るべきものが来たのなら、受け入れるつもりでいた。

ベッドから降り玄関へ向かう。

「はい」と返事をして、ドアスコープを覗くと魚眼レンズで歪められた二人組の男の姿が見えた。

胸騒ぎは治まらない。

「どちら様でしょうか……」

〈彼〉はドアを半分開く。

眉が太くどことなく犬のような印象の男と、ボリュームのあるくせっ毛でひょろ長いカリフラワーのようなメガネの男がいた。

犬の方が言った。「X地方検察の者です」

思わず「警察の方ですか」と聞き返し、「いえ、検察官、検事です」と訂正された。

犬の方が大友、カリフラワーは椎名と名乗った。

警察も検察も、〈彼〉にとっては大して違いはない。罪を犯した者を捕まえて罰する役割の人間だ。

やはり来るべきものが来たのだ。

「現在調査中のことで、あなたにお話をお聞かせ願いたいことがあります。少々込み入ったことなので、地検まで同行していただけないでしょうか」

大友という検事の振る舞いは紳士的だったが、意図的に紳士的に振る舞っているのだと分かった。

〈彼〉は目を閉じ、三度深呼吸をした。

落ち着け、落ち着け、落ち着け。

覚悟はできていたはずだろ？

いつかこんな日が来るのは分かっていた。

いい、いいか、本当に肝心なのはこれからだ。

「どうしましたか？」

目を開けると、検事が怪訝な表情でこちらを見ていた。

「いえ、何でもありません。分かりました、行きましょう」

〈彼〉は笑顔を作って、そう答えた。

大友秀樹

二〇〇七年　八月一日

　同日、午前十時五十四分。〈彼〉に対する任意事情聴取がX地検の検事室で始まった。

　捜査の許可が下りてすぐに、大友秀樹は〈彼〉の自宅を訪ねた。勤め先である八賀市の隣の埜日市にある築年数がずいぶんありそうな、木造のアパートだった。呼び鈴はついていなかったので部屋のドアを叩いて呼ぶと〈彼〉は現れた。大友たちが検察だと名乗ったときは多少驚いたような様子も見せたが、同行を求めると、目を閉じて気持ちを落ち着かせるようなそぶりをしたあと、笑顔を浮かべて了承した。その振る舞いからは、〈彼〉がこのような事態を事前に想定していたようにも思えた。

　そして大友は聴取用の事務机を挟んで〈彼〉と対峙することになった。かたわらで、椎名が記録を取るためノートパソコンを広げている。

　空調はわざと弱めにして、少し蒸し暑いくらいの室温をキープしていた。

「今日はお休みのところ、申し訳ありません」

　言いながら、大友は〈彼〉の様子を改めて観察する。

長めの総白髪は手入れを怠っているのかぼさぼさで、血色もあまり良さそうには見えない。くぼんだ目元にうっすらとくまが浮き出ている。従業員名簿の写真よりやつれている印象だ。

大友は、やはりどこかで見覚えがあるような気がしたが、思い出すことはできなかった。

〈彼〉のたたずまいは静かで、少なくとも表面上は不安や恐れの色はない。

「それで、僕に聞きたいこととは何でしょうか？」

大友が切り出すより先に、〈彼〉ははっきりとした声で尋ねてきた。声はやや高く張りがある。見た目と声の印象がちぐはぐで、吹き替え映画のミスキャストのようだ。

落ち着き払ったその物腰が、逆に大友に確信させた。

やはり、この男はあらかじめ想定していたに違いない。このように聴取を受けることを。

「お聞きしたいのは、あなたが勤めている『フォレスト八賀ケアセンター』のことです
――」

大友はまっすぐ〈彼〉を見て言った。

さあ、勝負だ。

大友はテーブルの上にいくつもの資料を広げる。

現時点で、大量殺人を直接立証する証拠はない。〈彼〉の証言はきわめて重要だ。もしもこの事情聴取で何も出なければ、その時点で撤退を余儀なくされるかもしれない。出し

惜しみは意味がない、最初からカードを切る。

大友は順序立てて八賀ケアセンターの利用者が不自然に多く変死していることを示した。

「――我々は、この事実を実に興味深く思っています。いや、端的に言いましょう。この変死は人為的に引き起こされた殺人である可能性がきわめて高いと考えています」

〈彼〉はくぼんだ目を見開き、テーブルの上の資料を凝視していた。やがてこぼすようにつぶやいた。

「驚いたな……」

伏せ気味の顔の表情は読み取りづらく、本当に驚いているのか、とぼけて驚いてみせているのか、判別がつかない。

やがて〈彼〉は顔をあげてこちらを見た。上気しているようで、少し血色が良くなっているような気がした。

「昨日の事じゃないんですね」

昨日の事？

大友は〈彼〉の言葉の意味を取りかねた。

「どういうことでしょうか？」

「あ、いや……」〈彼〉は一度含み笑いをしてから言った。「少し思っていたことと違ったので」

思っていたことと違う？

何がどう違うのか分からないが、少なくともこの物言いは、やはり〈彼〉が何らかの想定をしていたということだ。

〈彼〉は続けて尋ねてきた。

「あの、検事さん、それでなぜ僕に話を聞くんですか？　他に分かってることは何かありますか？」

〈彼〉の視線はまっすぐこちらに向かってくる。

大友は背中に汗が噴き出すのを感じた。無論、室温のせいではない。

「これを見てください」

大友は資料をめくり、変死体の発生と〈彼〉の勤務データの相関を示した表を見せた。

「変死体の死亡推定時刻とフォレスト八賀ケアセンターに勤めている従業員の勤務データを突き合わせたところ、あなたが出勤していないときだけ、きっかりと変死体の発生率が高まります」

〈彼〉が息を吸い込む音がはっきり聞こえた。

〈彼〉は再び視線をあげると、逆に大友を探るように直視する。

「つまり僕が休みの日に利用者の皆さんを殺して回ってると疑っているんですか？」

〈彼〉の言葉は一音一音ゆっくりと発音された。口角がかすかに上がり、目尻がわずかに下がっていた。

笑っているのか？

瞬間、大友は言葉を失う。

現実には数秒に過ぎない長い沈黙のあと、大友は頷いた。

「……そうです」

すると〈彼〉は今度は明瞭な笑顔を作って尋ねた。

「検事さん、だとしたら、僕はどうやって殺したというんですか？」

真意を測りかねる物言いだ。

ただ、こんなことを言う男がやっていないわけはない。それだけは確実だ。この男はやっている。

大友は〈彼〉をじっと見つめる。知らぬ間に額から汗が垂れていた。

「認めるのか？」

大友は形ばかりの敬語を外した。

〈彼〉は答えず、涼やかに笑みを浮かべていた。わずか一メートル足らずの彼我《ひが》で季節が違うようですらある。

殺人の容疑をかけられて尚、〈彼〉は不安や戸惑いをみじんも見せない。それどころか何かを待ち望んでいるような雰囲気すら漂わせている。

否認にせよ、是認にせよ、これまで出会ってきた被疑者がまとっていたものとは全く違う空気だった。

開き直っているのか？

分からないが、やっているのなら、全てを白日の下にさらさねばならない。大友は根本的な使命感に立ち戻り、自らを奮い立たせる。

「……あんたは、殺人そのものを隠蔽《いんぺい》したんだ」

大友は意図的に〈彼〉のことを「あなた」から「あんた」に呼び替え、仮説をぶつけてみることにした。もし当たっていればかなりの揺さぶりになるはずだ。

完全犯罪。

推理小説などにしばしば登場する四字熟語。

しかし現実には、殺人においてその達成はきわめて困難だ。

日本では殺人事件に限れば、検挙率はおよそ九十五パーセント。マスコミで大々的に報じられる未解決事件などは、ごく稀な例外に過ぎない。

警察はまさに地を這うようなと形容すべき徹底的な捜査を行う。彼らは現場からありとあらゆる証拠を採取し、被害者の人間関係を細部にわたって洗い直す。

殺人のような大仕事を果たしつつ、一切の痕跡を残さぬことなど不可能だ。証拠は必ず残る。警察はたとえ髪の毛一本程度の僅かな手がかりからでも、「被疑者」にたどり着く。

そして被疑者が特定されればそれでもう終わりだ。仮にどんなに優れたトリックで密室殺人を完成させていたとしても関係ない。トリックなど見破るまでもなく、取り調べで洗いざらい吐かせる。殺人事件を担当するのは、どこの県警でもエース級の敏腕刑事だ。そして彼らが敏腕たる腕前を最も発揮するのは取り調べである。密室で行われるそれの厳しさは想像を絶する。しかも最長二十日のはずの勾留期間は、容疑を変えた再逮捕で何度でも延長される。常人が秘密を隠し通せるものではない。

警察に殺人を認識され、捜査をされれば、その時点でほぼアウトなのだ。認知事件で完全犯罪を目指すのは現実的ではない。

あり得るとしたら、その裏。いわば事件の不認知だ。警察が事件そのものに気づかず、捜査が始まらなければ、完全犯罪は成立する。長期にわたり連続殺人を行うにはそれしかない。

無論、普通は人を殺しておいてその事実を隠し通すことなどできはしない。しかし、例外的にそれが可能になる条件がある。

「あんたは、老人を選んで殺していた。要介護度が高く身体が不自由——そんな老人をだ！」

弱い者を狙った卑劣な犯行。自分の言葉が火種となり胸の内に怒りの熱が沸く。

「あんたは二つのことに特に注意を払ったはずだ。一つは犯行の瞬間を誰にも見つからないこと。その点は、空き巣と大して変わらない。介護職員として知りうる情報を最大限利用して、殺す相手が独りきりになる時間を特定し、忍びこんだ。そして、もう一つは殺すとき、相手に目立った外傷を残さないことだ。だとすれば方法は毒殺だ。毒物を無理矢理飲ませるか注射するかしたんだ」

〈彼〉の頬が盛り上がり、喜びの表情ができあがった。まるで正解だと伝えるように。

何だその顔は！

大友は語調を強める。

「普通なら、いくら相手が老人でも、そんなことをすれば激しい抵抗に遭い、争った跡が現場に残る。もみ合いになり、余計な外傷ができるかもしれない。しかし、あんた……お前が殺したのは、身体が不自由で大した抵抗ができない人たちだ！　大人の男の力があれば、争った形跡も、目立った外傷も残さず、毒物を接種することができる。お前はそうやって、自然死に見せかけて毒殺していた！　違うか⁉」

自然死に見せかけた毒殺。

老人が静かに死んでいる——そんな状況を作ること。

それが殺人を隠蔽するための条件だ。これは現在の変死体に対する検視システムの盲点を突いている。

毒殺とは死体の中に決定的な証拠を残す殺害方法であり、解剖すれば必ず露見する。

しかし、その逆も真であり、解剖せずに毒殺を見破ることはきわめて難しい。そして、現在の日本では、予算、人員、設備の不足により、解剖可能な死体の数には限りがある。変死体の解剖率は全国平均で約十パーセント。監察医制度のある東京都心部などが平均を押し上げてもこの数字だ。地方では五パーセントを切る。地域によっては一パーセント以下も珍しくない。

圧倒的多数の変死体は、検視だけで事件性なしと判断されて解剖されないのだ。

検視の定義は〈人の死亡が犯罪に起因するものかどうかを判断するため、五官の作用により死体の状況を見分（外表検査）する処分〉とされている。五官といっても判断の中心になるのは視覚、見た目だ。その証左か、検死ではなく検視と書く。

つまり今の日本の検視システムでは、死体の外傷や現場の状況といった見た目で分かる部分に異常があって初めて死体は解剖される。

しかし毒殺は外傷が残らない。仮に毒物を注射したとしても残るのは小さな注射跡だけだ。さらに老人の場合は、大抵、皺や染みや点滴の跡があり、見た目だけで見分けることは実質不可能だ。

目立った外傷が見つからず、現場に争った跡もなく、金品などを奪われた様子もない。ただ、老人が、眠るように死んでいる。

これは見るからに、寿命を迎えた人間の姿である。そんな死体を詳しく調べるだろうか？　まして貴重な解剖の枠を使うだろうか？

答えは、否だ。

もし死んでいるのが健康な若者なら、それでも解剖を行う判断はあり得るが、要介護の老人であればまずそれはない。「老人は死ぬ」という自然法則に裏打ちされた先入観は、検視を行う者にも働く。

一見して怪しいところのない老人の変死は、専門の検視官さえ臨場せずに、所轄の刑事が簡単に検視を済ませて事件性のない自然死として処理してしまうのが普通だ。

そうなれば、殺人は隠蔽される。現場にどれだけ指紋や髪の毛を残そうとも、警察の捜査自体が始まらない。

そんな捜査側の事情をどこまで〈彼〉が知っているかは定かではないが、結果的に検視をすり抜ける状況を作り上げ連続殺人を行っていた。それが、大友の読みだった。

「ええ、そうですよ」

あろうことか、〈彼〉はあっさりと認めた。

これはあまりにも予想外だった。

今のところ、こちらのカードは積み重ねた推論だけだ。証拠らしい証拠がない以上、そう簡単に自白を取れるなどとは思っていなかった。だから揺さぶるつもりで、敢《あ》えて断定口調で問い詰めたのだ。

調書を取っていた椎名も、手を止めて顔を上げていた。

言葉と打鍵音が途切れ、一瞬の沈黙が降りてくる。

それを破ったのは、嬉しそうな笑みを浮かべる〈彼〉だった。

「老人に対する毒殺は丁寧にやればばれないいんです。僕は仕事をしながら利用者の情報を集めました。殺す条件に合いそうな要介護老人を見つけたら、訪問介護で訪れたときに盗聴器を仕掛けて、更に詳しく生活パターンを『調査』することに努めました」

盗聴器……そんなことまでしていたのか。

〈彼〉は余興の手品のタネでも明かすかのように、聞いてもいないことをべらべらと喋った。

「万が一、家族とでも鉢合わせしたらアウトですから慎重にやりました。生活パターンが把握できれば、この辺りは鍵をかけない家が多いので侵入は難しくありませんでした。独り暮らしの老人には事務所に鍵を預けている人も結構いたんで、そんな家はコピーキーを作らせてもらいました。もちろん無断で、ですけどね。コツは無理をしないこと。徹底的に『調査』して確実にやれそうな相手だけ『処置』することです」

〈彼〉は『調査』だの『処置』だのと、まるで何かの仕事のように人を殺す方法を語る。

明らかに異常だが、語り口そのものは、いたって落ち着いている。

「『処置』の方法は、そう毒です。煙草からニコチンを抽出して皮下注射したんです」

ニコチンか。おそらく最も簡単に手に入る致死毒物だ。水溶性で抽出が容易であり、わずかな量で人の命を奪う。強い苦みがあるため、口から飲ませるのはほぼ不可能だが、抵抗できない相手に注射をするなら問題ない。

煙草と聞いて、ふと大友の脳裏で何か記憶の糸をくすぐられたような感触がしたが、それは思考の形にならず消えてしまった。

〈彼〉は続ける。

「注射はそんなに難しくありませんでした。相手は寝ていることが多かったし、起きていてもほとんどの場合が半寝たきりですから。ごく稀に抵抗されることもありましたが、そんなときはタオルで拘束して殺しました。それでも、ちゃんと片づけて静かに死んだふうにしとけば気づかれませんでした」

その証言は大友が思い描いた通りだった。

「認めるんだな？」

大友は高ぶる気持ちの手綱を引きながら、念を押す。

「はい。今までに四十二人……いや、四十三人殺しています」

〈彼〉はこともなげに答えた。

四十三人！

自分で担当した事件ではもちろん、過去の例でも聞いたことがない数だ。それをこの男は、決定的な証拠を突きつけられたわけでもないのに、すんなりと認め自分から申告している。

罪悪感に苛まれ、自白する被疑者は珍しくない。だが〈彼〉にはそんな雰囲気もない。

「僕はいつか発覚する日がくるとは思っていました。でもね、それは『処置』の瞬間を誰かに見つかるといったような、現行犯に近いものだと思っていたんです。まさか、人が死んでいるという事実そのものが痕跡になるなんて思いもしませんでした」

〈彼〉は笑顔のまま、最近観た映画の話でもするように言う。しかしこれは紛れもなく犯罪の、殺人の告白だ。

どういうことだ？

舐めているのか？　死体がなければ、物的証拠が出なければ、起訴できないとタカをくくっているのか？

ふざけるなよ。情況証拠だけでも、公判は維持できる。すでに前例もある。「疑わしきは被告人の利益に」というのは程度問題でしかない。十分に疑わしければ、疑惑だけで有《シ》罪《ロ》判《ボ》決《シ》は取れる。

勝手にそんな思いを巡らせた矢先、〈彼〉の口から出た言葉は、大友を更に驚かせた。

「自宅に盗聴器などの道具と、全ての殺人の記録をつけているノートがあります。探してみてください。家宅捜索っていうの、やるんですよね？」

自ら証拠を提供するというのか？

「……まさか、自首しているつもりか？　残念だが、こちらが先に嫌疑をかけている以上、今更自首の構成要件は満たさない」

刑法上、自首は犯罪事実が発覚し嫌疑が掛かる前に、自ら申し出なければ成立しないことになっている。

しかし〈彼〉は苦笑する。

「違いますよ。ただ、僕は限界まで、ばれるまでやる、そしてばれたら全て正直に話すと決めていたんです」

卑劣な大量殺人犯には似つかわしくない潔さだった。

取り調べをあらかじめ想定しているふうだったのは、そういうわけか。

だが、ちぐはぐだ。

言葉の意味は分かるが、意図が見えない。

事件の重さに対して〈彼〉の態度はあまりに軽い。とても四十三人を殺した人間の振る舞いではない。

やはり、サイコパス、良心が欠落した人間なのか。

「お前、自分のしたことが分かっているのか？」

思わず口にした問いに、〈彼〉は平然と答える。

「ええ。たくさんの人を殺しました」

「たくさんのお年寄りを殺したんだ！」と大友は怒りを込めて言い直す。「身体が不自由で、生活に助けを必要とし、大した抵抗もできないお年寄りを殺したんだ！」

しかし、〈彼〉は涼しげに頷いた。

「そうです。殺すことで彼らと彼らの家族を救いました。僕がやっていたことは介護です。喪失の介護、『ロスト・ケア』です」

救った？　介護？

抵抗できない老人を殺すことを介護だと言うのか？

言葉を失った。

怒りや恨みによって理性をなくしているようには見えない。開き直っている様子もない。

何なんだ、この男は？

「いや、一人は違うな。そうだ検事さん。八賀市の北にある雲雀丘の奥の雑木林を探してください。トランクに死体の入った車が乗り捨ててあります。昨日、殺してしまいました。僕はこっちがばれたんだと思ったんですけどね」

どこか自嘲気味に〈彼〉は言った。先ほど言った「昨日の事」とはこのことなのか。

〈彼〉は淡々と供述を続けた。

「この一人だけは、イレギュラーです。ノートにも書いてません――」

大友は、午後に入り取り調べが一段落したところで、郷田検事正と柊次席検事に報告を入れた。

〈彼〉は犯行を自供し、全ての質問に素直に答えている。まだ任意による事情聴取にも拘わらず、状況としてはいわゆる完落ちだ。ここから先の裏付け捜査には県警との連携も必要になる。

大友が取った供述を元に、柊が県警の上層部へ連絡を入れ折衝を行った。

いきなり爆弾を落とされた県警側は生き肝を抜かれたような騒ぎになったようだ。それに乗じて柊が今後の取り調べと裏付け捜査は、地検の指揮で行う方針をまとめてしまった。県警に対してかなりの貸しを作れそうな見通しに、郷田は「案ずるより産むが易しだな」などと言って顔をほころばせていた。

さしあたって、地検の側は大友を中心に取り調べによって事実関係の確認と動機の解明を行い、県警はそれを踏まえた裏付け捜査を行うことになる。

県警はすぐさま〈彼〉の自宅と雲雀丘の雑木林の捜索を始めた。ほどなくして、供述の通り、雑木林の奥に乗り捨てられた白いセダンが見つかり、そのトランクに死体が隠してあったという報告が入った。

死体の身元は団啓司、五十九歳。フォレスト八賀ケアセンターのセンター長を務めていた人物だという。

午後四時二十分、これを受けて大友は、死体遺棄の容疑で〈彼〉――斯波宗典に対する最初の逮捕を行った。

「――裁判の前であっても、あなたには弁護人を選任する権利がある。また、被疑事実に対して弁解することができる」

法に定められている通りの権利の告知をしたが、「弁護士はいりません。弁解もありません」と、斯波は笑みを浮かべて放棄した。

髪は白く、目はくぼみ、顔には深い皺が刻まれている。見た目はまるで老人だ。しかし従業員名簿の生年月日の欄には一九七五年十月の生まれとあった。満三十一歳。大友と同学年だ。

酷く老けたこの男は、四十人以上の人を殺し、それを介護だと言っている。

何なんだ、この男は？

疑いをかけてから逮捕までは予想もしていなかったスピードで進んだ。しかし、その答えは未だに片鱗すら見えていなかった。

斯波宗典

二〇〇七年　八月一日

同日、午後十時三十八分。斯波宗典は制服姿の警察官二名に前後を挟まれて、階段を降りていた。

X県警本部。地検で逮捕されたあと、この建物に移送された。どうやら今日からここの留置室で生活することになるようだ。

前と後ろを歩く警察官は、余計なことはひと言も喋らない。緑色のウレタン樹脂を塗られた床が、三人分の足音をぺたぺたと響かせている。

階段の踊り場を通る。

踊り場には鏡が据え付けてあった。下の方にかすれた赤い文字で小さく〈ライオンズクラブ寄贈〉と書いてある。

鏡に映る男が父ではなく自分だと気づくまで、わずかに間《ま》が掛かる。

真っ白になった髪の毛、皺の刻まれた張りのない肌、少し厚めの唇、くぼんだ眼窩の上の眉は父のそれと同じカーブを描いている。大学を出るまでは年相応の見た目だったが、その後、父の介護をしているうちに玉手箱を開けたかのように老け込んでしまった。その姿は記憶の中の父とよく似ている。

五年前、フォレスト八賀ケアセンターの門を叩いたときは二十七歳だったが、とても二十代には見えなくなっていた。面接をしたセンター長の団は、自分の半分ほどの歳で同じ総白髪になってしまった斯波を訝《いぶか》しむことなく「苦労したんだね」と言ってくれた。団……優しく真面目な善い人だと思っていた。一人の介護職員として尊敬もしていた。それだけに、昨夜、いきなり襲われたのには驚いた。いや、普段、真面目に振る舞っていたからこそ、悪事がばれたときの動揺が大きかったのか。

団を突き飛ばしたときの感触はまだ手の平に記憶されている。

いきなり襲いかかられ反射的に抵抗した。こちらは見た目は老人でも中身は三十代の男だ。

斯波に突き飛ばされた団は仰向けに倒れた。ちょうど沿道に積まれていたコンクリートブロックの角が彼の後頭部をえぐった。

もののはずみ、打ち所が悪かった——そんなふうに言えばそれまでだが、彼は倒れたきり動かなくなってしまった。

無論、殺す気などなかった。

奪わなくてもいい命を奪ってしまったという悔いはある。だが今となってはもう詮無《せんな》きことだ。

事務所で預かっている鍵のコピーを作っている人間が自分以外にもいると気づいたときは、妙な興奮を覚えた。よりによってコピーキーが作られていたのは次に『ロスト・ケア』の『処置』をしようと考えていた梅田久治の家だった。

誰が何のためにコピーキーを作ったのか確かめずにはいられなかった。『処置』に万全を期すためが半分、もう半分は単純に興味だ。

十中八九つまらない物盗りだとは思ったものの、もしかしたら自分以外にも『ロスト・ケア』と同じようなことをしている者がいるのかもしれない、そんな期待にも似た思いで探偵の真似事をしてみた。

特に団のように真剣に介護に取り組む人間なら、その可能性があるかもと期待した。果たして昨夜、団が現れはしたものの、やっていたのはつまらない物盗りだったようだ。団が梅田の家へ忍びこんだあと、斯波は車から中の様子を聞いていた。盗聴器を仕掛けておいたのは梅田が眠る寝室だが、物音はほとんど聞こえなかった。つまり団は家には忍びこんだが、梅田には近づいていないということだ。

出てきた団を問い詰めてみたら、消え入りそうな小さな声で言い訳じみたことを言っていた。「魔が差してしまったんだ」と言っていたような気がするが、他の部分はよく聞き取れなかった。

団にどんな事情があったのかは知らない。金に困っていたのか、ストレスからなのか。案外、新車のローンが払えなかったといったような理由かもしれない。

責任者とはいえ、労働環境の悪さも給与の安さも斯波のような一般職員と変わらない。管理職としての責任がある分、よりつらいくらいだ。その上、フォレストが処分を受けてからは、いわれなき中傷を受けるような状況だ。本人が言う通り魔が差したとしても、そんなに不思議なこととは思わない。

ともかく結果的に団を殺してしまった斯波は、『ロスト・ケア』を続けるために、その死体を隠すことにした。

団の車のトランクに死体を詰めた。さすがに高級車に分類される車種だけあって、トランクルームには大人の身体をしまうだけの広さがあった。斯波は団の車を雲雀丘の奥まで走らせて雑木林に放置した。あの辺りには滅多に人は来ない。永遠に隠せるかはともかく、時間は稼げると思った。

そして歩いて戻り、梅田久治宅のそばに駐めていた自分の車で自宅へ戻った。走れば何でもいいと思って中古で買ったみすぼらしい斯波の愛車は、白いセダンということだけ、団の車と共通していた。

全て済んだとき、もう夏の短い夜はとうに明けていた。心身共に疲れており、とても仕事に行くことができなかったので、欠勤の連絡を事務所に入れて自宅のベッドに倒れ込んだ。

犬とカリフラワーが訪ねてきたのは、その数時間後だった。

階段を降りきり、長い廊下を歩かされる。

やがて、鉄格子に囲われた狭い部屋の中に押し込まれた。

留置室。小さな曇り窓が一つだけついた狭くて殺風景な部屋だった。

看守だという警察官から一日の時間割を渡された。起床は午前七時三十分、就寝は午後九時と定められていた。すでに就寝時刻を過ぎているから、早く寝るようにと言われた。

時間割を見る限り、二交代制の介護職で働くより、留置室の方が十分に睡眠を取れる規則正しい生活を送れるようだ。

しばらくここで寝起きしながら、警察と検察の取り調べを受けることになるのだろう。

その次はいよいよ裁判だ。

『ロスト・ケア』はもう続けることができない。だが、重要なのはここから先だ。

やるべきことをやると決めた。

自分にできることなんて、ほんのわずかだとしても。それでも、やるべきことをやる。

これは戦いだ。せめて一矢《いっし》報いる。

後悔はない。

全て予定通りだ。

決意と共に、斯波は留置室の中で眠りについた。

羽田洋子　二〇〇七年　八月十五日

十四日後、午前九時二十分。羽田洋子はX地検本庁の検事室を訪れた。

心不全で死んだはずの母が実は殺されていたと知らされたのは先週末。自宅に二人組の刑事がやってきて、そのことを告げた。よく晴れて朝から暑い日だった。まさに青天の霹《へき》靂《れき》だった。

そして今日、参考人として地検に呼ばれた。

終戦の日。今日も暑い。八月に入ってから日本列島は猛暑に襲われている。ラニーニャ現象というなんだか可愛らしい名前の自然現象の可愛くない影響らしい。

初めて足を踏み入れる検察庁は、市役所などとほとんど印象が変わらない「お役所」だった。

正面に座る検事は三十前後だろうか、真夏だというのにネクタイをきっちり締めた若い男だった。机の上の物は辺が揃えて並べられており、几帳面な人柄がうかがえる。

その脇でノートパソコンを広げている事務官も同じくらいの年頃だが、こちらはタイを緩め腕もまくっていた。「もやし」という形容がぴったりきそうな痩せたメガネの男だ。

「早速ですが、昨年、十一月四日のことをおうかがいします――」

大友と名乗ったその検事はそんなふうに切り出した。

洋子は尋ねられるままに、先週末、訪ねてきた刑事たちにしたのと同じ話をした。

「斯波は寝室のコンセントに三つ叉タップ型の盗聴器を仕掛けていたようですが、気づきませんでしたか？」

「いえ、そう言われればそんなものが差してあった気もしますが……、分かりません」

犯人は斯波宗典。週二回頼んでいた訪問入浴サービスのスタッフだったという。写真を見せられ、見覚えがあった。白髪の男。見た目から年配のスタッフだと思っていたのだが、洋子より年下だと聞かされ驚いた。

この斯波が仕事で訪問した際に盗聴器を仕掛け、洋子と母の生活パターンを探っていた。そして洋子が家を空ける時間を特定し、犯行に至ったのだという。改めて聞かされると、ずいぶんと気味の悪い話だ。

「私どもは、斯波に対して極刑を求める方針です」

当日の様子の聞き取りが一段落したところで、検事が言った。

極刑。つまり死刑だ。斯波は洋子の母以外にも何人もの老人を同じ手口で殺していたという。死刑の相場というものがあるのかどうか分からないが、たくさん人を殺したのなら死刑になるだろうとはぼんやりと思う。

「つきましては、羽田さんの被害者遺族としての想いも調書に加えさせていただきたいと考えています。かまいませんか？」

「ええ」

頷きつつも、被害者遺族という熟語はどこか他人事のように聞こえた。

「お母さんが殺されていたと知ったとき、どのように思われましたか？」

検事の声のトーンはわずかに低くなった。

質問に答えようと頭を働かせたが、うまく言葉にならなかった。

私はどう思っているの？

しばらく言いよどんでいると、検事は少し困ったような表情になって質問を変えた。

「羽田さん、あなたは足の骨折がきっかけで介護が必要になったお母さんの面倒を献身的にみられていましたね？」

「……はい」

嘘はない。文字通り、母の介護に身を献《ささ》げていた。

「それほどまでに献身的になれたのは、あなたにとって、お母さんがまさに最愛と言うべき存在だったからですね？」

「……はい」

やはり嘘はない。息子と母、どちらが最愛か比べることはできないが、かけがえのない存在だった。

「そんなお母さんが殺されていたのです。しかも盗聴器を使ってプライバシーまで侵され、自然死に見せかけるという卑怯な手段で殺されていたのです」検事は一刹那《いちせつな》、言葉を切り語調を強めた。「とてもくやしく、無念ですよね？」

「……はい」

検事の語気に飲まれるように肯定してしまったが、これはたぶん嘘だ。

洋子の心には「くやしさ」も「無念」もないのだから。

母が死んだあの日、洋子の胸に一枚のコインが落ちた。表には地獄のような介護の日々から解放されるという安堵、裏にはわずかばかりの喪失感。背中合わせに貼り付いた二つの感情。

洋子には母の死をきっかけに様々な事柄が好転した実感がある。介護から解放されることで、肉体的にも精神的にも、そして経済的にもぐっと楽になった。母の介護費が要らなくなり支出は減り、働ける時間が増えたので収入は増えた。この四月に息子の颯太が小学校に入学してからは、市内の小さな印刷会社の事務員としてフルタイムで働いている。週末出勤しているスナックの常連客が世話してくれた仕事だ。決して楽な生活をしているとは言えないが、母を介護していたころと比べれば、ずっとましになっている。その証しのように、つい息子に手をあげてしまうようなことはなくなった。

だからこそ、母の死は無念な死などではあって欲しくない。

嘘でもいいから母は天寿を全《まっと》うしたと思いたい。それが掛け値なしの本音だ。

「羽田さん、大丈夫ですか？」

検事からハンカチを差し出された。

気がつけば、両目からぼろぼろと涙がこぼれていた。

「すみません」

受け取ったハンカチで目頭を拭う。ハンカチは高級品と分かる優しい肌触りで、かすかに柔軟剤の香りがした。

そうか、この人は上等なハンカチを柔軟剤を効かせて洗うような生活しているんだ、住む世界が違うんだな。

そんな、全く関係のない余念が頭をよぎってすぐに消える。

「お母さんのことを思うと、そうやって涙があふれてしまうほど、くやしいのですね？」

検事は見当外れなことを言う。

「………」

「どうしました？」

「……私、救われたんです。たぶん、母も」

やっと、それだけを口にできた。

母の死によって洋子が救われたのは間違いない。そして身も心も自由を失い、尊厳を剝ぎ取られたままに生きていた母にとっても、やはり救いだったのではないだろうか。救われている以上たとえ失われたとしても、母は被害者ではないし、洋子は被害者遺族ではない。くやしさも無念もあるわけがない。

検事の表情がこわばるのが分かった。そして彼は眉間《みけん》に皺を寄せて言った。

「それは、あまりにも過酷な介護から救われたということですか？」

「はい」

その通りだった。

検事はしばらく黙っていたが、やがて意を決したように口を開いた。

「……その感情が理解できないとは言いません。しかしその言葉は、あなたがお母さんの死を望んでいたと解釈される可能性があります」

検事は、つらそうな、本当につらそうな表情を浮かべていた。

きっと優しい人なんだろうな、と思う。

「この部分は調書に加えません。いいですね？」

「はい」

頷いた。そうすべきだということぐらいは分かる。

「お母さんを理不尽に殺した犯人に、怒りを感じますね？」

「はい」

検事は「献身的に支えてきた母を殺された被害者遺族」の調書としてつじつまの合う心情を言葉にしてくれる。洋子はただそれに頷いた。

かつて私は自分が母を見捨てるような酷い人間ではないことを証明するために、本当は逃げ出したい介護から逃げずに耐え続けた。

同じように今、私は自分が母の死を望むような酷い人間ではないことを証明するために、本当は救いだった死を無念と言い換えるのだ。

これは呪いだ。

死して尚、私を縛る母の呪い。

けれど、この呪いに縛られないなら、人ではないのかもしれない。コインの裏と表を剝がせぬように、人は否応なしにこの呪いに縛られるのかもしれない。

洋子にとって何よりも気がかりなのは、すでに過去になった母のことではなく、未来の息子のことだ。

いつか私も呪いで息子を縛るのだろうか？

大友秀樹

二〇〇七年　八月十七日

二日後、午後二時三十二分。大友秀樹は逮捕以来三回目の斯波宗典に対する取り調べを行っていた。

刑事部と公判部の役割分担がないX地検では、大抵の事件は取り調べから公判までを一人の検事が担当する「主任立会《しゅにんりつかい》」で処理をする。しかし、今回に関しては事件の規模に鑑《かんが》み、起訴までの取り調べを中心とした真相究明を大友が担当し、起訴後の公判は次席検事の柊が担当することになった。

また、被害者の数からすれば当然だが、第一審死刑判決を目標にすることがすでに申し合わされていた。

大友の役割はその道筋を作ることだ。

現在、斯波は団啓司の死体遺棄の容疑で逮捕勾留している形で、マスコミでも介護職員同士のトラブルにより発生した傷害致死事件と報道されている。だが、もうすぐ勾留期限がくることもあり、明日にでも裏付けが進んでいる数件の殺人容疑で再逮捕し、おおよその事実を記者発表する予定だった。

発表後はかなりの騒ぎになることが予想され、県警と地検の広報はすでに対応を協議している。

斯波の態度は、検察に対しても警察に対してもきわめて協力的で、取り調べでは聞かれたことに素直に答えている。また自宅から押収したノートには斯波が犯した殺人についての細かい記録があり、これらを元にした裏付け捜査も順調に進められていた。

斯波は自供した四十三件の殺人のうち、最後の団啓司に対するものだけ殺意を否定した。事務所に自分と同じように利用者宅のコピーキーを作っている者がいることに気づき、それが団であると突き止めた。そして利用者宅に侵入していた団を問い詰めたところ、襲われて反射的に反撃したという。

実際に団のものと思われる小さなスポーツバッグから、利用者宅の鍵と、くすね取ったと思われる現金が見つかっている。現場とされる路上の隅に、団が振り回したとされる金槌も落ちていた。侵入の際に団が護身用に用意していた物のようだ。

斯波による偽装工作が行われている可能性はゼロではないが、だとするとこの一件だけそんな手の込んだことをして殺意を否定する意図が分からない。大友は事実関係については斯波の言っていることの信憑性は高いのだと考えていた。

団啓司の一件のみが殺意のない傷害致死、その他の四十二件の要介護老人は殺意を持って行った殺人――と、ここまでは斯波の証言と大友の読みは一致している。

だが、問題はその先、殺人の動機だ。

身体の不自由な殺しやすい者を狙った犯行。目的は殺害それ自体。他人の生殺与奪の権を握り、幼稚な万能感に浸りたいがための卑劣な連続殺人。――こんな筋読みが大友にはあった。そして、そのような犯行に及ぶ者は良心が欠落したサイコパスではないかという予感を得ていた。

しかし実際に逮捕された斯波は、介護の負担が重く本人も家族も苦しんでいる者を選んで殺したと主張した。『ロスト・ケア』などと名付け、殺人であると同時に介護であり、本人と家族のために殺したとまで言っているのだ。目的は殺害それ自体だが、大友が想定していたものとは全く意味が違う。

「検事さん、あなたたちがどんな判断を降そうとも、僕は正しいことをしました」

この日も斯波はそう力強く言い放った。

これは犯罪《クライム》を犯したことは認めたとしても、罪《シン》は背負わないという宣言だ。

もしこの男を真の意味で裁くなら、人として罪を背負わせ後悔させなければならない。罪悪感を負わせなければならない。

「実の父親を殺したことも正しいというのか？」

大友は証拠として押収した斯波のノートの一冊目の一ページ目を開いて言った。

そこには、二〇〇二年十二月二十四日という日付と〈父を殺した〉という一行だけがある。今から五年前の聖夜に行われた尊属殺人《父殺し》。それが斯波が犯した最初の殺人だ。

「そうです」

斯波は短く答えた。動揺も淀みもない。

「男手一つでお前を育ててくれた父親を、その手にかけることを正しいというのか！」

大友は意図的に強い口調で詰難する。

斯波は幼いころに事故で母を亡くし、父親は唯一の親族だったという。歳の離れた父子で年齢差は四十七、奇《く》しくも大友と父の年齢差と同じだ。

このたった一人の肉親を殺したことが、一連の連続殺人の源泉であることは間違いない。

「はい。何度、思い返しても正しいとしか思えません」

斯波は言い切った。やはり淀みはない。その落ち着きぶりに逆に大友の方が動揺を強いられる。喉の奥にひりつくような渇きを感じた。

「なぜだ。なぜ、平然とそんなことが言える？」

大友はこわばりかけた喉をふるわせ問いを絞り出す。

斯波は目を伏せると、淡々と語り始めた。

「父は一九九九年に脳梗塞で倒れました。かなり危ない状態で、緊急手術をしたんです。僕は手術が成功して欲しい、父に助かって欲しいと一心に祈りました。それが通じたのか、父は一命を取り留めました。あのときは嬉しかった。奇跡が起きたとすら思った。父の身体には後遺症が残ったけれど、僕が精一杯介護して支えようと誓ったんです。でもね、甘かった……そこから先の三年間は、地獄でした。

僕の見た目はまるでお爺さんでしょう？　髪は真っ白だし、肌はかさかさで皺だらけだ。まあ、元々老けていた方ですけど、父の介護を始めるまでは、ここまでじゃなかった。たった三年間でこうなったんです」

斯波は白い髪の毛をかき上げる。

心労やストレスで白髪になるという話はまま聞く。妻の玲子も最近、引っ越しと家事育児の心労のせいか白髪が目立つようになった。

だが三十男が総白髪になり、老人にしか見えなくなるとは、やはり異常だ。

地獄、とは一体どんな経験だったのか。

大友が問うまでもなく、斯波は供述を続けた。

「元々認知症の気《け》があった父は身体を不自由にしたことで急速に精神を変質させていきました。正体をなくし、わけが分からないことを言うようになり、昼夜を問わず麻痺した半身を引きずって徘徊するようになったんです。

そんな父の面倒を独りで見るのは大変でした。そう、本当に大変だった。

認知症になった父は気分のアップ・ダウンが激しくなりました。落ち着いているときは穏やかで物わかりが良いのに、興奮すると手がつけられないほど攻撃的になるんです。僕が一生懸命世話をしても感謝の言葉もくれず、酷い暴言でなじってくるようなことも度々ありました。それでも、僕を僕だと分かってくれてるときはまだましだったんです。

認知症が進行するにつれ、父はときどき僕のことを忘れるようになりました。世話をしようとする僕を見て『誰だお前は！』って怯えるんです。

僕が精一杯支えると誓った父は、たった一人の家族のはずでした。でも認知症はそのことすら塗りつぶしてしまうんです。心を込めても通じないし、どれほど尽くしても報われない。……たぶんこの世にこれよりつらいことはありませんよ。

もし誰か親身になって力を貸してくれる人がいれば、また違ったかもしれない。でも、僕にはそんなあてはなかった。独りでやるしかなかったんです。

物理的な問題として、時間も金もかかりました。介護と両立できる仕事は限られます。長い時間家を空けられないのでフルタイムで働くことはできません。家の近くで時間の融通の利くアルバイトをするしかありませんが、それでは生活を成り立たせるだけの収入を得ることができませんでした。いつの間にか父の貯蓄も底をつき、生活は困窮していました。

やがて僕は生まれて初めて、まともに三食たべられないという事態に直面しました。飢えるなんてことは、アフリカとか東南アジアとかのどこか遠い国の話だと思っていたのに、笑えるほど簡単にそれは我が身に降りかかってきたんです。

僕はずいぶん迷ったすえに生活保護を申請することにしました。生活保護を受けるって、人間失格の烙印を押されるような気がしてずっとためらっていたんです。まあ、結果としては杞憂《きゆう》でしたけど。だって受けられなかったんですから。背に腹はかえられないと思って、意を決して申請に行ったのに。

福祉事務所の窓口で『働けるんですよね？　大変かもしれませんが頑張って』と励まされただけでした。だけど僕にはこれ以上、何をどう頑張ればいいのか分かりませんでした。

このとき、僕は思い知ったんです。この社会には穴が空いている、って。

基礎的なインフラが整い、一見豊かなこの国では、その穴の存在に気づきにくいんです。事実、僕は東京でフリーターをしてたときは、そこそこの生活ができていました。でも、それは穴の縁《ふち》をぎりぎりのバランスで歩いていたようなものだったんです。

父が倒れ、介護という一押しが、僕ら親子を穴に落としました。

気づいたときはもう遅いんです。一度落ちてしまえば、この穴からは容易に抜け出せない。

貧すれば鈍するって、あれ本当ですよ。穴の底で膝を折り手をつき、重い重い家族を支えていると、おかしくなってくるんです。

あれはいつだったかな、ご飯を食べさせていたら父がお茶か何かこぼしたんです。そしたら記憶が飛んで……気がつけば父は頬を赤くして目から涙をこぼしていました。何が起きたんだ？　と思ったらパチパチ音がする。そしてやっと、僕の手が父の頬を何度も叩いていることに気づきました。もう自分の意志がどこにあるのか分からない。ただ、自動的に手が動いて父を叩いているんです。

この手が。

一度は父を支えようと誓ったこの手が、叩いているんです。

こんなことが何度も起きるんですよ。これはもう人間の生活じゃない」

斯波の言葉はいつの間にか熱を帯びていた。一度言葉を切り、「ふう」と大きく息をついた。長く喋ったせいか、かすかに喉ぼとけの辺りが上下に揺れている。

「だから、父親を殺したのか？」

大友は表情筋を可能な限り制御して怒りの形相を作り、斯波を睨み付けた。

耳の奥がうずいた。

斯波の境遇は同情に値する。この社会に穴が空いているという斯波の言は正しいのだろう。大友は刑務所に入るために万引きを繰り返す老婆を知っている。介護とうそぶき近づいてきた親族に殺された独り暮らしの老人を知っている。徘徊中にトラックにはねられた認知症の老人を知っている。

だが、だからといって人殺しを肯定するわけにはいかない。犯罪を社会のせいにできるなら、司法制度などいらなくなる。

答えを待たずに大友は続けた。

「お前はつらい介護から逃げ出すために父親を殺したということだ。どれだけ事情を並べても、お前が身勝手な犯罪者であることに変わりはない！」

斯波はまるでそんな反応を予測していたかのように頷いた。

「検事さん、あなたがそう言えるのは、絶対穴に落ちない安全地帯にいると思っているからですよ。あの穴の底での絶望は、落ちてみないと分からない」

安全地帯――かつて佐久間に言われたのと同じ四字熟語を耳にし、思わず凍り付いた。

耳の奥のうずきが強さを増した気がする。中耳はじくじく痛み、耳鳴りはわんわんと響く。

歳の離れた父に介護が必要な状態になったという点で、斯波と大友は同類だ。ただし大友は父を高級老人ホームに入れることができたが、斯波は独りで抱えなければならなかった。同じ国で同じ状況にありながら、めまいすらする彼我《ひが》の差に、後ろめたさが涌いてくる。即座に反論することができなかった。

そんな大友の内的な事情を知ってか知らずか斯波は続ける。

「もちろん、僕はあのつらい介護から一日も早く解放されたいと思っていました。自分のために父を殺したことは否定しません。でも、それと同時に父のためでもあったんです。

父は僕に言ったんですよ。『もう十分だ、殺してくれ』って。介護生活を始めて四回目の十二月でした。その日は比較的安定していて、自分のことも僕のことも分かっていたようでした。こんなときの父は自分が認知症になっていることも自覚していました。『俺はもう身体だけじゃなく、頭もおかしくなっている。そのせいでお前を苦しめてるんだろう？　俺はもうそんなふうにして生きていたくないよ。もう十分だ。もうこの先は生きてても俺もお前も辛いだけだろう。だったら終わりにしたい。殺してくれ』父はそう言って泣きました。

僕は『分かった、殺すよ』と答えました。すると父は満足そうに少し笑って言ったのです。

『ありがとう。俺は、もうわけが分からなくなってるから……。伝えられるときに伝えておくよ。お前がいてくれて幸せだった。俺の子に生まれてくれて、ありがとう』と。

あの言葉はまだ一言一句覚えています。

このとき僕は気づいたんです。たとえ年老いて身体機能が衰え自立できなくなっても、たとえ認知症で自我が引き裂かれても、人間は人間なのだと。ときに喜び、ときに悲しみ、幸福と不幸の間を行き来する人間なんだと。

そして、人間ならば、守られるべき尊厳がある。生き長らえるだけで尊厳が損なわれる状態に陥っているなら死を与えるべきだと。

殺すことで、父に報い、そして自らも報われるのだと思いました。

それからおよそ一週間後、僕は父を殺しました。少し時間がかかったのは、注射器を入手するためです。

最初は首を絞めようとしたんですが、どうしてもやりきれませんでした。救いなんだと、尊厳を守れるんだと、報われるんだと、何度自分に言い聞かせても、肉親を手に掛けるそのときは心が壊れそうになるもんです。

できることなら誰かに代わって欲しかった。もし死神というものがどこかにいるなら、こんなことになる前に父の命を奪って欲しかった。でも、こうなったら僕がやるしかない。

そこで僕は少しでも直接手を触れないで済む毒殺を思いついたんです。煙草の吸い殻の入った飲み物を誤飲して子どもが死ぬ事故をときどきニュースで耳にします。だから、しっかりニコチンを抽出して直接注射すれば、大人でも殺せると思ったんです。素人考えでしたが、結果的には上手くいきました。

ちょうどクリスマス・イブの夜でした。

この日の父は、僕のことが分からないようで、注射器を持つ僕に『えーと、どちら様ですかな？』と尋ねました。見知らぬ白髪の男としか認識していなかったと思います。抵抗しなかったところをみると、医者だと思ったのかもしれません。

注射は首を絞めるよりもずっと簡単でした。適当に針を刺して、ピストンを押すだけで父は死にました。あっけなく。

今わの際に一瞬、苦悶の表情を浮かべたから、全くの安楽ではなかったのかもしれません。それでも、あのまま生き続けるよりよっぽど安らかに父は逝けたのだと思います。

僕は正しいことをしたのだと思っています」

話の途中、洟《はな》をすする音が聞こえた。見ると供述をタイプしている椎名の目元が赤くなっていた。

大友にも込み上げるものはあった。

だが、感情的に斯波に引きずられてしまえば、罪を問うことなどできなくなる。

耳の奥で痛みと耳鳴りはますます大きくなる。これほど強くうずくのは初めてだ。それに負けない強さで奥歯を嚙みしめた。

流されてはいけない、負けてはいけない。

「なぜ、そこで終わらなかった？」当然、問わなければならないことだ。「今の供述通りなら、お前の父親に対する殺人は嘱託殺人だ。普通の殺人罪よりずっと罪は軽い。酌むべき情状もある。なぜ、そのあと、何人もの人の命を殺《あや》めたんだ！」

斯波は苦笑いした。

「ばれなかったからですよ。僕は警察に電話して『父が死にました』と告げました。当然逮捕されると思っていました。でも自宅に来た警官は半ば放心してろくに質問に答えられない僕に何の疑いも抱かず、父の死を自然死と断定しました。

僕はこのことに運命のようなものを感じました。僕が見逃されたのは、きっとやるべきことがあるからだ、と。

この時代に生まれ、こんな経験をした僕だからこそ、やるべきことがあるんだ、と」

斯波の言い分は、まるで敬虔な信徒のようだ。

召命《しょうめい》、という言葉がある。神に選ばれ使命を与えられるという意味だ。父親殺しが見逃されたことは、斯波にとっての召命だったとでもいうのか。

「その『やるべきこと』というのが、介護の必要なお年寄りを殺して回ることだというのか」

斯波はすまし顔で頷く。

「そうです。だから僕は父を見送ってすぐにヘルパーの資格を取り、フォレストの求人に応募しました。高齢化と少子化が同時に進むこの国では、僕と父のような人がたくさんいると思いました。いや、事実いた。介護の仕事に就いて知った現実は、想像以上でした。

穴の底で、愛情と負担の狭間で、もがき苦しんでいる人がいくらでもいた。しかも世間はその穴を埋めることもせず、想像力を欠いた良識を振りかざし、そんな人たちを更に追い詰めるんです。

『ロスト・ケア』は、そんな人たちを救う手段です。

僕はかつての自分が誰かにして欲しかったことをしたんです。

警察の検視にどんな事情があるのかは知りません。でも僕は経験的に老人に対する毒殺は発覚しにくいことを知りました。老人を毒で殺して、自然死したように装えばまず疑われない。

それを知った僕は『ロスト・ケア』という究極の介護で、かつての僕と父のような家族を救おうと思ったんです。できるだけ長く、多く、限界まで続けようと思いました。

もちろん、それでもいつかはばれて捕まる日は来るだろうと思っていました。ええ、実際にその日は来た。あなたがうちに来たあの日です。

人を殺すことが犯罪だということは重々承知しています。それでも僕は正しいことしかしていません。だから僕は、もしいつかこの『ロスト・ケア』が人に知られる日が来たら、隠すことなく堂々と主張しようと思っていました。

検事さん、あなたたちが法律で僕をどのように裁こうとも、僕は正しいことしかしていません」

斯波は力強く言い切った。

大友は息を呑む。

これは黄金律だ。

奇しくもフォレストが経営する老人ホームにモットーとして掲げられていた聖書の一節。

人にしてもらいたいと思うことは何でも、あなたがたも人にしなさい。


自らがして欲しいことを人にせよ――全ての法と倫理に通じる根本原則。知識としてそうだと知らなくても、この男の行動原理は黄金律に他ならない。だからこそ、堂々と自分は正しいと主張するのか。この男はまさに辞書的な意味での「確信犯」じゃないか。

裏付け捜査でも、斯波が殺した老人の家庭では例外なく介護が重い負担になっていたことが分かっている。被害者遺族の中には、先日参考人として調書を作った羽田洋子のように、「救われた」という本音を漏らす者もいる。

しかし。

しかし、たとえどれほど立派な信念に基づいていようとも、救いのための殺人など認めるわけにはいかない。検察官という立場においても、また大友個人の倫理においても。

「いや、お前は間違っている！」

大友は否定の言葉を吐いた。

斯波はまっすぐに視線をよこす。

大友は精一杯の言葉を振り絞った。

「死による救いなどまやかしだ！　その死は諦めに過ぎない！

お前の言う通り、たとえ認知症になっても人間は人間だ。人間なら守られるべき尊厳があるのもその通りだろう。だからこそ、殺すことは間違っている！　救いも尊厳も、生きていてこそのものだ。お前も、お前の父親も、死を望んだんじゃなく命を諦めたんだ！　お前だって、本当は父親を殺したくなんかなかったはずだ。首を絞めることができなかったのがその証拠だ。人には生まれながらに持っている善性というものがある。人は人を殺すことに無条件で罪悪感を覚える、相手が肉親なら尚更だ。

お前は勝手な理屈を弄《ろう》して、その罪悪感に蓋をしているだけだ。死を与えるということは、救いのための選択肢も、尊厳を守るための努力も、全て投げだし諦めるということだ！　まして、お前に他人の命を諦めさせる権利など、あろうはずがない！」

性善説――。

人の性《さが》は善だという大友の持論。人は善なるものを求める生き物だ。それはきっと、斯波にも当てはまるはずだ。だから、精一杯訴えかけた。斯波の魂の奥の善性まで届けと訴えかけた。

斯波は一瞬、驚いたように目を見開いたあと、笑った。

けたたましく、けたたましく、笑った。

「検事さん、なんて素晴らしい模範解答だ！

生きていてこそ？　善性？

そんなことが言えるあなたは、やっぱり安全地帯にいるんですよ。豪華客船の上から、寄る辺なく溺れる者に命だ善だと説教しているんですよ。素晴らしい、本当に素晴らしい！　僕もできるならそんな立場になりたかった。

もしも死が救いでなく諦めだとしたら、諦めた方がましだという状況を作っているのは、この世界《あなたたち》だ！

もしも僕が本当は父を殺したくなんかなかったとしたら、殺した方がましだという状況を作ったのは、この世界《あなたたち》だ！」

叫ぶ声は、剣のように容赦なく大友に襲いかかってくる。

不意に、初めて書物としての聖書に触れたときのことを思い出した。ほとんどは作りごとに思えた記述の中に見つけた、真実と思える言葉。

――正しい者は一人もいない。

原罪。不完全な人の有り様《よう》を罪と断じる言葉。しかしそれは紛れもなく善を求める言葉だ。

とっさに二の句が継げない大友に、斯波は声のトーンを下げて言った。

「それにね、検事さん。あなたがそんなことを言うのは二重に滑稽ですよ。だってあなたは、僕を死刑にするためにこうして取り調べをしているのでしょう？」

危険球は唐突に飛んでくる。

「げ……現時点では、まだ求刑も……、起訴するかすら、決まっていない……」

つかえながら答えたのは、自分も騙せない嘘だった。

斯波はあからさまに鼻で笑った。

「四十三人も殺しているんですよ？　僕は死刑になる。法律に詳しくなくたって分かりますよ」

斯波はさらりと自分の未来を予言した。そしておそらくそれは正しい。

斯波は続ける。

「僕が人殺しなら、あなただって人殺しですよ。検事さん、もしあなたの言う通り、人が人を殺すことに無条件で罪悪感を覚えるなら、それに蓋をしているのはあなたも一緒だ。つまりね、検事さん、こういうことですよ。この世には罪悪感に蓋をしてでも人を殺すべきときがある」

「違う！　お前のような個人の人殺しと、法システムによる死刑は全く別ものだ！」

大友は自分に言い聞かせるかのように叫んだ。

斯波は笑って言った。

「同じですよ、検事さん。死刑で犯罪者を殺すのは、世のため人のためなのでしょう？　だから正しい。だから罪悪感に蓋ができる。僕だって世のため人のために、老人を殺したんです。何も違いません」

そんな話はしていない！――という言葉を大友は飲み込んだ。そもそも、これが何のための取り調べなのか、もうずいぶん前に見失っている気がした。

耳鳴りはかつてない騒がしさで鳴っていた。

思い通りの答えは何一つ引き出せなかった。

被疑者が完落ちしているにも拘わらず、言葉を重ねる度に苦く粘つく敗北感がべっとりと喉の奥に貼り付いた。こんな取り調べは初めてだ。

はっきりと分かったのは、予感は外れたということだ。

斯波はサイコパスなどではなかった。


この日のあとも、大友は幾度も斯波への取り調べを行うが、結局、斯波に罪を背負わせることはできずに終わった。斯波は人を殺した事実は完全に認めているものの、鳥の羽根ほどの罪悪感すら負っていないように思えた。

敗北だ。

無論それは大友のごく私的な敗北であり、地検そのものは一審死刑判決という勝利に向かって順調に走っていった。

事実関係の裏付けが十分に重なった時点で、事件は次のフェーズに移行する。動機が気に入らないからといって、起訴状を起案しない権利は大友にはない。

二〇〇八年二月、逮捕から半年ちかく経て、大友は斯波宗典を十分に裏付けの取れた三十二の殺人と一件の傷害致死の容疑で起訴した。これをもって、事件は大友の手を離れた。

しかしやがて大友は気づくことになる。

斯波が老人を殺し続けた動機は、取り調べで語ったことが全てではなく、本当の目的をまだ隠している、と。

全ては斯波の思惑通りだ。人を殺すことだけじゃない。犯行が発覚することも、そして法廷で裁かれることも、更には死刑になることすらも。

大友がその真意に気づいたとき、すでに彼は手の届かない法廷の中にいた。

ふざけるな！

込み上げてくるのは、怒りにも似たやり場のない感情だった。

終章

二〇一一年　十二月

大友秀樹

二〇一一年　十二月二日

午後九時四十二分。大友秀樹は世田谷《せたがや》にあるマンション型の公務員宿舎に帰宅した。

靴を脱いでいるときに、玄関のシューズボックスに乗せてある卓上カレンダーがまだ十一月のままなのに気づいて入れ替える。

二〇一一年十二月。大きな地震のあった年の暮れ。大友が起訴した斯波宗典に死刑判決が降った。

斯波の引き起こした要介護老人に対する連続殺人事件は、『ロスト・ケア事件』という通称で呼ばれるようになった。

四十三人殺害という数は、戦後発生した殺人事件としては最多を数える。だが大友が調べたところ、戦前や戦中にはこれと同規模か、それ以上の大量殺人事件がいくつも起きていた。それは『貰い子殺人』と呼ばれるものだ。中絶が違法とされ、親が面倒をみれない子どもが大量に生まれていた当時、金をもらって育てられない子どもを引き取り次々に殺害する事件が頻発していたのだ。

育てられない子どもが増え過ぎた時代の『貰い子殺人』と、介護できない老人が増え過ぎた時代の『ロスト・ケア事件』はまるで相似形を描いているようだ。

そんな『ロスト・ケア事件』の裁判は、起訴から判決まで四十六ヶ月、およそ四年の月日がかかった。

その間に、大友にとっても、小さくない変化がいくつかあった。仕事のこと、妻と子のこと、そして父親のこと。

リビングに入り、灯りをつける。広いばかりの部屋を蛍光灯が照らす。もの言わぬ家電製品と家具が大友を迎えた。

X地検に二年勤めたあと、仙台地検を経て、今は東京地検に勤務している。所属部署は特捜部、現場の検察官としては花形中の花形だ。やはり独自捜査で斯波宗典をあげたことが評価されたのだろう。

今年の春から妻子とは別居し、単身赴任になった。妻の玲子と娘の佳菜絵《かなえ》は、妻の実家がある鎌倉《かまくら》で暮らしている。

別居のきっかけは、今年の三月。東日本大震災が発生した翌々日の朝、玲子が起き上がれなくなったことだ。

医者には鬱病だと診断された。寄る辺のない土地を移り住む生活と初めての子育てで澱《おり》のように蓄えられていたストレスが、未曽有《みぞう》の災害を目の当たりにしたことで決壊したようだ。

何も言わないから気づかなかった――というのはきっと言い訳だろう。玲子に向いていない生活を強いている自覚はあった。玲子がストレスを溜めていることに気づいていた。フォローしなければと思いつつ、仕事を理由に結局何もしなかった。

結婚後、玲子が信仰に心を寄せていったのも、内面の不安定さゆえなのだろうと想像していたのに、手をこまねいた。

医者に落ち着いた場所で生活することを奨められ、別居を決めた。玲子は「ごめんね、どこにでもついていくって言ったのに。あなたの方がお仕事でずっと大変なのに」と泣いて詫びた。謝らなければいけないのはこちらの方なのに。

調整に腐心し、なんとか今年の二十四日は公休日を当てた。せめて聖夜は妻子と過ごすために鎌倉へ行くつもりだ。

大友はキッチンへ行って水を一杯飲むとソファに身を沈めた。

テーブルの上に置いてある分厚い本を手に取る。ずっしりと手に重い。

濃い紺色の表紙。金箔押しされた背文字はもうかすれている。

一九八七年に発行された新共同訳聖書の初版。日本のカトリック教会とプロテスタント諸派が共同で訳した超教派《エキュメニズム》の聖書だ。中学に入学したとき父から贈られたものだ。大友はページを開く。『マタイによる福音書』。イエスの言葉を目で追う。


求めなさい。そうすれば、与えられる。探しなさい。そうすれば、見つかる。門をたたきなさい。そうすれば、開かれる。

だれでも、求める者は受け、探す者は見つけ、門をたたく者には開かれる。

あなたがたのだれが、パンを欲しがる自分の子供に、石を与えるだろうか。

魚を欲しがるのに、蛇を与えるだろうか。

このように、あなたがたは悪い者でありながらも、
自分の子供には良い物を与えることを知っている。

まして、あなたがたの天の父は、求める者に良い物をくださるにちがいない。

だから、人にしてもらいたいと思うことは何でも、あなたがたも人にしなさい。

これこそ律法と預言者である。


父は去年、膵臓癌《すいぞうがん》で世を去った。

フォレスト・ガーデンは事業の売却により『ムツミ・ガーデン』と名前を変えたが、約

束通り最後までしっかりとした介護サービスを提供してくれた。

末期の父は意識が朦朧《もうろう》とし、口からものを食べることすらできなくなった。胃にチューブを挿して水分と栄養を直接入れる胃ろう《PEG》という方法で延命は可能とのことだったが、父はまだ意識がしっかりしていたころ延命の拒否を明示していた。

「俺は癌と闘う気はねえよ。苦痛が減るなら寿命が縮んだっていい。延命なんかしてくれるな。できるだけ楽に主の元に逝かせてくれ」

父はそんなことを言って、延命拒否を希望する書面にもサインしていた。信仰との整合性はともかく、それが父の意志だった。

今の日本の法解釈は積極的に患者を殺す「安楽死」については慎重だ。たとえ終末期にあっても薬物の注入などで安楽死させれば、殺人罪に問われる。一方で、延命治療を行わなかったり止めたりする消極的な安楽死――いわゆる「尊厳死」――については事実上認められている。

これも法制化されているわけではなく、厳密に適法なのかは結論が出ていない。しかし、すでに終末期医療の現場では延命拒否や延命中止は日常的に行われており、厚労省がガイドラインを示してもいる。司法も取り締まらないことで、これを暗に認めている状態だ。

ホーム長によれば、ムツミ・ガーデンでも不治の病に冒された入居者は延命を望まない場合が圧倒的で、可能な限り希望に応えるターミナルケアを提供しているという。

――死ぬと分かっている人間を放っておくのは、人を殺しているのに等しいんだよ！

――死による救いなどまやかしだ！　その死は諦めに過ぎない！

過去に犯罪者に言った言葉が、そのまま自分に跳ね返ってくる。

しかしだからといって、本人の意に反して延命を行うことが正しいとは思えなかった。

父のように安全地帯と呼べるような恵まれた環境にあって尚、延命を望まないことが「諦め」と言えるのか、分からなかった。

結局、大友はＰＥＧを行わないことに同意した。

父は最低限の栄養だけを点滴で与えられ、三週間ほどで枯れるように逝った。

父は安らかな死を求め、与えられた。


わたしが来たのは地上に平和をもたらすためだ、と思ってはならない。

平和ではなく、剣をもたらすために来たのだ。

わたしは敵対させるために来たからである。

人をその父に、娘を母に、嫁をしゅうとめに。

こうして、自分の家族の者が敵となる。

わたしよりも父や母を愛する者は、わたしにふさわしくない。

わたしよりも息子や娘を愛する者も、わたしにふさわしくない。

また、自分の十字架を担ってわたしに従わない者は、わたしにふさわしくない。自分の命を得ようとする者は、それを失い、わたしのために命を失う者は、かえってそれを得るのである。

死ぬ二ヶ月前だったか、見舞いに行ったとき、だいぶやつれたがまだ意識はしっかりしていた父は言っていた。

「お前が捕まえた斯波ってやつ、そんなに悪くねえよな……」

『ロスト・ケア事件』は、マスコミによりセンセーショナルに、そして大々的に報道された。

フォレストの処分により介護への関心が高まっていた時期に発覚した上に、戦後最多の大量殺人事件という抜群の話題性も備えており、傍聴券を求めて毎回多くの人が詰めかけた。

斯波は法廷でも取り調べのときと同じことを述べた。自らが父親を殺すに至った事情を語り、その後の連続殺人は救いであると主張した。

そんな斯波に対して父のように擁護する視線を向ける意見は珍しくない。

哀しき殺人鬼――。

世間は彼のことをそんなふうに評した。さすがに殺人を全面的に肯定する意見は少なかったが、彼を凶悪な犯罪者として語る者も少なかった。

識者の多くは〈彼が犯した殺人は許されることではない。だが本当の問題は社会の側にある〉といった意見を表明し、マスコミも同調した。

それを受けて先のフォレスト事件も、単なる一企業の不正事件ではなく、背景に介護保険制度の不備があるという意見がリアリティを持って語られるようになった。

『ロスト・ケア事件』がきっかけとなり、あらゆる場で真剣な議論が交わされるようになった。

今後更に社会の高齢化が進んでいく中で、身体が不自由になったり、認知症を発症しただけで、人間としての尊厳が剝ぎ取られてしまう状況は改善すべきだという意見が叫ばれ、そのための人員と財源はどうやって確保するのかとシビアな反論が返された。

終末期における自己決定を重視する立場の人々から、安楽死・尊厳死を肯定的に捉え合法化しようという声が上がった。それに対して安楽死肯定論の背後には「他人に負担をかける人間は死んだ方がいい」という選民的な思想があり高齢者や障碍《しょうがい》者の差別につながる、という反対運動が起きた。

価値観と価値観が激しくぶつかり合っていた。だが、それでも、もうこれ以上議論を避けて遠回りをしてはいけないという想いだけは誰もが共有していた。

そんな世の中の流れが、大友に斯波の真の目的を気づかせた。

福音書はイエスが息絶える場面に差し掛かる。

三時ごろ、イエスは大声で叫ばれた。「エリ、エリ、レマ、サバクタニ。」これは、「わが神、わが神、なぜわたしをお見捨てになったのですか」という意味である。

そこに居合わせた人々のうちには、これを聞いて、「この人はエリヤを呼んでいる」と言う者もいた。そのうちの一人が、すぐに走り寄り、海綿を取って酸《す》いぶどう酒を含ませ、葦の棒に付けて、イエスに飲ませようとした。ほかの人々は、「待て、エリヤが彼を救いに来るかどうか、見ていよう」と言った。しかし、イエスは再び大声で叫び、息を引き取られた。

聖書を閉じた。誰もいない部屋にぱんという音が響く。

ヨハネス・グーテンベルクにより羊皮紙に四十五部刷られて以来、世界で最もたくさん印刷され、最も多く読まれている書物。二千年前、ベツレヘムの厩《うまや》で生まれ、ガリラヤの湖畔で教えを説き、ゴルゴタの丘で磔《はりつけ》にされた男の物語。その記述の多くは創作であるとされ、彼が実在したことすら疑う説もある。しかし彼の物語は語り継がれて世界を変えた。

世界を変えたのは彼自身ではなく彼の物語だ。

彼の物語を国是とする国が生まれた。彼の物語を広めるための戦争が行われた。彼の物語の解釈を巡って果てしない議論が繰り広げられた。彼の物語は多くの人を救い、多くの人を殺した。物語が世界を変えた。

ふざけるな！

不意に胸を掻きむしりたくなるような感情に襲われる。

耳の奥が酷くうずく。四年前、斯波を取り調べた日からうずきは止まることなく、痛みと耳鳴りはもう無視できないほど大きい。

吐き気が込み上げ嘔吐《えず》きかける。

罪悪感だ。

大友ははっきり自覚した。その怒りにも似たやり場のない感情の正体を。

——悔い改めろ！

耳鳴りはくっきりとした声を形作り、脳の中で響く。かつて、そして今も、犯罪者を取り調べるときに心の中で繰り返す言葉。それが、自分に向けられている。

——悔い改めろ、悔い改めろ、悔い改めろ、悔い改めろ！

熱に浮かされたように大友を責めるその声の主は自分自身だ。

人が誰でも生まれつき持っている、大友ももちろん持っている善性、その声。


ずっと迷っていたが、やはり会うことに決めた。

斯波宗典にもう一度会う。

あの男ともう一度対峙する。

確定死刑囚との接見は極端に制限され、原則として親族以外は認められない。けれども、人脈を駆使して矯正局に働きかければなんとかなるだろう。

斯波宗典　二〇一一年　十二月十三日

十一日後、午後一時二十七分。東京拘置所。斯波宗典の元に、意外な人物が接見に現れた。

思えば、肉親のない斯波にしてみれば、未決勾留の時期を含めても弁護士以外の接見者は初めてだ。

大友秀樹。かつてX地検で斯波の犯罪を発見した検事だ。今は東京地検にいるという。狭い接見室のアクリル板越しに、斯波は検事と再会した。法廷に立ったのは別の検事だったから、最後に会ったのは四年前だ。

いくらか痩せただろうか。あのときとは印象が少しだけ違う。

「検事さん、どうしたんですか？」

「確かめたいことがある」

検事はじっとこちらを見つめた。

「何ですか？」

「お前の動機。事件を起こした目的について」

「……それは、取り調べでお話ししたはずですし、法廷でも証言しましたよ。かつての僕や僕の父と同じように、介護に苦しむ人を救いたかった」

「違う！　いや、それは目的の半分でしかない。事件が発覚したあと、裁判にかけられ死刑になることまで含めて、お前の計画通りに事態は進行している。そうだろう？」

検事の視線は鋭角を増し、射るように突き刺さってくる。

「お前の本当の目的は、お前の起こした事件が、広く世に知られることだ！　実の親への嘱託殺人から始まる哀しき殺人鬼の物語を、この国の人々に突きつけることだ！

愛情だとか、絆だとか、そんな言葉だけの虚飾を剝ぎ取る物語を。この社会に綺麗事では片づけられない歪みがあり、穴が空いていることを知らしめる物語を。豊かな先進国で暮らしていると思い込んでいる人々の目を覚まさせる物語を。お前は公開の法廷という場を利用して、そんな物語を語った。いや、語っている。

お前の物語は、お前の死をもって完成する。死刑という強烈な結末が、人々の記憶に、この国の歴史に、お前の物語を深く刻み込む。

お前自身は死んだとしても、お前の物語を目の当たりにして、目を覚ました人々が少しでも良い方向にこの社会を、いやこの世界を変える。それがお前の目的だ！

お前はかつて『この世には罪悪感に蓋をしてでも人を殺すべきときがある』と言った。だが、お前が本当に望んでいるのは、人が人の死を、まして家族の死を願うことのないような世の中だ！　命を諦めなくてもいい世界、お前とお前の父親が落ちたという穴が空いていない世界だ！　違うか⁉」

一度ならず二度までもこの検事は斯波の真実を発見していた。斯波は突如現れた理解者に感動すら覚え、思わず笑みを浮かべた。

それを肯定と受け取ったのか、検事の形相が険しくなる。ぎりりと歯がみする音が聞こえるようだ。

「何様だ！　殉教者きどりか！　救世主きどりか！」

検事の怒鳴り声は悲鳴にも聞こえた。

「いや」と斯波は首をふって言った。「もしそうだとして……。ええ、これは仮定の話です。検事さんが言う通り、僕がたくさんの人を犠牲にして、自分の命すら賭してそんな物語を人々に語ったとしても、何も変えることができないかもしれない。もうなるようにしかならないのかもしれない。もしかしたら、今はまだ全然ましで、十年後、二十年後にはもっと酷いことになっているのかもしれない。いや、きっとそうなんだ。ひどく分の悪い、絶望的な戦いですよ」

「……」

検事は何も言わず、こちらを睨み付けている。両の目に光るものがあった。斯波は続けた。

「それでも、せめて一矢。僕と父を追い詰めたものに、せめて一矢報いることができるなら。わずかでも未来に何かを残せるなら。戦う価値はあったのかもしれません」

斯波は笑顔を作ったつもりだが、上手く笑えている自信はなかった。

「ふざけるな！　そんな理屈で勝手に殺すな！　勝手に背負うな！　勝手に戦うな！　勝手に死ぬな！　ここはお前だけの世界じゃないんだ！」

検事の声は熱く、そして濡れて震えていた。

「そうですね。あなたと話ができて良かった」

本心からそう思えた。もう十分だろう。

斯波は沈黙した。

羽田洋子　二〇一一年　十二月十八日

五日後、午前十一時二分。羽田洋子は大きな声で声援を送った。

「颯太、ほら、そこ！　いけえ！」

日曜の河川敷のグラウンド。息子の颯太が所属するサッカーチームが試合をしている。川から吹き付ける冬の風などものともせず、子どもたちはグラウンドを駆ける。

颯太は五年生ながら、６番の背番号をもらって先発出場していた。ポジションはサイドバック。ディフェンダーだが足の速さを生かし、ときどき大胆にオーバーラップして攻撃に参加する。

今も逆サイドに寄っていたディフェンスの裏をつき、ピッチの端から端まで一気に駆け抜けた。ただ、残念ながらパスのタイミングが合わずに、決定的なチャンスを作ることはできなかった。

「あー、残念！　でもいいよ！　次、次！」

他のチームメイトの保護者たちに混じって、声を張り上げながら思う。

颯太、あんた、もうこんなに速く走れるんだね、と。

「すごいね、颯太は八賀の長友だね」

隣の男が、颯太と同じポジションのスター選手を引き合いに出して言った。

洋子は苦笑いした。

「まあね。でもきっと、今、日本中でサイドバックの足の速い子は皆、『どこどこの長友』って呼ばれてるでしょうね」

「いや、颯太はそこらへんのとはモノが違うよ」

「親馬鹿になるのは一週間、早いんじゃありません？」

洋子はこの男と来週のクリスマスの日に籍を入れる予定だった。

勤め先の印刷会社の経営者で西口《にしぐち》という。かつて働いていた駅前のスナックの常連客だった男だ。ずんぐりむっくりで背は洋子より低く、どこか小動物を思わせる。社長とはいっても、折からの不況で羽振りは良くない。冴えるか冴えないかで言えば、冴えない側だろう。とても玉の輿という感じではない。だが、優しい男だった。

三年ほど前から男女の関係になり、ときどき息子も交えて食事をしたりしている。颯太には縁が切れた実父の記憶はなく、ちょうど物心ついたころから交流のある西口のことを、今のところは自然に受け入れている。

「いいのかな……」西口は少し潜めた声で言った。

結婚のことだ。聞き流しても良かったのだが、洋子は答えた。

「いいんですよ」

「本当にいいのかい？」

「それはこっちの台詞。私、もうすぐ五十よ。あんなに大きな子どもだっているわ」

攻守逆転して今は相手チームに攻め込まれている。颯太は、フォワードの選手をぴったりマークしてパスコースを切っている。素人目にも颯太の運動量が多いのは分かる。

「君を奥さんにできて、颯太みたいな子の父親になれるのに、不満なんてあるわけないよ」

「じゃあ、いいじゃない」

「でも、歳の話をしたら、僕はもう六十だよ。会社だっていつまで続くか分からないし、身体にもそろそろガタがきている。先に介護が必要になるとしたら僕の方だ。君はお母さんの介護で大変な思いをしただろう。僕は君に迷惑をかけてしまうかもしれない……」

そもそも、お互い歳なのだし籍は入れないつもりだった。けれど、今年三月の震災以降、少し空気が変わった。ある日突然、多くの命を奪っていった圧倒的な天災を目の当たりにして、つながりを形にしたいと思うようになったし、相手もそう思っているのが伝わってきた。

どちらからともなく言い出して、よく話し合った上で入籍を決めたはずだった。洋子は前の結婚のような気の迷いとは違うと確信できた。それなのに、この期に及んで尻込むそぶりを見せる西口にあきれてしまう。

まあ、でもそれがこの人の良いところよね。

西口は洋子と颯太に愛情を持っているからこそ、結果的に負担となることを恐れているんだろう。そういう気持ちを隠すのも、隠さないのも、等しく優しさだと思う。

「それでも、あなたは、私たちと一生一緒にいたいんでしょう？」

洋子は言った。

「うん」と小動物のような男は頷いた。

「私もよ」

もう十歳若ければ胸に飛び込んだかもしれないが、洋子は西口の手を握った。

洋子たちに限らず震災を機に結婚を選択するカップルは増えているという。「絆婚」などという言葉をよく耳にする。そういえば、先週、京都の清水寺で発表された「今年の漢字」は『絆』だった。

以前、漢和辞典を引いたとき「絆」という字に「絆《ほだ》し」という読みもあることを知った。これは馬をつなぎ止めるための縄のことで、転じて手枷足枷《てかせあしかせ》、人の自由を縛るものという意味がある。

絆なんて、世間で言われているほどいいものじゃない。洋子はそれを痛いほどよく知っている。

洋子を介護から解放してくれた『ロスト・ケア事件』。その裁判をできるだけ傍聴し、犯人、斯波宗典の言葉に耳を傾けた。

哀しい男なのだと思った。哀れな男だと思った。そして、私と同じだと思った。

もしも人がもっとばらばらで、勝手に生きて勝手に死ねるなら、私や彼のような人種は生まれないのだろう。

絆は、呪いだ。

それでも。

それでも、人はどこかで誰かと絆を結ばなければ生きていけない。

「だからね……」洋子はゆっくりと西口に言った。「迷惑かけていいですよ。私もたぶんあなたに迷惑かけます。きっとこの世に誰にも迷惑をかけないで生きる人なんて、一人もいないのよ」

それが洋子の結論だった。

もしかしたら、いつかこの再婚相手に縛られるのかもしれない。もしかしたら、やがて息子のことを縛ってしまうのかもしれない。あの地獄の日々が、またやってくるのかもしれない。

それでも。

それでも、つなぐ。

たとえ行く先が地獄と分かっていても、人はつながることから逃れられない。

ならば、つなごう。せめて愛する人と。

絆でなく絆《ほだ》しなのだとしても。呪いなのだとしても。

つないで、生きてゆく。

相手チームのパスを、味方のディフェンスが止めた。10番を付けた六年生のミッドフィルダーにボールが渡り、ドリブルで攻め上がる。相手ディフェンスが詰めてきたところで、左サイドにボールを流す。相手の最終ラインが偏る。逆サイドを颯太が疾走している。

「幸せになりましょうね」

それは、約束などではないけれど。

グラウンドではボールが大きな弧を描いて飛んでゆく。サイドチェンジ。走り込んできた颯太にパスが通った。

大友秀樹　二〇一一年　十二月二十四日

六日後、午後四時五分。大友秀樹は極楽寺坂《ごくらくじざか》切通しを歩いていた。山に囲まれた鎌倉への陸路として開かれた鎌倉七口の一つだ。現在は整備され、極楽寺の駅前から由比ヶ浜《ゆいがはま》方面の住宅街へと抜ける道路になっている。

大友の前を娘の佳菜絵が、後ろを妻の玲子が歩く。

行き先は海のそばの教会だ。途中で軽く食事をしたあと、クリスマス礼拝に参加する。思えば家族そろって礼拝に行くのは初めてだ。やはり自分は似非《えせ》クリスチャンなのだと、大友は今更ながらに思う。

佳菜絵は数ヶ月ぶりに顔を見た父親にいろいろな話をする。幼稚園のクリスマス会ではピアニカで『きよしこの夜』を吹いたという、鎌倉のお祖父《じい》ちゃんとお祖母《ばあ》ちゃんに携帯ゲーム機を買ってもらったという、春から小学校に行くのが楽しみだという、ランドセルは赤よりオレンジがいいという、お父さんとクリスマス礼拝に行けてとても嬉しいという。

拙《つたな》い言葉で想いを伝えようとする娘に目を細めずにはいられない。

大友と佳菜絵の後ろから、ゆっくり玲子がついてくる。住み馴れた土地に移り、実家の両親も何かとフォローしてくれて少しずつ調子が良くなっているようだ。ただ、まだ安定しているとは言い難い。

家を出るときマスクを渡された。玲子本人も佳菜絵も外出するときは必ずマスクをしているという。東日本大震災に伴う原発事故で飛散したとされる放射能が怖いのだと玲子は言った。

「気にし過ぎじゃないか?」と率直な意見を言った大友に、玲子は涙ぐんで答えた。「分かってるわ。でも頭で分かっていても心がどうしてもついていかないの。自分と自分の大切な人がマスクをしてないと不安で不安で仕方がないの」

大友は不織布一枚で不安を防げるなら安いものだと思うことにした。季節柄、インフルエンザの予防にもなるだろう。

かくして三人の親子は、マスクを着け教会への道をゆくことになった。

進行方向から、冬の冷たい風が吹いてくる。今の風には、どれほどの不安の種が乗っているのだろう。

——分かっていたはずなんですけどね。

いつか、誰かが言っていた。そうだ、X地検で事務官だった椎名だ。『ロスト・ケア事件』発覚の立役者。試験に合格し今は副検事になったと聞いている。

分かっていた。

黙示されていた。

地震の影響で原発から放射能が漏れるのは初めてではない。

四年前、『ロスト・ケア事件』が発覚した年に起きた中越沖地震でも柏崎刈羽原発から放射能が漏れ出した。

日本に大地震がくることも、原発が安全でないことも、あらかじめ黙示されていた。

妻が心労を溜め体調を崩すことが黙示されていたように。社会の高齢化により十分な介護を受けられない老人が増えることが黙示されていたように。

今起きている災厄は全てあらかじめ黙示されていた。

切通しを抜け、住宅街に出る。

角を右に曲がると視界が開け海が見えた。

潮の香りと共に、より冷たくより強い風が吹き付ける。

「すっごーい！　ねえ、お父さん、こっち来て！」

佳菜絵は無邪気に大友の手を引く。

娘の小さな手に引かれ、風に逆らい歩く。

先日、発表された「今年の漢字」は『絆』だった。

一方で孤独死の報道が相次いでいた。自ら命を絶つ者もあとをたたず、最も自殺をする比率が高いのは健康不安を抱いている中高年だという。国民年金の未納者は四割にのぼっている。社会保障・人口問題研究所は四十年後に日本は現役世代一人が高齢者一人を支える「肩車社会」に突入するという予測を発表した。厚生労働省の推計によれば、介護が必要な認知症の高齢者の数は来年にも三百万人を上回る見通しだ。その一方で介護業界の離職率は相変わらず高く、人手不足は年々深刻化しているという。

穴は塞がるどころか、徐々にその深淵を広げているように思える。

分かっている。

黙示されている。

未来に起こりうる災厄もすでに黙示されている。

戦いを挑んだ男は、拘置所で死を待っている。

物語は紡がれつつあるが、もう世界は変わらないのかもしれない。

分かっていた。分かっている。分かっているのに。

人は立ちすくむばかりだ。

正しい者は一人もいない。楽園ではないこの世界で生きる者は、一人残らず罪人だ。

——悔い改めろ!

耳の奥の痛みと音はもう二度と消えることはないだろう。

善なるその声は責めるばかりで、どうすればいいのか教えてくれない。

娘の小さな手の、しかし確かな感触。後ろから妻が追いかけるようについてくる。目元に柔らかな笑みが浮かんでいる。

その者たちを愛しているかと問われれば、迷わずに愛していると答えられる。そして愛されていると確信できる。

絆はある。

今、ここに、確かに。

「ほら！」

佳菜絵が指さす先、西の空。厚い雲の切れ間から、オレンジ色の夕陽が光の柱となって海に注いでいた。

美しく神秘的な光景。

薄明光線と呼ばれる現象だ。切れ間のある厚い雲が出た日の夕方、稀に見ることができる。

後ろから追いついた玲子がつぶやいた。

「ヤコブの梯子……」

「カナ、知ってるよ。天使様の通り道でしょ？」

ヤコブの梯子《ジェイコブズ・ラダー》。

イスラエルの太祖ヤコブが見た夢にちなみ、薄明光線は神の使いが天国と地上を行き来する階段だと言われている。

「きれいね」

妻の目に涙が伝っていた。

「ああ、きれいだな」

大友は少しだけ強く娘の手を握り、もう片方の手で妻の手を取る。

そうか、人はこんなときに祈るのか。

空から降り注ぐ光の梯子に、無論、天使の姿はない。あの光は天国には続いていない。

科学的に説明できる自然現象だ。

燃えるようなその色は、太陽光線の入射角が浅くなっていることを示している。

日没まで、もうさほど時間はない。

それは、あらかじめ分かっている。

もうすぐ、夜が来る。

主な参考資料

【書籍】

『知っておきたい認知症の基本』川畑信也（集英社）
『バーンアウトの理論と実際』田尾雅夫／久保真人（誠信書房）
『「愛」なき国 介護の人材が逃げていく』NHKスペシャル取材班／佐々木とく子（阪急コミュニケーションズ）
『検察官になるには』三木賢治（ぺりかん社）
『ドキュメント 検察官』読売新聞社会部（中央公論新社）
『焼かれる前に語れ』岩瀬博太郎／柳原三佳（WAVE出版）
『動物からの倫理学入門』伊勢田哲治（名古屋大学出版会）
『ヤバい経済学』スティーヴン・D・レヴィット／スティーヴン・J・ダブナー（東洋経済新報社）

『不透明な時代を見抜く「統計思考力」』
神永正博　（ディスカヴァー・トゥエンティワン）
『ロストジェネレーション　さまよう２０００万人』
朝日新聞「ロストジェネレーション」取材班　（朝日新聞社）
『図解これだけは知っておきたいキリスト教』山我哲雄　編著　（洋泉社）
『なんでもわかるキリスト教大事典』八木谷涼子　（朝日新聞出版）

【ラジオ番組】

『ニュース探求ラジオＤｉｇ』（ＴＢＳラジオ）

２０１２／８／29放送「介護の現場はどうなっている？」

２０１０／12／20放送「高齢者虐待はなぜ増え続けるのか？」

聖書の引用は全て『新共同訳聖書』のテキストを使用しました。

この他、多くの書籍、新聞記事、ウェブサイトなどを参考にさせていただいております。

解説

近藤《こんどう》 史恵《ふみえ》 （作家）

社会派本格ミステリは、どこか「鬼子」のような存在である。

それは、社会派か本格のどちらの派閥に属するかという問題ではない。

社会派であることと、本格としての精度を高め、読者を驚かせるしかけを成立させることは、小説として正反対の方向に進むようなものだ。

本格ミステリに、ほんのりと問題意識を取り入れるとか、社会派のサスペンスに少しだけ意外な犯人を取り込むような形ならばそれほど違和感はない。だが、どちらも突き詰めようとすると、まるで肉体がふたつに引き裂かれるような思いをする。

社会問題に肉薄するためには、苦しむ人の気持ちを克明に描き、登場人物に血を通わせなくてはならない。

一方で、どんでん返しや読者を驚かせる展開は、作者が小説を突き放さないと書けない。

それこそ、一昔前の「本格ミステリは人間が書けてない」問題である。もちろん今ではそんなことを言う批評家はいないし、本格ミステリを書く作家は、自覚的に人間の生々しさから、距離を置くことが許されている。

今、ミステリは「人間を書かないこと」で批判されるジャンルではなくなった。でも、だからこそ、本格ミステリのおもしろさをしっかり兼ね備えながら、社会の闇をえぐり出し、人間を深く描くような（クリシェだがあえてこう表現する）傑作が出てきたのではないかと思う。

この、『ロスト・ケア』のように。


わたしは幸運にも日本ミステリー文学大賞新人賞の選考委員として、この小説と巡り会うことができた。

その年で、四年の任期を終えることが決まっていた。藤田宜永《ふじたよしなが》氏、綾辻行人《あやつじゆきと》氏とはそれまでに三回選考会を行ってきていたし、今野敏《こんのびん》氏とも二回目だった。

これまでの選考会では、毎回、熱い議論が戦わされていた。揉めるというわけではなく、なごやかではあったが、二時間、三時間かけて、候補作を検討していた。

何度か新人賞の選考会に関わってきたが、選考に時間がかかるかかからないかは、候補作を読んだ時点ではまったくわからない。特に長編は評価のポイントがたくさんある。

比較的、欠点の少ないものを選ぶ傾向がある人もいれば、作家としての冒険心を評価する人もいる、本格としての整合性を重視する場合と、キャラクターの魅力を重視する場合で、評価はまるで変わる。

だが、その年の選考会はまるで違った。

最初に、選考委員それぞれが、候補作につけた点数を発表した時点で、『ロスト・ケア』がずば抜けていたのだ。全員の点数を合わせても、ほぼ満点に近い数字だった。

その後の議論も、単独受賞にするか、他の候補作との同時受賞も考えられるか、ということについて行われた。『ロスト・ケア』の受賞に異議を唱える選考委員は誰もいなかった。

ただ、選考委員の意見が一致したというだけではなく、この小説のおもしろさと完成度の高さに、圧倒されたという雰囲気だった。

この小説を候補作で読めたということは、わたしにとっても貴重な体験だった。

まったく白紙の状態で傑作と出会うという経験はめったにない。新刊をどんどん読破するほど体力も時間もなく、最近ではインターネットや雑誌の書評などで好きそうな作品、評判のいい作品を選んで読んでいる。「おもしろそうだ」と思うか、評価が高くなければ手を出さない。

実を言うと、添付されたあらすじを読んだ時点では、わたしの『ロスト・ケア』への期待度はそこまで高くなかった。好みに合いそうなものから読んでいって、いちばん最後に手に取ったほどだ。

だが、読み始めると、あっという間に引き込まれた。

身内の介護というのは、多くの人が直面する問題だ。極めてプライベートなのに、社会問題でもある。

作者は、注意深く、客観性を失わないように、登場人物たちをこの問題に向き合わせている。登場人物たちは、それぞれ違う立場から「介護」に関わり、その視線の違いが、問題の多面性を浮き上がらせている。

一方で、ミステリとしても抜群におもしろい。犯人をあぶり出していく論理展開は、あまり他の作品で読んだことのないものだし、理性的でありながら、ミステリとしての大仕掛けも成功を収めている。日本ミステリー文学大賞新人賞という賞にもふさわしい。

印象的だったのは、物語や登場人物たちと距離を保ちながらも、作者の強い怒りや叫びのようなものが伝わってくることだ。

表面上は冷静なのに、内側はひどく熱い。これがこの作者の体質なのだろう、と思った。

余談になるが、選考会が終わり、受賞作が発表されてから、しばらく経った頃、以前から愛読していたあるブログを見にいったら、「日本ミステリー文学大賞新人賞を受賞しました」という報告があって、それこそ、椅子から転げ落ちそうなほど驚いた。

驚きのあまり、一度ブラウザを閉じてしまい、そのあとまたおそるおそる見にいってしまったほどである。

ブログのスタイルと、葉真中顕としての作風はまったく違うものだったが、一方でどこか納得できる部分もあった。まさに、冷静で少しシニカルなのに、内側の熱い文章だった。

その報告のときは、まだ受賞作は出版されていなかったので、ブログの愛読者でありながら、『ロスト・ケア』をそのブログ主の作品だと知らずに読んだ、というのは、ちょっと自慢できる、貴重な体験ではないだろうか。

その後の『ロスト・ケア』の高評価は、ご存じの通りである。

新人賞受賞者には、二作目の壁があるというのが通説だが、二作目の『絶叫』も二〇一四年の国内ベストテンにあげられるほどの快進撃だ。こちらも、今リアルに存在する生きづらさや、社会のエアポケットに落ち込んでしまった人々に目を向けながら、読者をものの見事に欺いてみせる快作である。

冒頭でわたしは、社会派本格ミステリは「鬼子」だと言った。

その考えは変わらないし、わたし自身も、ミステリやエンターテイメントであることと、人間の心理を深く掘り下げたり、疑問を提示することを一緒にやろうとするたびに、心が引き裂かれるような気分になる。そういうときに、どうすればいいのかをずっと考えてきた。

だが、そのどちらにも誠実であろうとすればするほど心が引き裂かれるのならば、とことん引き裂かれて血を流すことが作家の宿命ではないだろうか。

おさまりのいいところにおさまることはできるし、別にそちらの方が簡単だとは思っていない。

だが、どちらも兼ねたものを書きたいのなら、引き裂かれながら書き続けるしか道はない。引き裂かれたその果てを見せてくれる作家はそう多くないかもしれないが、葉真中顕がそのひとりであることに間違いはない。

本作はフィクションであり、現存するいかなる個人・団体とも無関係です。
実在の社会制度や物事について記述した部分もありますが、その内容は必ずしも正確ではありません。
特に作中に描かれる「完全犯罪」の手法は物語上都合の良い情報だけで構成された創作であり、
現実には成立しません。あくまでもミステリー小説としてお楽しみください。

なお、現在、多くの自治体で介護についての相談窓口を開設しております。
介護についての困難や悩みは、本人または家族だけで抱え込まず、
最寄りの役所や地域包括支援センターなどに相談することを強くおすすめします。

二〇一三年二月　光文社刊

光文社文庫

ロスト・ケア

著者　葉《は》真《ま》中《なか》顕《あき》

2015年2月20日　初版1刷発行
2023年3月5日　12刷発行

発行者　三宅貴久
印刷　萩原印刷
製本　ナショナル製本

発行所　株式会社 光文社
〒112-8011　東京都文京区音羽1-16-6
電話 (03)5395-8149　編集部
8116　書籍販売部
8125　業務部

落丁本・乱丁本は業務部にご連絡くだされば、お取替えいたします。
ISBN978-4-334-76878-2　Printed in Japan

組版　萩原印刷